啄木鸟文丛（2023）

云游于艺
网络时代的文艺评论

胡疆锋 著

（项目编号：22AA001）
本书系国家社科基金艺术学重点项目『事件理论视阈下的中国网络文艺批评研究』的阶段性成果。

中国文联出版社

图书在版编目（CIP）数据

云游于艺：网络时代的文艺评论 / 胡疆锋著 . --北京：中国文联出版社，2024.2
（啄木鸟文丛）
ISBN 978-7-5190-5438-0

Ⅰ.①云… Ⅱ.①胡… Ⅲ.①文艺评论－中国－当代 Ⅳ.① I206.7

中国国家版本馆 CIP 数据核字 (2024) 第 039539 号

作　　者	胡疆锋
责任编辑	张凯默　张家瑄
责任校对	胡世勋
封面设计	孔未帅

出版发行	中国文联出版社有限公司	
社　　址	北京市朝阳区农展馆南里 10 号	邮编：100125
电　　话	010-85923025（发行部）	010-85923091（总编室）
经　　销	全国新华书店等	
印　　刷	北京市庆全新光印刷有限公司	

开　　本	880 毫米 ×1230 毫米　1/32
印　　张	10
字　　数	237 千字
版　　次	2024 年 2 月第 1 版第 1 次印刷
定　　价	68.00 元

版权所有·侵权必究
如有印装质量问题，请与本社发行部联系调换

2023年《啄木鸟文丛——文艺评论家作品集》编委会

主　编　　徐粤春

副主编　　袁正领

编　辑　　都　布　　王庭戡　　张利国　　何　美

　　　　　　陶　璐　　王筱淇　　向　浩　　唐　晓

　　　　　　杨　婧　　韩宵宵

总　序

文艺评论是党领导文艺工作的重要手段和方式，是社会主义文艺事业的重要组成部分，是引导创作、推出精品、提高审美、引领风尚的重要力量。中国文艺评论家协会（以下简称"中国评协"）作为文艺评论界的桥梁和纽带，在团结引领文艺理论评论工作者、繁荣发展社会主义文艺事业方面肩负重要职责。重任在肩，使命光荣。近年来，中国评协在习近平新时代中国特色社会主义思想指引下，紧紧围绕学习贯彻习近平总书记关于文艺工作重要论述特别是关于文艺评论的指示批示精神，以推深做实中宣部等五部门《关于加强新时代文艺评论工作的指导意见》和中国文联《加强新时代文艺评论工作实施方案》为重点，聚焦"做人的工作"与"引导文艺创作"两大核心任务，锚定中国文艺评论正面、坚定、稳重、理性的正大气象，建体系、强制度、树品牌、立标杆、展形象，在理论建设、示范引领、人才培养、行业评价、平台阵地等方面取得明显成效。我们欣喜地看到，在习近平文化思想的引领下，一支体系完整、门类齐全、梯次完备、数量可观的文艺评论人才队伍正在形成。

为进一步提升中国评协会员服务能力和水平，坚持出成果、出人才、出思想"三位一体"，激励文艺评论工作者发扬"啄木鸟"精神，涵养褒优贬劣、激浊扬清的品格，经中国文联批准，中国评协、中国文联文艺评论中心、中国文联出版社联合启动《啄木鸟文丛——文艺评论家作品集》（以下简称《文丛》）出版计划。《文丛》面向中国评协会员和中青年文艺评论骨干征集作品，经资格审查、专家评审、会议研究、公示等程序，最终确定了10部作品集纳入2023年出版计划。收入《文丛》的10部作品集涵盖文学、戏剧、影视、美术、书法等多个艺术门类，还包括网络文艺这一新类型，作者多为长期以来活跃于评论界的优秀文艺评论家，他们具有开阔的学术视野、深厚的理论功底、严谨的治学精神和敏锐的艺术感知，在各自的专业领域具有较大的影响。相信《文丛》的出版将会对作者学术研究和专业评论起到促进作用，也相信《文丛》的出版必定会在文艺评论界乃至文艺评论事业的发展进程中产生积极的影响。

此次《文丛》出版，各单位的积极推荐、中国评协会员的踊跃申报，体现了广大文艺评论工作者对于加强文艺理论评论工作的自觉意识和积极履行文艺评论职责的使命担当。此次收入《文丛》的10部作品集有以下共同的特点：一是注重正确的评论导向。作者们坚持以马克思主义文艺理论指导学术研究和评论实践，注重传承和弘扬中华优秀文论传统和中华美学精神，努力于中华优秀传统文化的创造性转化和创新性发展。二是彰显实践品格。《文丛》的作者们紧跟时代，关注当下的艺术实践和艺术现象，坚持从作品出发，注重发挥文艺评论价值引导、精神引领和审美启迪作用。三是努力开展专业、权威的文艺评论工作。《文丛》所收作品尊重学术民主、尊重艺术规律、尊重审美差异，注重开展建设性文艺评论，写评论坚持以理立论、以理服人，努力营造百家争鸣的学术和评论氛围。四是文风的清新朴实。注重改进评论文风，注重评论文章的文质兼美，是这批作者的共同特点。总之，《文丛》的出版，将优秀文艺评论工作者的评论成果予以汇聚和展示，将有助于推动文艺评论界形成良好的学术和评论氛围。我们期待更多文艺评论工作者能够陆续加入丛书作者的队伍中。

此次《文丛》出版工作得到中国文联党组的有力指导，也得力于中国文联文艺评论中心、中国文联出版社的通力合作。特别要感谢中国文联出版社为《丛书》的编辑出版发行提供了宝贵的经费支持。同时，也要感谢中国评协各团体会员、各专业委员会、各中国文艺评论基地的积极推荐，感谢踊跃申报的各位中国评协会员，以及为书稿的征集、评审和出版付出辛劳的专家和工作人员。希望以《文丛》出版为新起点，在习近平文化思想引领下，在新时代文艺繁荣发展的实践中，能涌现出更多优秀文艺评论人才，推出更多精品文艺评论佳作，推动新时代新征程文艺评论事业高质量发展。

是为序。

夏　潮

2023 年 10 月

前　言

本书是我十余年来写的文艺评论文章的合集。书名源于《论语·述而》："志于道，据于德，依于仁，游于艺。"不过说来惭愧，由于自己的驽钝，最早在《论语》中读到这几句话时并没有太深的感触，直到 2019 年 7 月去台湾访学后才偶有所得。访学期间，我造访了位于台中的百年老校中兴大学，中兴湖畔的石碑上镌刻着《论语》中的这四句话，分别由书法家用隶书、草书或篆隶书写而成，显得古朴而灵动。有感于两岸绵延深厚的文脉相连、牢固的情感纽带和网络时代便捷的学术交流，我联想到那次访学的主要目的——考察海峡两岸网络文学发展的异同，又忆及在台北接触到的数位文化（网络文化）实验作品，突然对"游于艺"有了更多的理解——

孔子所说的"游于艺"，原指古人沉浸在"礼、乐、射、御、书、数"六艺中可以完善品格，如今我们是否可以将"艺"扩大为包括影视艺术、新媒介艺术在内的当代艺术呢？网络时代的文艺活动及文艺评论是否也是一种"游于艺"？借助网络媒体特别是社交媒介的赋权，当下的文艺评论呈现出天马行空、姿态万千的形态，考虑到"云"往往与网络时代或数字时代联系在一起，如果把这种状态概括为"云游于艺"，或许也有几分道理？

和网络兴起之前相比，当下的文艺活动确实具有了"云游"的自由与轻盈，也往往会带来一些意外和惊喜，文艺评论也同样显示出"云游于艺"所带来的洒脱和快意。不过，"云游于艺"带来的并非都是云中漫步的潇洒和浪漫。凌空高蹈，高处不胜寒，踩空踏错，坠入不可知、不确定和不安全之地，这些都可能是"云游"难以回避的后果。

我曾经在一篇文章里写道："网络文艺的兴起正是当代文艺发展中的一次大规模事件"，"网络文艺的创作主体、创作方式、阅读活动、传播路径和评价体系都已成为事件"。[1] 网络时代的"云游于艺"现象已经成为不可忽视的社会事件、媒体事件和美学事件。因此，在事件理论的视域下展开网络文艺批评研究，研究"云游于艺"的丰富性和复杂性，更多地关注文艺活动的断裂性、生成性、悖论性和互动性，让研究重心从意义研究转向过程研究，这有助于准确把握当代文艺的特质和趋势，为文艺批评摆脱话语困境提供可行的策略，有利于新媒介艺术批评的创造性生成。从这个意义上说，本书收录的20篇文章，正是我在网络时代学习和运用事件理论、媒介理论来探讨"云游于艺"的初步尝试。

根据文章的长短和主题，本书主要分为上、下两篇，上篇以社交媒体时代文艺评论的现象、规则、方法论研究为主，还收录了两篇关于青年亚文化的书评，侧重于理论研究；下篇以网络文艺（特别是网络文学）的现实品格、历史视野和比较视野等研究为主，侧重于作品

---

[1] 胡疆锋：《作为事件的网络文艺与新文艺评论的再出发》，《中国文艺评论》2021年第6期。

研究。附录是《中国青年》记者的一篇专访。这些文字,代表着我这些年来作为数字时代的移民或窥探者对当代文艺特别是网络文艺的粗浅观察与思考,也是那些昏天黑地看网文、废寝忘食刷网剧的时光留下的若干印记,希望可以得到方家的指教。

目 录

总序 / 1

前言 / 1

上篇 云中漫步或退而却步 / 3
　　　　——社交媒体时代的文艺评论

社交媒体时代文艺评论的连接与反连接 / 24

作为事件的网络文艺与新文艺评论的再出发 / 40

事件研究与新媒介艺术批评的创造性生成 / 57

文艺批评的多声部与元规则 / 66

圈层：新差序格局、想象力和生命力 / 74

"唯流量论"必须退场 / 79

后流量时代的文艺评论刍议 / 82

实力派引领审美新风尚 / 86

豪迈刚健的审美品格正在形成 / 90

《文本盗猎者》：磨砺当代文化的试金石 / 96

新媒介时代青年亚文化研究的全息图景 / 100

——评《中国青年亚文化研究年度报告（2012）》

下篇 通向及物的现实主义 / 115

——论网络文学的现实转向

"压弯的树枝"：民族主义视野下的中国网络文学 / 135

珀耳修斯的"隐形盔"和"盾牌"：试析网络小说的现实品格 / 148

当代官场小说的权力伦理 / 165

网络文学：终将突破审美认知的同温层 / 184

——须文蔚教授访谈录

人工智能、后人类和网络文艺的时代之问 / 208

2021网络文艺：在"塞壬"的歌声里踏浪而行 / 224

2022网络文艺：凿开通路，点亮星空 / 242

2023网络文艺：以磅礴的想象力致敬未来 / 265

附录 昔日越轨者，可能是今日文化英雄 / 285

——访首都师范大学胡疆锋教授

后记 / 290

上篇

云中漫步或退而却步

——社交媒体时代的文艺评论

自 20 世纪 90 年代末以来，人类的生活、学习和工作越来越离不开社交媒体。社交媒体即一系列建立在 Web2.0 的技术和意识形态基础上的网络应用，它允许用户生成内容（UGC）的创造和交换。[1] 随着社交媒体的出现，随着智能手机、无线互联网和移动支付系统的发展，人类已经处于"永远在线"的状态，生活完全实现了网络化，彼此的连接也达到了最密切的程度。

连接是互联网的内在法则。从网络的属性看，社交媒体属于第二代互联网："社交型"。在它之前是第一代互联网，属于"功能型"，个人通过网络与工作、生活系统连接起来，形成在线社区或支持离线群组，如电子邮件、网上书店、报刊网络版等。第二代互联网不同于功能型网络，也被称之为"新新媒介"，网络开始加入各种通讯媒体应用程序，在线服务从提高网络通信质量转变为交互式双向的网络社交工具，把强大的信息生产力交到每个人的手里，人们既是消费者也是

---

[1] A. Kaplan & Haenlein, "Users of the World, Unite! The Challenges and Opportunities of Social Media", *Business Horizons*, Vol.53, No.1, 2010, pp.59-68.

生产者，这一新的能力改变了人类生活、工作和游戏的方式。[1] 第三代互联网属于"虚拟型"，用户借助虚拟的数码化身（avatar）或代理，在虚拟世界里生活、娱乐、工作，风生水起的"元宇宙"就属于这样的互联网形态。作为最新潮的互联网形态，第三代互联网目前还处于探索阶段，离普及还有漫长的路要走，以社交媒体为代表的第二代互联网还将长期伴随着人类，主要代表有：博客（Blogger, 1999）、维基百科（Wikipedia, 2001）、MySpace2003）、脸书（Facebook, 2004）、Flickr（2004）、YouTube（2005）、豆瓣（2005）、推特（Twitter, 2006年创立，2023年7月更名为X）、百度百科（2006）、优酷（2006）、微博（2009）、B站（2009）、Instagram（2010）、微信（2011）、LINE（2011）、快手（2011）、抖音（2016）等。

社交媒体平台的迅猛发展和普及推动了当代文艺的生产和消费，对中国文艺评论影响巨大。借助社交媒介的赋权，文艺评论拥有了强大的包容力和渗透力，确立了新的知识权威，开辟出新的展示路径和文风。新媒介也直接催生和影响了新的文艺评论主体、评论方式、语体风格，文艺评论获得了宽广的展示空间。与此同时，在社交媒体的连接和反连接之间的摇摆运动中，文艺评论也出现了景观化和圈层化的发展趋势。

一、社交媒体语境下的云端文艺生活

社交媒体是中国当下最主流的网络媒体，有着庞大的受众群体和惊人的使用规模。据统计，截至2021年6月，我国网民规模达10.11亿，手机网民规模达10.07亿，占网民的比例为99.6%，使用微信、

---

[1] ［美］保罗·莱文森：《新新媒介》"译者前言"，何道宽译，上海：复旦大学出版社，2011年，第4—7页。

QQ等即时通信用户规模达9.83亿,使用抖音、快手等短视频(视频时长在5分钟以内)的用户规模达8.88亿,微博的月活跃用户为5.66亿,平均日活跃用户为2.46亿,各种网络直播用户(游戏、真人秀、演唱会、电商直播等)规模达6.38亿,网民人均每天上网近4小时。[1]

在社交媒体语境下,一个关注当代文艺的学者或网友的数字化生活或许会是以下的场景:

清晨,他打开自己申请的或经常关注的公众号,查看或转发最近更新的学术论文,并与留言的读者互动,同时在公众号、朋友圈上发布最近完成并发表的评论文章。

上午,作为523名"百度蝌蚪团"[2]成员的一名,他阅读了百度百科的新兴概念"元宇宙",并热心地提出了自己的修改建议。接着,他在知乎上回答了网友的一个问题:"《雪崩》真的是最早的元宇宙作品吗?"顺便在微信和QQ里回复了编辑、同事或学生的一些提问,在线接收了需要校对或审读的书稿或论文。

下午,按照约定时间,他打开了腾讯会议室,以《网剧〈开端〉不是无限流》为题进行了演讲,同时在B站开了直播。其间,他又忙中偷闲在微博上发布了对2022年春节电影档的几点期盼。

晚上,他打开起点中文网和番茄小说,通过付费或免费的方式追看了一直关注的几部作品,并在"本章说"里留下了自己的评价。接着,他又浏览了豆瓣上《雪中悍刀行》的小组讨论,作

---

[1] 中国互联网络信息中心:《第48次中国互联网络发展状况统计报告》,https://www.cnnic.net.cn/n4/2022/0401/c88-1132.html,2021年9月15日。
[2] 百度百科蝌蚪团是百度百科撰写者的中坚力量,比普通用户拥有更多的编辑权,具有较强的词条编辑能力、评审及判断能力,其成员可以建立工作室,成为普通科友(网友)与百度公司沟通的桥梁。详见https://baike.baidu.com/item/%E7%99%BE%E5%BA%A6%E7%99%BE%E7%A7%91/85895?fr=aladdin。

为原著党他也发表了自己的意见并打了分,他注意到评分的人已将近14万。然后,他阅读了一些书评公众号,通过京东和当当订购了一些最新出版的书。最后,他刷了一会儿抖音和视频号,浏览了朋友圈的微信和视频,点赞或转发了几条,在文艺评论的几个微信群里表达了对同事发表或出版新著的祝贺。此时手机的电量已经不足,忙碌的一天就这样逝去。

如上的社交媒介体验,是每一个文艺评论者在网络时代的工作、学习和生活的缩影,虽然各自的密度和频率有所不同,但有一点是相同的:每个人都得到了社交媒介的充分赋权。

美国媒介哲学家彼得斯在《奇云:媒介即存有》一书里,深刻地揭示出媒介特别是网络媒介作为生命"元素"的作用和赋权功能:"媒介构成了城市、蜂巢、档案和星群。""我们可以将互联网视为一种存在方式,它在塑造环境的基本能力上,在某些方面已经类似于水、空气、土地、火或以太"[1]。彼得斯注意到一个有趣的现象:网络时代,人们常常把新媒介和云联系起来:云储备、云服务、云计算,等等。彼得斯分析了网络媒介和云的很多共性:云是人类的生命元素,"云是人类家园的标志之一,也是人类赖以生存的大气层"。云带来了爱、分享与希望:"时间和潮汐四溢横流。只要我们仍有云,我们就有希望,仍能战斗,仍然会爱。"云既飘忽不定,缺乏边界,难以呈现,又饱含意义,代表着一种创造性虚无,天然地具有抵抗本体论的功能。这一切都和网络媒介、社交媒体的特点和功能是相似的。[2]

彼得斯的这些观点充满智慧和哲思,对我们理解社交媒体的"存

---

[1] [美]约翰·杜海姆·彼得斯:《奇云:媒介即存有》,邓建国译,上海:复旦大学出版社,2021年,第17、23、57页。

[2] [美]约翰·杜海姆·彼得斯:《奇云:媒介即存有》,邓建国译,上海:复旦大学出版社,2021年,第417、418、276—283页。

有"、魅力和赋权有着直接的启发。社交媒介具备了彼得斯所说的"元素型媒介"的功能,它允许用户生成内容,鼓励用户进行内容创造和交换,这天然地形成了一种"赋权"之道,让评论者得以在云中漫步。社交媒体悄然改变了当代文艺的生态结构,影响着日常生活的审美形态和审美体验,也促成了数字时代文艺评论的转变。

二、社交媒体与当代文艺评论的转型

根据加拿大媒介理论家伊尼斯(Harold Adams Innis)的观点,媒介在生产和传播信息时形成了自己的倾向性,或倚重时间(当媒介轻巧而便于运输的时候),或倚重空间(当媒介笨重耐久但不适合运输的时候)。对于它所在的文化,媒介的重要性总有一定的偏向,"一种新媒介的长处,将导致一种新文明的产生"[1]。社交媒体既不倚重时间,也不倚重空间,它催生出了以网络文化为代表的文化形态。社交媒体时代,既是消费者又是生产者的"产消者"或"生产型用户/生产型消费者"[2]日益增多,传播媒介已转变为交互时代的"读写"多媒体,大众进入了自我出版的时代,[3]新的文化生产和文化消费形态逐渐形成,也促成了文艺评论的如下转变。

其一,文艺评论体系中出现了新的标准:网民权威

社交媒体最鲜明的特质是便捷性、参与性和互动性,它是直接而即时性的,它有权力取消文艺消费中"赚差价"的"中间商",它"将

---

[1] [加]哈罗德·伊尼斯:《传播的偏向》,何道宽译,北京:中国人民大学出版社,2003年,第27、28页。
[2] [澳]格雷姆·特纳:《普通人与媒介:民众化转向》,许静译,北京:北京大学出版社,2011年,第105页。
[3] [澳]约翰·哈特利:《数字时代的文化》,李士林、黄晓波译,杭州:浙江大学出版社,2014年,第20页。

读者和作者重叠在一起，同时又导致出版商、发行商、书商、评论家和教授的技术性失业"，改变了他们的权威角色和授权任务。[1] 网民可以通过弹幕、本章（段）说、留言、发帖、点赞、催更、投票、创造同人文化等方式发表即时评论，微博、微信（群）、QQ（群）、贴吧、B站、抖音、豆瓣、猫眼等平台上每天都有大量的普通网友在发言，参与评论，正如瑞士学者考夫曼（Vincent Kaufmann）所说的那样："每个人自此，拥有属于自己的文学思考，属于自己的信仰、喜好，点赞和狂踩、朝上或朝下的大拇指。""社交网络在当代美学标准评判中扮演着重要角色。"[2] 在社交媒体兴起之前，在文艺作品的评论体系和场域位置中，职业批评、艺术家批评的知识或话语经常占据着上风或主流地位。借助社交媒体的赋权，职业批评形成的"把关人"角色随着社交网络上出现的浩如烟海的"大众点评"、跟帖等互动评论而渐渐消失，文艺评论变得非职业化。社交媒体不仅支持网民以前所未有的参与者身份出现在文学领域，还重新分配了这一领域内部的权力和规则，让曾经是被动的消费者—阅读者有机会提供生动、真实、多元的文艺评论，参与到文学领域的认定和评价过程中。以全球规模最大的"女性向"文学网站——晋江文学城——为例，在2014年的净网行动中，晋江建立了审核系统，号召网友也参与到章节内容的审核中：每三位互相不知道但是有权限的网友同时审核投票，如果有一个人不通过，这个章节就会投放到专业的审核团队再次审核，最后主动参与的网友数量多达100万人。在晋江2016年公布的积分算法规则中，点击与字

---

[1] ［瑞士］樊尚·考夫曼：《"景观"文学：媒体对文学的影响》，李适嬿译，南京：南京大学出版社，2019年，第36页。

[2] ［瑞士］樊尚·考夫曼：《"景观"文学：媒体对文学的影响》，李适嬿译，南京：南京大学出版社，2019年，第12页。

数、评论与打分、文章与作者收藏，每部分各占三分之一。[1] 在这里，网友的角色既是读者，也是编辑和把关人。网民的这种参与构成了一种新权威：网民权威，即"一种作者和活跃的网民读者之间的融合"，"公众权威，也就是网民权威，如今它被一致公认为衡量所有事物的新标准"。它取代了"受到同行认可（或不认可）的权威"。[2] 在中国，这种网民权威或公众权威的代表也被称作"网络文学原生评论家"（简称"网评家"）。[3]

维基百科、百度百科、搜狗百科等在线百科全书的出现和发展也揭示了社交媒体时代知识权威的变化。以百度百科为例，作为内容开放、自由的在线百科全书，百度百科最主要的特点一直是"大众参与"。和维基百科类似，它不是通过点赞、加好友、关注与趋势等人气原则来实现其网络社交性的，而是通过构建一个基于中立原则的分享平台来实现该目标。自2006年上线以来，截至2020年10月，百度百科已经收录了超2100万个词条，参与词条编辑的网友超过717万人。百度百科倡导的是"专业精英+热情网民"的编辑模式，核心撰写者是百科蝌蚪团和百科热词团队，普通网友只要注册，也可以参与词条的编辑和修改。在其中文艺评论家大有可为，比如"艺术百科"和"秒懂百科"的撰写就需要艺术类权威协会机构、艺术院校、学术期刊的学者，文艺评论家可以在创建、修改、完善百科词条中完成知识的

---

[1] 邵燕君、肖映萱主编：《创始者说：网络文学网站创始人访谈录》，北京：北京大学出版社，2020年，第262—263、269页。

[2] ［瑞士］樊尚·考夫曼：《"景观"文学：媒体对文学的影响》，李适嬿译，南京：南京大学出版社，2019年，第35、41、42、58页。

[3] 有学者提出了"网络文学原生评论"这一概念，指的是在网络原生环境下生发、主要在网络空间内部产生影响的评论，这方面卓有成就者可称为"网络文学原生评论家"，简称"网评家"，主要指在网文圈内发言的著名粉丝评论者和推文大V。邵燕君、肖映萱主编：《创始者说：网络文学网站创始人访谈录》，北京：北京大学出版社，2020年，第90—91页。

分享，满足大部分网民迅速获取权威、可信的知识的需求。类似的平台还有知乎，只不过它把"词条"变成了"问题"，其对知识权威的重构与百度百科是一致的。

作为新的知识权威，网民权威直接参与和影响了网络文艺的生产者的创作过程，这或许是网络文艺和传统文艺最根本的区别。网民/草根批评借助网络形成了一种巨大能量，这是不同于经济资本、文化资本与社会资本的一种与数字媒介息息相关的新的资本形式，有学者将其概括为"网络人气资本"。[1]这种资本是网络文艺最为渴望的资源。以阅文集团为例，阅文在2021年度的订阅、收藏、销售等网络文学纪录全面刷新，这也得益于阅文旗下的各大网站的读者所创建的积极互动的社区氛围，阅文在年度盘点中专门列举了读者的巨大作用和成绩：2021年评论超100万的作品增长量同比上涨30%，读者在17万部作品中创作了新的章评和段评内容，起点读者为热爱的角色比心超1亿次，在读者的摇旗呐喊下，185个起点角色的星耀值增长超10万起点。[2]起点中文的签约作家——网文大神爱潜水的乌贼——也坦言：网络评论是对网络作家最大的考验，当遇到一些"差评"的时候，精心准备想做的东西被别人否定的时候，一定会有自我怀疑的阶段。但同时，评论也是最好的反馈，"互动可以成为一种提升的方式"。[3]

网民评论重构了一种知识权威，归根结底，它是广义的粉丝文化

---

[1] 黎杨全认为：忠实的网文支持者，借助点击、订阅、推荐、打赏与讨论逐渐增加新人的人气，群造经典，让小说崭露头角，并最终大红大紫。详见黎杨全《数字媒介与文学批评的转型》，上海：上海三联书店，2013年，第30—31页。
[2] 阅文集团：《2021，网络文学纪录全面刷新！》，https://mp.weixin.qq.com/s/7VtnmCHaFUYg80woaC8P4g，2022年1月28日。
[3] 虞婧：《茅盾文学奖得主、网络文学名家首度同台：所有的文学都来吧》，http://www.chinawriter.com.cn/n1/2022/0113/c404027-32330892.html，2022年1月13日。

的一部分，有时也具有同人文化的性质。网民的解读方式与主导审美逻辑或许不一致，可能会游离、违背、改变甚至颠覆、扭曲了作者的原意。根据约翰·费斯克（John Fiske）的观点，网友评论群体是"文化生产者"而非"文化消费者"，[1] 或者属于詹金斯（Henry Jenkins）所说的"文本盗猎"行为，其贡献主要表现在他们对原作不断的否定和再创作之中，他们对所喜爱的文化产品的典型反应不仅仅是喜爱和沉迷，还包括不满和反感，这正负两方面的反应促使了他们与文本的积极互动，从而成为参与建构并流传文本意义的积极参与者。"盗猎者"致力于解决故事漏洞，发掘多余的细节和未充分发挥的可能性，建造出比原文本更大、更丰富、更复杂有趣的元文本，也提升了原作的知名度。[2]

其二，社交媒体催生了新的文艺评论语体和话语风格。

社交媒体上的文艺评论类型非常丰富，有论证严密、史论结合的长篇论文，比如著名网评家 Weid（段伟）的《网上阅读十年事（1998—2008）》（2010）、《一部标签的丰富史，一则原创小说类型谈——试论二十一世纪以来大陆网络类型小说的兴起与演变》（2011—2012）、裴培的《网络文学二十年：让我们从头认识这个熟悉又陌生的巨大市场》（2019）等，就发布于"龙的天空"[3] "互联网怪盗团"等网络论坛和公众号上，也有大量松散的、随性的评论帖，比如在"龙的天空"这样的专业网络评论平台上，截至 2022 年 2 月 8 日，仅"网文江湖""原创评论""推书试读"等核心板块上的各种帖子总数就超过了 115 万，多数是只言片语的短评，似乎是古人诗文评传统的复兴。

---

[1] ［美］约翰·费斯克：《理解大众文化》，王晓珏等译，北京：中央编译出版社，2001 年，第 179 页。
[2] ［美］亨利·詹金斯：《文本盗猎者：电视粉丝与参与式文化》，郑熙青译，北京：北京大学出版社，2016 年，第 22—23、266、45 页。
[3] "龙的天空"（https://www.lkong.com）创立于 2000 年，起初是小说网站，后转型为网络文艺评论网站，至今仍然非常活跃。

在微博、微信、文学网站等社交媒体的即时文艺评论，大多简洁灵活，有配图，有评分，可弹幕，便于随时随地发布、查收、转发和搜索；知乎的板块设置中，影视区延续了类似"如何看待……"的知乎式发问，对各类文艺作品进行点评与讨论；豆瓣网以评分、短评、长评构成了多元的大众网络文艺评论阵地。在B站、抖音、微博、豆瓣网等社交平台中，许多吐槽式的文艺评论采用了视频、文字、弹幕、跟帖融合的方式，创造了新的评论语体。

和传统的学院派的文艺评论相比，网友评论形成了鲜明的语体风格。它们起于草野，看似随性、散漫，实则敏锐、犀利，往往是某一部文艺产品刚刚开播或更新，网友评论就新鲜出炉了。麦克卢汉（Marshall McLuhan）说过："媒介就是信息"，但到了社交媒体时代，人们会说"媒介就是速度"。[1] 社交媒体非常善于把握话题，标题抓人，文字生动，借助剪辑软件等技术，图文并茂，将评论立体化、图像化，或梳理剧情，厘清线索，嬉笑怒骂皆成文章，针砭时弊，入木三分，获得了诸多粉丝的点赞和转发。与评论家的正襟危坐和高谈阔论相比，网友评论或许有失专业、厚重，不够坚实，但它们更接地气，更有活力，更有朝气和锐气，也不乏温度和深度，增强了当代文艺评论的影响力、感染力、说服力。如B站上有很多以"吐槽烂片"为内容的自媒体UP主，他们常以粗制滥造的网络影视剧为批评对象，对剧中不合情理的叙事逻辑、冲突、台词或套路进行无情的嘲讽，一些口碑很差的网剧甚至会被他们戏称为影视吐槽区"团建项目"，这些吐槽式的评论恰好挠到了受众的痒处，好评如潮，点击量几百万、弹幕上万条很常见，甚至成为网友的看剧避坑指南。B站推选出了2021年度百大UP主，其中"大象放映室""电影最TOP""泛式""木鱼水

---

[1] 郑兴：《媒介即速度》，《读书》2020年第3期。

心""小片片说大片""1900影剧室"等因其专业性、影响力以及创新性而入围,[1] 诸多影视类UP主因制作吐槽视频时话锋犀利,从而热度持续增加,受到网友们的认可。以UP主开心嘴炮在2021年9月上传的《这剧是人拍的?逆天吐槽〈程序员那么可爱〉》为例,[2] 这个视频细致分析了剧中的"十个烂片套路",得出了"现在这些烂片,烂得都没有灵魂"的结论,最后还以点带面,剪辑了《程序员那么可爱》《燕云台》《长歌行》《有翡》《风起霓裳》《雁归西窗月》等热播剧的诸多镜头,分析了其中的三条"贪吃蛇"("泼水""掉东西""是你"等),让人忍俊不禁,拍案叫绝。UP主所说的"贪吃蛇",原指一款经典的小游戏。别的游戏往往是以操作者的胜利而告终,但贪吃蛇不同,它的结局永远是失败:贪吃蛇最要命的一点就是贪婪,当游走自如的小蛇越长越长,积分越来越高的时候,它却没有意识到危险,往往在最得意扬扬的一刻突然死亡。这种"贪吃蛇"和当下的很多文艺作品何其相似!UP主的这种评论,文风通俗,见解深刻,其中对"贪吃蛇"的细读和批评,让人汗颜,也让人警醒。截至2022年1月底,这个视频评论仅仅在B站就获得了156.8万的播放量,总弹幕数2万条,除了B站,这条视频评论也在豆瓣、知乎、腾讯、优酷等网站上转发,受众数量难以统计。这样的视频创造了新的话语风格,堪称是当代的"捕蛇者说"。

其三,社交媒体为文艺评论开辟了更广阔的公共空间。

日趋活跃的社交媒体提供了和读者直接对话交流的空间,塑造了学者、网友或学术期刊的敏锐而专业的文艺评论形象,成为他们从事文艺评论、积累文化资本的公共空间。以公众号为例,公众号是用户

---

[1] 参见《2021年B站百大UP主名单正式揭晓:你关注了几个?》,https://www.sohu.com/a/515898647_170520,2022年1月12日。
[2] 原视频参见 https://www.bilibili.com/video/av975610366/。

在微信公众平台上申请的应用账号,可以实现和特定群体的文字、图片、语音、视频的全方位沟通、互动,受众的点赞、分享和转发不仅扩大了文艺评论的影响力,及时传播新近的学术信息,也促进了文艺作品、学术与读者、作者的互动,同时也增添了学者、网友和作品的人气。和个人的公众号相比,一些运营较好的学术期刊公众号的受众/粉丝往往过万甚至数十万,粉丝活跃度高,推送文章的阅读量众多,转发、评论、点赞的次数数不胜数。运行出色的公众号"以用户体验为中心,注重激发并引导用户的阅读兴趣与互动愿望,增强了用户黏性,扩大了期刊的传播力",一个季度的总阅读量就接近 300 万,篇均阅读量达到两万两千一百余次,最热论文的阅读量达到 10 万 +。[1]我们不妨以《探索与争鸣》公众号 2022 年 1 月 12 日的推送为例,来分析公众号与文艺评论的相互促进。这一天推送的是南开大学周志强教授最近刊出的《元宇宙、叙事革命与"某物"的创生》一文,原文的题目中规中矩,稍显平淡,因此公众号新拟了一个更吸引人、更网络化的标题:"能够再造'邓丽君'的元宇宙,会将人类引向一个由快感支配的世界吗?"[2]推文在正文开头特意增加了一段 2 分 41 秒的视频,视频中邓丽君的虚拟形象与一群嘉宾进行了跨时空的实时对话、合唱,还增加了 4 张关于虚拟现实、互联网科技、科幻世界的图片,开放了读者评论,从而完成了社会热点吸睛—视频/音频播放加持—精美版式展示—互动交流与回应的完善程序。通过公众号的推送,原本抽象的元宇宙批评也获得了更多的关注,受众也得以和专家平等对话,对文艺作品的生产、传播和消费也起到了积极的推动作用。

奇云之奇,在于其千变万化而魅力无穷,正如社交媒体。借助社

---

[1] 林春香:《融媒体时代人文社科学术期刊微信公众号的传播力分析——以 CSSCI(2021—2022)来源期刊为中心》,《闽江学院学报》2021 年第 6 期。
[2] https://mp.weixin.qq.com/s/dTHvQQgKYijeM_-vxORbVg。

交媒介的赋权，文艺评论得以在云中漫步，天马行空，姿态万千。

三、社交媒体的反连接与文艺评论的景观化、圈层化

社交媒体建构出网络传播和人际双向交流和连接中形成的符号系统，在这种巨大而细微、透明而混沌的介质里，琐碎而庞杂的信息在瞬息之间鲸吞海吸，建构出深广繁杂的复杂现实和世态万象。社交媒体带给当代文艺评论的不仅仅是赋权效果，也有可能是剥夺或阻碍。正如学者迪克在《连接：社交媒体批评史》一书所说的那样："社交媒体的赋权能力是一把双刃剑"，连接媒体在常态化的生活中总存在着"复杂的矛盾"："开心地接受使用与批判地抵制并存"。[1] 也正如特克尔所说："我们坚信网络连接是接近彼此的方法，即使它也是同样有效地躲避和隐藏彼此的方法。"[2] 具体地说，当社交媒体的使用成了彻底的商业或消费行为，当人们过度使用、依赖社交媒体，连接就会走向反面：反连接。

社交媒体的反连接的表现之一是"锁定"。基于流量和算法，社交媒体会出现某种"锁定"现象，如吸引用户并将其锁定、管理者和用户对数据的操纵，用户会被平台所过滤的内容锁定，最终导致其只会看到系统的信息、购买相同的产品，观看相同的剪辑。"内容是自发的，也是受控的；是无中介的，也是被操纵的。"表现之二是"隔离"，平台"隔离"竞争对手，形成限制用户的"围墙花园"。表现之三是

---

[1] ［荷兰］何塞·范·迪克：《连接：社交媒体批评史》，晏青、陈光凤译，北京：中国人民大学出版社，2021年，第180、175—176页。

[2] ［美］雪莉·特克尔：《群体性孤独：为什么我们对科技期待更多，对彼此却不能更亲密？》，周逵、刘菁荆译，杭州：浙江人民出版社，2014年，第300页。

"（无法）退出"，即"选择退出连接媒体的几乎不可能"或成本过高。[1]这些反连接的情形也被学者概括为互联网运动中的"连接与反连接的摇摆"：当现代人饱受过度连接之苦后，适度不连接或"反连接"思维变得必要，这也可能成为互联网未来发展中的另一种法则。[2]

连接媒体生态系统所出现的"锁定""隔离""退出"等"反连接"现象，对文艺评论的负面影响是直接而明显的。旨在获得注意力、流量或商业利益的"锁定"，不再具有互联网开放精神的"隔离"和无法选择的"退出"，使得文艺评论出现了"景观化"和"圈层化"的趋势，让文艺评论难以在云中漫步，只能退而却步。

先看文艺评论的"景观化"趋势。

"景观"一词主要来自德波（Guy Debord）的《景观社会》，原指被商品驯服和统治的消费社会，后被考夫曼用来描绘新媒体语境下的当代文学变迁。考夫曼认为，在当下"注意力"已经取代了传统的商品生产和消费的统治，注意力经济规律变成了"不可或缺的商品"，"变成了一张崭新的通用交换货币"，景观的核心是"注意力和公众关注度经济"，"在媒体膨胀的情况下，'注意力'和'公众关注度'已经成为了最为宝贵的东西。""网民正在被他们使用的软件格式化和奴性化，这就是景观当今的格局。"[3]考夫曼重点分析了文学创作中"作者的景观化"："一位不在照片墙(Instagram)上晒自拍（selfie）的作者，一位不在脸书(Facebook)或推特(Twitter，2023年7月更名为X)平台回复读者、和无数读者朋友交流分享的作者，就不能成为一位严肃认

---

[1] ［荷兰］何塞·范·迪克：《连接：社交媒体批评史》，晏青、陈光凤译，北京：中国人民大学出版社，2021年，第5、184—197页。
[2] 彭兰：《连接与反连接：互联网法则的摇摆》，《国际新闻界》2019年第2期。
[3] ［瑞士］樊尚·考夫曼：《"景观"文学：媒体对文学的影响》，李适嬿译，南京：南京大学出版社，2019年，第52、8、4、206页。

真的作者。"[1]他同时指出，文学的景观化已经无处不在，媒体系统影响了整个文学创作链和整个知识生产链：从作家的形象到文学"圈"的形成，然后再到读者的阅读方式，全过程都出现了景观化的趋势。[2]考夫曼的分析对我们理解当代文艺评论也具有明显的启发意义。在社交媒体时代，当代文艺评论也出现了"景观化"的趋势，以注意力和关注度为最终追求，主要有以下具体表现。

其一，文艺消费和文艺评论被流量和算法劫持。

在算法的操控下，文艺评论者看到的多数只是平台愿意提供流量的、推荐后的作品，是平台最希望受众注意和评价的作品类型或文化产品，也希望受众的评价可以引来更多的注意力和关注度。正如考夫曼所说的那样："电子也好，数码也好，注意力经济主导着一切，它'配置'权威，它决定权力的等级、先后顺序和出现的时机。"注意力经济像"学院大奖的有权之士那样，有决定'生'与'死'的权力"。[3]在这样的情形下，"关注""收藏""转发""分享"或"热搜"背后的算法功能确保了平台对用户的"管控"和"引流"，多次占据微博热搜榜单的作品未必是自然的排名结果，可能只是源于强势营销的推动（购买拥有大量细节的词条、约请大V写好评等），多次的刷屏推送淹没或排挤了真实的文艺评论。

其二，文艺评论日益表演化、浮夸化。

出于收割流量、吸引广告或带货的需要，"景观化"的社交媒体要求文艺评论首先要能够被看到，被关注到，这也使得越来越多的自媒

---

[1] [瑞士]樊尚·考夫曼：《"景观"文学：媒体对文学的影响》，李适嬿译，南京：南京大学出版社，2019年，第16页。

[2] [瑞士]樊尚·考夫曼：《"景观"文学：媒体对文学的影响》，李适嬿译，南京：南京大学出版社，2019年，第14页。

[3] [瑞士]樊尚·考夫曼：《"景观"文学：媒体对文学的影响》，李适嬿译，南京：南京大学出版社，2019年，第17页。

体和UP主根据类似语法规则的具体法则去适应景观，要去满足注意力经济、公众关注度和数据的需要，"大数据是连接媒体生态系统的生命线，决定了它的生命"[1]，因此评论者变得越来越角色化、表演化，公众号的推文变成了标题党，语不惊人死不休，习惯于蹭热点，成为即时文化和消费文化的一部分，甚至衍生出了大量的营销号，披着媒体评论的外衣行"营销"之实，在网络空间中"带节奏"，严重干扰了网络文化生态，割裂了受众的真实审美过程。

其三，文艺评论只能传达出虚幻的体验。

不能实现有效的对话和连接。微博号称"随时随地发现新鲜事"，抖音希望"记录美好生活"，视频号试图"记录真实生活"，媒体信息看似流动不居，鲜活丰富，但刷来刷去，评论者看到的多是算法操控下的数据，逃不开自我的设限和无限的重复，无法实现异质主体间的对话，也不能在对话中邂逅"陌生化的、可爱的灵魂"，无益于"主体的丰满与反思"，此时的消费—评论状态就是反连接或"萎缩的连接"[2]，评论者试图在阅读中寻找"心灵回音室"，但最终体验的只是被控制的"客房服务"[3]。这种体验或许就是"交往在云端"的"云孤独"或者雪莉·特克尔所说的"群体性孤独"（Alone Together）："我们在网络上与他人的联系越来越紧密，却变得越来越孤独。""我们因网络连接而同在，但是我们对彼此的期待却削弱了，这让我们感到彻底的孤独。可能存在的风险是：我们开始把其他人视为实用性的客体而去接近，

---

1 ［荷兰］何塞·范·迪克：《连接：社交媒体批评史》，晏青、陈光凤译，北京：中国人民大学出版社，2021年，第182—183页。
2 ［荷兰］何塞·范·迪克：《连接：社交媒体批评史》"译者序"，晏青、陈光凤译，北京：中国人民大学出版社，2021年，第6—8页。
3 ［瑞士］樊尚·考夫曼：《"景观"文学：媒体对文学的影响》，李适嬿译，南京：南京大学出版社，2019年，第236—241页。

并且只愿意接近对方那些实用、舒适和有趣的部分。"[1]这些虚幻或孤独的体验,相信是每一个刷完手机后沮丧而后悔的当代人的共同感受。

当连接成了反连接,就难免会出现这样的尴尬结果:"我们把自己看作是骄傲而自由的网民,但事实上,我们却是数码文盲。"[2]当文艺的生产和消费都成了景观化的一部分,文艺评论就失去了广阔的知识生产、传播、普及和积累的空间,也无法再保持真实而充沛的活力和创造力。

再看文艺评论的圈层化趋势。随着社交媒体的兴盛,网络平台在当代文艺中的地位越来越重要,甚至有人提出"平台,是你我每秒钟生活的代名词"[3],不同的平台形成了不同的圈层,即社会中的分类化动态场域。文艺评论存在某种圈层/圈子,这并不稀奇,鲁迅先生就曾经反问道:"我们曾经在文艺批评史上见过没有一定圈子的批评家吗?都有的,或者是美的圈,或者是真实的圈,或者是前进的圈。没有一定的圈子的批评家……办杂志可以号称没有一定的圈子,而其实这正是圈子,是便于遮眼的变戏法的手巾。""合于自己的私意的",就"捧着它上天";要不然,就"捺它到地里去"。"我们不能责备他有圈子,我们只能批评他这圈子对不对。"[4]鲁迅先生所分析的这种"圈子",指的是有着不同批评标准、知识体系和生产秩序的团体,主要基于血缘、亲缘、地缘、业缘、学缘等,依托某个群体(行会、乡党、师承、同年、同人、派别等),主要出现在印刷媒体等旧媒体时代。在社交媒体兴盛

---

[1] [美]雪莉·特克尔:《群体性孤独:为什么我们对科技期待更多,对彼此却不能更亲密?》,周逵、刘菁荆译,杭州:浙江人民出版社,2014年,第1、165页。
[2] [瑞士]樊尚·考夫曼:《"景观"文学:媒体对文学的影响》,李适嬿译,南京:南京大学出版社,2019年,第55页。
[3] 陈威如、余卓轩:《平台革命》,台北:商周出版社,2013年,第20页。
[4] 鲁迅:《批评家的批评家》,《鲁迅全集》第5卷,北京:人民文学出版社,2005年,第449页。

之后，圈层的密度、丰富程度和复杂程度都不同于以往，圈子与经济实力、社会地位、阶级属性、文化背景仍然有关联，但与平台所强调的兴趣、爱好和品味的联系即"趣缘"更为密切，著名的同人文化平台 LOFTER 的口号就是"让兴趣，更有趣"，平台因此也被称为"趣缘空间"，把同一代人隔离在不同的圈层和折叠空间里。

圈层化的发展给文艺评论者的解读带来了更多的难度和挑战。在社交媒体时代，评论者需要深入趣缘空间内部，"了解不同的圈层与不同的文艺形态之间的对应关系，辨认出趣缘空间（社交平台）中的原住民群体。比如，要研究饭圈文化 / 粉丝文化，得去新浪微博；要研究二次元文化，需要去 B 站、有妖气、AcFun、Stage1st、Bangumi；要研究弹幕和鬼畜，得去 AcFun、B 站、有妖气；研究同人文化，得去 AO3、LOFTER；要研究土味文化、恶搞文化，不能忽视快手、抖音和视频号；要研究恶搞文化（搞笑配音），胥渡吧、淮秀帮是最佳的选择；要研究小清新、邪典电影，需要去看豆瓣网、桃桃淘电影、独立鱼、时光网和公路商店等；要研究耽美，需要去看晋江文学城、长佩文学、海棠线上文学城；要分析丧文化 / 佛系青年，要看 B 站、微博、人人视频；要阐释游戏文化，STEAM、3DM、NGA 是最好的选择，等等"[1]。不过，评论者要破解不同圈层之间的各种行话、密语和层出不穷、数不胜数的"梗"，这又谈何容易！文艺作品的破壁、出圈等现象之所以会给人们带来惊喜，也显现出了化解圈层间隔阂的艰难。

对圈层成员而言，圈层文化形成了某种舒适区和同温层，使得圈层内的评论者对圈层文化也产生了更为强烈的认同感和排他性，社交媒体的强连接或过度连接也使得人们对圈层过度依赖，加速了审美固

---

[1] 胡疆锋：《作为事件的网络文艺与新文艺评论的再出发》，《中国文艺评论》2021 年第 6 期。

化的形成。圈子里的人对不符合自己这个"圈子"的见解，会自觉不自觉地加以打击。评论者很难脱离不同圈层之间所建构的标签化的观念藩篱，于是我们看到：即使"快手"上苦练街舞的萌娃已经登上了2022年央视春晚的舞台，也无法消弭很多评论者在提及"快手"与"抖音"差别时对前者的低俗嗤之以鼻的刻板印象。即使在同一圈层，评论者也面临着论争时的认同难题。在2021年"清朗行动"整顿饭圈文化之前，不同圈层甚至同一圈层的粉丝一言不合就互撕、控评的乱象，那种"非我圈类，其心必异""某吧出征，寸草不生"的网暴戾气，都让人记忆犹新。文艺评论者想表达质疑的权利和自由实际上被剥夺了，除了退圈、退群、退组、屏蔽朋友圈、注销账户，实现"反连接"，似乎没有其他更好的办法，但这注定要付出难以承受的成本和代价。

　　需要强调的是，社交媒体的圈层化和景观化在很多时候是同时存在的。以微信为例，微信群具有圈层化的特征：朋友圈大体上也建立在好友之间实名认证的基础上，只不过微信添加好友的方式、屏蔽和删除等功能使朋友圈显得较为松散而不断变化，这其实是一种不稳定的共同体或圈层。微信（群）还有一个特征，只允许点赞（like）或转发，不支持踩、diss和质疑，这首先是出于圈层文化的约束——社交媒体的过度连接和强互动导致人们无法坦诚地在朋友圈说不，我们要么沉默，要么点赞，缺乏其他选择，那种坦诚相见、唇枪舌剑、以理服人的学术争鸣很难存在，大家都在转发和祝贺彼此的新作，气氛融洽，其乐融融，微信群里看似生气勃勃、丰富多彩、风景怡人，但实际上都是景观化的表演。甚至有学者说：我们已经不知不觉进入了一个"点赞社会"，点赞也成为一种"赤裸裸的数码景观"："我们越来越多地依靠点赞的多少来评价自身乃至身边的事物"，"点赞以赤裸裸的数码景观的形式表现出个人的交换价值","点赞也因此成为可以'观看'的权力和金钱"。[1]在这里,微信的点赞功能同时展示出了文艺评论的景观化和圈层化及其后果,这也符合景观化的特点,"没有排他性,就没有公众关注度"[2]。

德里达在《文学行动》一书里说过:"文学的空间不仅是一种建制的虚构,而且也是一种虚构的建制,它原则上允许人们讲述一切。""文学是一种倾向于淹没建制的建制。"[3]这就是说,真正有效的文学制度的目的就是保障和庇护文学"讲述一切"的自由和合法性。然而,在景观化和圈层化的网络空间里,文艺评论容易失去文学制度的保障,也就有可能丧失生命力、创造力和行动力。

"元宇宙"世界的最早构想者之一,美国科幻作家、数学家、计算机科学教授弗诺·文奇(Vernor Steffen Vinge)(1999)[4]面对网络的复杂变化曾经有过这样的感慨:"在我看来,计算机和网络是会推动人类自由,还是会损害人类自由,仍然是一个悬而未决的问题","我们每个人都身处这个世界之中。我们未必知道自己能飞多高(也有可能坠落消亡)。但我们可以看到,我们的后代可能会在我们想象不到的地方展翅翱翔……"[5]我们可以从中体会到科幻大师对网络世界谨慎的乐

---

[1] 张生:《点赞社会的来临:数码景观,虚假承认与权力的复古》,https://mp.weixin.qq.com/s/kvDRk-XbMRuxDog_kkS5Ww。

[2] [瑞士]樊尚·考夫曼:《"景观"文学:媒体对文学的影响》,李适嬿译,南京:南京大学出版社,2019年,第43页。

[3] [法]雅克·德里达:《文学行动》,赵兴国等译,北京:中国社会科学出版社,1998年,第3页。

[4] 人们一般把"元宇宙"追溯到1992年的《雪崩》,但早在1981年,弗诺·文奇就在小说《真名实姓》里畅想了"元宇宙"世界的大部分架构,他当时使用的是另一个词:另一境界(the other plane)。

[5] [美]弗诺·文奇等:《真名实姓》"序言",李克勤、张羿译,北京:北京联合出版公司,2019年,第Ⅸ、Ⅹ页。

观态度。

　　社交媒体兴盛的时代,文艺评论者既要接受连接的赋权,也要面对反连接的困境;既要敢于云中漫步,也要舍得退而却步。这样才能适应新的互联网法则,完成自己的使命。

(原载《中州学刊》2022年第4期,原标题《云中漫步还是退而却步——论社交媒体与文艺评论的转型》,署名胡疆锋、刘佳)

社交媒体时代文艺评论的连接与反连接

20 世纪末以来，随着智能手机、移动互联网和应用软件的快速发展，以社交媒体为代表的社交型网络已经成为最主流的网络类型。[1] 社交媒体支持用户生成内容，具有全天候、全球性、成本低廉等特征，成为人类"永不失联的爱"，改变了数字时代信息的生产、消费和获取方式，往往与"生产力、创新、社会福利、民主化、平等、关怀、积极性、团结以及社会进步等"[2] 联系在一起，也助推着当代文艺活动走向全面网络化、数字化，文艺评论出现了"云游于艺"的姿态，艺术家、受众和作品的连接达到了从未有过的密切程度。但与此同时，社交媒体的锁定、隔离和退出等不可见的反连接情形也日益突出，需要

---

1 互联网大致可以分为三代：第一代属于功能型，个人通过网络与工作、生活系统连接起来，形成在线社区或支持离线群组，如电子邮件、网上书店、报刊网络版等；第二代属于社交型，网络加入通讯媒体应用程序，允许用户生成内容的创造和交换，如脸书、维基百科、微信、抖音等各种社交媒体；第三代是虚拟型或智能型，用户借助虚拟的数码化身、代理在虚拟世界里生活、娱乐、工作，如"元宇宙"、虚拟现实或者通过人工智能/聊天机器人创造和传播信息，如 ChatGPT、社交机器人等人工智能。这三代互联网不是相互替代，而是并存和相互渗透的。

2 ［美］锡南·阿拉尔：《炒作机器：社交时代的群体盲区》，周海云译，北京：中信出版社，2022 年，第 75、24 页。

引起足够的关注和警醒。

一、云游于艺：社交媒体时代文艺评论的连接

从某种意义上讲，包括文艺评论在内的当代大部分文艺活动都已经实现了数字化、云端化的生存，如在线播映、云演出、云展览等，尤其近三年来的新冠疫情更加快了当代文艺数字化的进程，也改变了当代文艺评论的生态。

从文艺活动的生态看，网络时代的艺术确实具有了"云游"的自由与轻盈，也往往会带来一些意外和惊喜。以诗歌为例，新世纪以来，坚持写诗和读诗的人似乎是小众群体，不大引人关注，一些诗人也甘于这种边缘状态。比如，2000年左右，余光中先生在回答一位听众时曾经这样说："听说未来是网络世纪，是你们年轻人的世纪，但请容我做一条漏网之鱼（余）。"听众一时愕然，接着就是掌声雷动。余先生这样说的初衷可能是认为诗人只要专心写诗就好了，不用费神跨界去"自投罗网"，不过，余先生可能没料到的是，他本人从来没有被网络抛弃过，他的作品一直以影像诗、流行歌曲等形式在网上传播。2007年台湾文学馆创办"台湾文学·e网打尽"网站，也收录了余先生的作品。[1] 大陆诗坛也早就沉浸在数字文化的"天罗地网"之中，"为你读诗""读首诗再睡觉"等诗词类公众号有着惊人的传播力和强大的号召力，推文动辄有"10万+"的阅读量，传承并复兴了中国的"诗教"传统。外卖小哥王计兵2023年连续出版了诗集《赶时间的人》《我笨拙地爱着这个世界》，其《赶时间的人》一诗在网上的阅读量多达2000万人次。王计兵的诗歌创作始于在QQ空间写日志的经历。他感谢网

---

[1] 关于新媒介时代诗歌在海峡两岸的发展，详见胡疆锋、须文蔚《网络文学终将突破审美认知的同温层》，《中国文艺评论》2020年第7期。

友们的指点，把每一个评论其作品的网友都称为"师傅"，他认为自己的诗是吃"百家饭"逐渐"成长"的。[1] 在二次元文化的大本营——哔哩哔哩（简称 B 站，下同）——的视频弹幕和评论区里，也有着一些年轻人在不停地写诗，仅仅在视频社区里就出现了几万首诗歌，出版社甚至还为他们出了一本诗歌合集：《不再努力成为另一个人：我在 B 站写诗》（中信出版社，2023）！在网络社区里，网友们执着地敲打出自己的天真、浪漫、感伤和疲惫，对诗歌在当下的命运心知肚明："我们关心诗歌吗 / 多少的热搜在沸腾 / 多的是信息肆流 / 诗歌不名一文"（于贞，《诗人说》），他们热情拥抱着网络，也对网络的诱惑心怀警惕："手机是肉，手指是刀 / 每划一次就像是在切一块牛排 / 一口鲜，一口咸，还有一口甜"（我叫 kee，《美味的罪恶》）。[2] 看到这样的信息，读到这样的诗歌和文字我们就会明白：文学的回暖其实是一个伪命题——诗歌的温暖和力量其实从来就没有消失过，只不过是以另一种面貌和姿态出现在我们的生活和生命里。当代文艺通过新媒介实现了破壁和突围，也获得了只有网络时代才能拥有的宏阔空间，实现了作品和读者的双向奔赴。

从传播路径和空间看，除了传统的纸媒（报刊书籍等）之外，社交媒体时代的文艺评论有了更多的生产和传播平台，如很多学术期刊都在精心打造自己的公众号，影响力日增，南京大学的中国人文社会科学综合评价研究院（EIHSSC）也连续发布"CSSCI 源刊微信公众号传播力指数"，考察其活跃度、覆盖度、专业度、认可度、流行度、互动度；"中国文艺评论网""扬子江网文评论""龙的天空""书海鱼

---

[1] 韩世容：《生活像一面斜坡　诗歌是陡峭的另一面　外卖员诗人王计兵出版〈赶时间的人〉诗集》，《北京青年报》2023 年 3 月 8 日，第 B1 版。
[2] B 站网友：《不再努力成为另一个人：我在 B 站写诗》，北京：中信出版社，2023 年，第 138、32 页。

人""赤戟的书荒救济所"等专门的文艺评论网站或公众号的影响力逐渐扩大，光明网、人民网、百度百科、B站、豆瓣、知乎、抖音、乐乎（LOFTER）、快手、猫眼等网站上也有特设的文艺评论板块，文艺评论的空间日益宽广。

从评论文体和形式看，除了学术论文和著作等长论之外，社交媒体时代的文艺评论有了更多新的评论方式和呈现形态，如弹幕、写本（段）章说、点赞、发帖、留言等短论和即时评论，还有同人文、知乎式问答、视频评论、榜单等新样式；评论风格也更多样，植根于网络话语的短评、快评、散论吸引了越来越多的受众。

从文艺评论的主体看，除了学者、媒体从业者之外，草根网友、大众评论家、UP主（上传视频或音频的网友）等普通网民也积极参与了文艺评论，有学者称之为网络文学（艺）"原生评论家"（网评家）。[1] 还有学者将其命名为"微众"，认为和精英、大众、网民、草根等传统主体相比，微众代表着更丰富的、更为复杂多变的社会圈群。[2] "网评家"或"微众"等新的评论主体，逐渐成为社交媒体时代文艺评论领域的知识权威。[3]

---

[1] 邵燕君、肖映萱主编：《创始者说：网络文学网站创始人访谈录》，北京：北京大学出版社，2020年，第90—91页。

[2] 杨光：《"微众"的批评："微"时代文艺批评的新主体与形态》，《社会科学辑刊》2020年第6期。

[3] 网民在数字时代有机会成为知识权威，也包括成为令人尊敬的"伪权威"，这方面的一个极端例子是中文版维基百科上的"折毛事件"：中国的一个高中肄业生"折毛"为了赢得文游的成功，在维基中文百科上通过"编造不存在的事物""伪造来源""来源与内文无关""真假内容混杂""编造个人背景""操作傀儡"等造假手段，杜撰了恢宏的战争、众多历史人物，以一己之力，"创造"了浩瀚而自洽的古俄罗斯历史和"折毛版俄罗斯宇宙"。十年间她写了上百万字，修改4800多次，写了206个词条，这些内容骗过了无数教授和学生，直到2022年6月，真相才被一位网文作者意外发现。详见好奇橙柿《一个高中都没毕业的女生，在百科网站伪造百万字的古罗斯史》，https://mp.weixin.qq.com/s/3SHoVSfHySzVvSOTVJnF_Q，2022年7月2日。

从评论主体的地位看，传统纸媒时代的作者和评论家、读者的地位是相对固定的、静止的，其互动基本上是在作品完成之后发生的，其互动多是滞后的、错位的、想象中的，作者很难即时或及时得到评论者的鼓励或批评，评论者对作者的影响也是有限的。社交媒体时代则恰恰相反，网民和作者的互动是前所未有的热络，最典型的例子莫过于网文界多次发生的高额打赏。[1]这种打赏行为对作家的影响无疑是巨大而直接的，关系到作家的创作状态、情节构思和故事走向等等。如果说这些豪华打赏只是网络互动的意外事件，那么普通网友发表即时评论和留言则是网络文学的常态，比如起点中文的本章说（类似文字版"弹幕"，读者可以就小说的语言、主题、风格、段落、句子写评论进行交流，其他读者可阅读，可参与）就是如此。以"会说话的肘子"的《大王饶命》为例，这部小说总共280万字，1361章，拥有408万粉丝，作品互动量超过了100万次，仅第一章的本章说达到16485条（截止到2023年8月4日），有读者戏称："第一章算评论看了半个多小时，我这辈子估计是看不完这本书了。"在本章说中，"会说话的肘子"也经常出场，就主人公的性格、小说情节甚至小说的漏洞和读者交流互动，也促成和助长了小说的高人气。网文百强大神"子与2"甚至承认自己在写作《汉乡》时，在读者的"裹挟"下抄过

---

[1] 比如2013年一位名为"人品贱格"的狂热铁杆粉丝为"梦入神机"的《星河大帝》打赏折合人民币100万元，创下了网络文学界当时的"打赏"最高纪录，这位粉丝同时留言："神机营诸君、书迷诸君，我的事情做完了，剩下的，希望诸君能够多宣传，拜托了！"颇有"事了拂衣去"的"侠客范儿"，最终这位粉丝也获得了"亿万盟主"荣誉称号。详见陈杰《揭秘网络文学的粉丝经济学》，《北京商报》2013年8月16日，第A1版。再如，2022年5月底起点中文网爆发了"猪肘之战"（网络作家"宅猪"和"会说话的肘子"争夺月票），"会说话的肘子"的读者"烟哥"在最后关头打赏了500万元人民币，"会说话的肘子"的《夜的命名术》也因此赢得了月票榜冠军，烟哥也成为全网第一个五亿盟用户。

网友的书评![1] 还有知名编剧表示 B 站 UP 主犀利的吐槽给了她"当头一棒",但也让她大受启发,深感"有价值的批评千金难换"。[2] 也正是在这个意义上,有学者认为:"在我看来,网络文学和传统文学最大的区别不在于作者的身份,也不在于写作机制,而在于网络文学深深受到读者即时的影响,这是古今中外文学里没有的。"[3] 这些都揭示出数字时代文艺活动中受众的重要性。

从传播效果和影响范围来看,传统的学术评论大多只有少数专业读者阅读,而社交媒体时代文艺评论的传播范围非常可观,几万次下载、10 万+转发、百万次点击量、千万条评论在社交媒体上都不算稀奇。以 B 站影视区 UP 主"木鱼水心"为例,他连续获得 B 站 2020 年和 2021 年"百大 UP 主"称号,他专注于以视频方式"写"影评,其座右铭是:"影评某种程度上,是让看过这部片的人,不那么孤独的东西。""木鱼水心"的粉丝数为 1017.26 万(数据截止到 2023 年 4 月 8 日),获赞数为 5292.4 万,制作的影评视频播放数为 11.4 亿。[4] 其中播放量最大的前五名依次是关于《红楼梦》《三国演义》《觉醒年代》《Hello! 树先生》和韩剧《请回答 1988》的影视剧评论,播放量分别超过了 1000 万、900 万、800 万、600 万和 500 万,其中《Hello! 树

---

1 子与2在创作小说《唐人的餐桌》(2022)时承认:"这一次我不会抄书评写作,绝对不会再犯《汉乡》书中被你们裹挟改剧情的错误,就是一马平川地向前写,给兄弟姐妹们一个痛痛快快的大唐。"参见 https://read.qidian.com/chapter/qAz20IpwfNn7X4qr8VpWrA2/nykLWnfnVzf4p8iEw-- PPw2/,2022 年 6 月 15 日。
2 《赵冬苓代表寄语从事影视创作的年轻人》,https://wap.peopleapp.com/article/7022781/6878663,2023 年 3 月 4 日。
3 虞婧:《茅盾文学奖奖主、网络文学名家首度同台:所有的文学都来吧》,http://www.chinawriter.com.cn/n1/2022/0113/c404027-32330892.html,2022 年 1 月 13 日。
4 这两项数据目前在 B 站首页未有显示,参见 https://space.bilibili.com/927587,2022 年 6 月 29 日。

先生》的影评《最被误读的国产佳作，99%的人都没看懂，你看懂了吗？》属于长评，评论与解析部分的字数长达 11000 多字，规模堪比正式的学术论文，传播效果也很好，点赞和投币数超过了 46.3 万和 45.9 万，收藏人数超过 16.2 万（数据截止到 2023 年 4 月 9 日）。类似"木鱼水心"的影视剧评论这样的传播盛况，在社交媒体时代绝非个案。

社交媒体拓宽了文艺活动和文艺评论的空间，解放了许多新的文艺评论形式，激发出"微众"的无穷创造力，允许他们创造适应于自己的表达和交流需求的新形式。借助社交媒介的连接和赋权，文艺评论呈现出姿态万千、行云流水的形态，这种状态可以概括为"云游于艺"。"游于艺"来自《论语》："志于道，据于德，依于仁，游于艺。"（《论语·述而》）原意是人们沉浸在"礼、乐、射、御、书、数"六艺中可以完善品格，这里不妨将"艺"扩大为包括音乐、书法在内的当代艺术。之所以在"游于艺"前加一个"云"字，首先是因为"云"往往与网络时代或数字时代联系在一起，如云端、云储备、云计算、云展览、云聚会等，美国学者彼得斯（John Durham Peters）在《奇云：媒介即存有》一书中也描述了云和互联网的相似之处："我们可以将互联网视为一种存在方式，它在塑造环境的基本能力上，在某些方面已经类似于水、空气、土地、火或以太。"[1]彼得斯在这里认为互联网和云一样，既飘忽不定，又饱含意义，都是一种元素型媒介。其次也借用了汉语中"云游"的本义：人们在网络世界里如方外之人或各路神仙一样四海遨游，行踪不定，可以"朝东海暮苍梧"，可以"思接千载""视通万里"。

---

1 ［美］约翰·杜海姆·彼得斯：《奇云：媒介即存有》，邓建国译，上海：复旦大学出版社，2021 年，第 57 页。

二、锁定、隔离和退出：社交媒体时代文艺评论的反连接

"云游于艺"显示了社交媒体时代文艺活动的连接状态，这种连接是沟通，是促进，是激发，是交换，构成了数字社会的生态文化。不过，"云游于艺"带来的并非都是云中漫步的潇洒和浪漫。正如学者雪莉·特克尔（Sherry Turkle）所说："我们坚信网络连接是接近彼此的方法，即使它也是同样有效地躲避和隐藏彼此的方法。"[1] 这就是说，社交媒体所构成的网络在充分赋权的同时，也引发了常态化下的复杂矛盾：当社交媒体成为炒作机器，其连接近似于消费或商业行为，当人们高度依赖和使用社交媒体的时候，社交媒体构成了"围墙花园"，社交媒体的连接性、平等性和赋权功能被消解，构成了一种充满商业动机和强制性的连接逻辑，这会使得文艺评论走向反连接或无效连接。

对于文艺评论而言，当下的危机或挑战并非是社交媒体的无处不在性，而在于它的某些不可见性或不可知性，它们主要藏匿于社交媒体的内在逻辑之中。社交媒体是大数据时代的产物。在这个以海量信息著称的当下，数据和流量被视为与土地、劳动力、资本、技术、能源并列的生产要素，是信息社会的核心和稀缺资源。流量运营的核心指标是流量变现（获取消费金额），流量生成的算法规制系统是按照不变的资本逻辑进行设置的，目的是最大程度地吸引用户的注意力，增加人气，促成信息的迅速增长、快速流行、持续流通和快速收益，鼓励用户放弃或让渡隐私，延长使用时间、有更多投入，以追求利益的最大化。正如荷兰学者范·迪克（José van Dijck）在《连接：社交媒体批评史》一书中所说的那样："用户主要关注内容的质量和形式，而

---

[1] ［美］雪莉·特克尔：《群体性孤独：为什么我们对科技期待更多，对彼此却不能更亲密？》，周逵、刘菁荆译，杭州：浙江人民出版社，2014年，第300页。

平台所有者则更关心数据和流量。"[1]同时，世界各大平台既激烈竞争又相互持股、趋于整合的态势也越来越明显：平台的趋势"是向上运动：集中、整合与综合"[2]。关注流量和注意力，既竞争又整合，这些都揭示了社交媒体的内在逻辑，具体表现是锁定、隔离和（无法）退出等，构成了社交媒体时代文艺评论的反连接。

所谓"锁定"，就是社交媒体基于流量和算法对用户的数据控制和内容管理；所谓"隔离"，就是社交媒体通过扩展服务种类进而区隔和限制竞争对手，"通过让自己的平台与其他平台互不兼容，并且严密地控制我们上传给它们的数据（以及它们搜集的与我们有关的数据）来绑定我们"[3]。所谓"退出"，实际上是"无法退出"，是指社交媒体的用户选择退出（如关闭朋友圈、屏蔽、退群、注销账号等）时不仅会遇到技术或商业障碍，还会遇到社交障碍，受到社会规范与文化逻辑制约，比如难以找回社交关系、个人数据（记忆、点赞、收藏或分享等），正如学者洛文克（Geert Lovink）所说的那样："每个成功的平台最需要的都是一大群平台依赖者：一群被情感纽带捆住的上钩用户，他们感到自己除了这个平台已经无处可去。""媒介不再是我们的延伸，我们已经内化了它们。技术设备变得这么小、令人熟悉、亲密无间，我们不再能和它们保持距离，也就很难批判地反思它们的影响。"[4]这就是说，对于大多数进入在线社交空间的人来说，选择退出几乎是不可能的或成本太高。

---

[1]［荷兰］何塞·范·迪克：《连接：社交媒体批评史》，晏青、陈光凤译，北京：中国人民大学出版社，2021年，第182页。

[2]［荷］基尔特·洛文克：《社交媒体深渊：批判的互联网文化与否定之力》，苏子滢译，重庆：重庆大学出版社，2020年，第5页。

[3]［美］锡南·阿拉尔：《炒作机器：社交时代的群体盲区》，周海云译，北京：中信出版社，2022年，第163页。

[4]［荷］基尔特·洛文克：《社交媒体深渊：批判的互联网文化与否定之力》，苏子滢译，重庆：重庆大学出版社，2020年，第97、214页。

锁定、隔离和（无法）退出形成了社交平台的"魔咒"，用户被限在脸书、谷歌、微信、抖音以及类似"软件的牢笼"中，有学者将其界定为数字时代的"围墙花园"："尽管我们不断要求开放数据，使用开源浏览器，还就网络中立性和版权问题争论不休，但脸书这些'有围墙的花园'却关闭了朝向技术发展世界的大门，转向'个性化'——这样，超出你视域范围的信息就永远无法进入你的信息生态中。"[1]

数字时代的"围墙花园"有以下具体表现：其一，平台让它们的功能和服务与其竞争对手不兼容，试图锁定应用程序和用户，评论者难以在不同平台上转换自如，评论内容也难以形成超链接，用户的数据和社交关系不可移植；其二，平台对用户进行管制，使其进入特定的角色和行为模式，控制部分人的发言，把一些特定的或可靠的内容贡献者（如大V）的评论推到信息的塔顶，所谓"禁言""给流量""引流"就是如此，用户失去了平等性；其三，用严格的格式（如字数、叙事结构、图文大小、点赞和分享功能等）限制用户的表达；其四，"围墙花园"构成了一种连接媒体生态系统，社交性、创造力和知识都融入了其中，这也导致与商业空间相隔离的非营利性或公共的平台空间不复存在了，这也阻碍了早期网络社区的理想主义（自由地表达和连接），缩小了用户的表达空间。[2]

锁定的目的是旨在获得注意力、流量和商业利益，隔离失去了互联网的开放精神，无法退出让评论者丧失了选择权。网络用户的（选择）多样性、独立性和平等性被渐渐吞噬。这方面最典型的例子莫过于2013年6月的斯诺登解密事件，这个事件的本质是个人信息和隐私

---

[1] [荷]基尔特·洛文克：《社交媒体深渊：批判的互联网文化与否定之力》，苏子滢译，重庆：重庆大学出版社，2020年，第70页。
[2] [荷兰]何塞·范·迪克：《连接：社交媒体批评史》，晏青、陈光凤译，北京：中国人民大学出版社，2021年，第176—187页。

被全方位锁定、被控制，有学者这样评论："该事件标志着'新媒体'时代的象征性终结。""互联网一代所珍视的价值——去中心化、点对点、块茎（rhizomes）和网络状——已被击碎，你点击的每一样东西都能且会被拿来对付你。我们已经走完了一个循环，又回到了1984年之前的世界。1984年不只是奥威尔笔下的年份，它也是苹果公司推出Mac、个人计算机闯入媒体景观的一年。"[1]这一批判可谓犀利。不过，人们在震惊、愤慨和恐惧之后，仍然不得不继续使用无线网络，购买智能手机，下载应用软件，刷手机、点赞、分享、使用行程码，然后重新陷入后悔、恐惧、后怕的循环之中。正如洛文克所说的那样："我们处在对成瘾的焦虑和潜意识、强迫性的使用之间。我们的拇指长了，脖子弯了；就在我们陷入只顾自己、孤独、无聊、迟钝和冷漠的技术深渊时，社会的混乱加剧了。"[2]洛文克描述的虽然主要是西方的手机族，但何尝不是社交媒体时代人类共同的写照呢？

人们与社交媒体的相处如同一场相爱相杀的遭遇战。尼采曾经提醒我们说："与怪兽作战者，可得注意，不要由此也变成怪兽。若你长久地凝望着深渊，深渊也会深深地凝望着你。"[3]不幸的是，随着社交媒体的种种反连接状况的频发，数字时代的文艺评论也时有"深渊"浮现，社交媒体甚至成了美国学者阿拉尔（Sinan Aral）所说的"炒作机器"（The Hype Machine）的一部分，炒作机器"在今天主导了人类社会信息的流动、观点的表达，乃至个体在社会中的行为"。"炒作

---

[1] ［荷］基尔特·洛文克：《社交媒体深渊：批判的互联网文化与否定之力》，苏子滢译，重庆：重庆大学出版社，2020年，第79页。

[2] ［荷］基尔特·洛文克：《社交媒体深渊：批判的互联网文化与否定之力》"中译本导言"，苏子滢译，重庆：重庆大学出版社，2020年，第V页。

[3] 译文略有改动（原译文为：若往一个深渊里张望许久，则深渊亦朝你的内部张望）。参见［德］尼采《善恶的彼岸》，赵千帆译，北京：商务印书馆，2017年，第119页。

机器在我们之间创造出了一种极端的相互依赖，同时，它还塑造了我们的思想、观点和行为。""通过推荐我们消费的内容，即通过推荐新闻、图片、视频、故事及广告来塑造我们的思维方式。""这使得炒作机器有了巨大的权力来决定我们可以看到哪些信息。"[1]在炒作机器的推动下，文艺评论也出现了景观化和圈层化的趋势。

"景观化"主要借鉴了德波的《景观社会》的概念，德波的原意是说商品生产和消费已经统治和支配了社会，在社交媒体时代，最重要的景观或商品就是注意力和公众关注度。当代文艺的景观化贯穿了艺术界的整个创作链和知识生产链，当代文艺评论的生成、衍生和传播都出现了景观化的这种特点。比如，注意力经济和"流量至上论"决定了文艺作品的等级、位置和价值，流量和算法引导甚至劫持了文艺消费和文学评论。在基于大数据的算法的操纵下，包括评论者与读者在内的受众看到的，其实只是平台最希望让人们看到的。在诸多"关注""收藏""转发""分享""热搜""热榜"后面都隐藏着控制和过滤，受众只能看到某种系统性的信息，看到同质的评论，正如洛文克所言："目前的社交媒体架构只捕捉商业价值，它们监控事件、将新闻商品化（而不生产新闻）并呈现给观众，再把他们的用户偏好卖给报价最高的人。"[2]在算法的操控下，评论者和受众都逃不开视野的限制与重复，这种反连接提供给受众的只是一种预设的"客房服务"，而不是真正的"心灵回音室"或"精神的归家"。这方面最典型的例子就是互联网的顽疾：水军控评。比如2021年12月，《风起洛阳》《谁是凶手》两部剧集的原定播出时间稍有延迟，但是在两部剧还没播出之时，豆瓣上

---

[1] [美]锡南·阿拉尔：《炒作机器：社交时代的群体盲区》，周海云译，北京：中信出版社，2022年，第1、14、108、109页。
[2] [荷]基尔特·洛文克：《社交媒体深渊：批判的互联网文化与否定之力》，苏子滢译，重庆：重庆大学出版社，2020年，第18页。

就有人在抢先打分，而且几乎是清一色的差评，这显然是源于竞争对手有组织的控评。资料显示，在电视剧营销上，有的剧方会投入120万到豆瓣评分维护，以3万/0.1分的成本维持评分；一个热搜平均花费在10万左右，上榜几万元，维持在榜时间则需要去买更多的粉丝大V、关键意见领袖（KOL）营销号，每人不会低于三五万，有的热播剧被曝营销费高达5000万。这样的情形下，文艺评价的数据很难摆脱被利益裹挟失真的情况。猫眼、灯塔、云合数据、骨朵热度、艺恩、德塔文、Vlinkage等第三方平台数据，经常发生非播出时段"阴兵过境"等注水现象，让各个榜单的可信度大打折扣，被扣上过水榜的帽子。[1]再如，一些作品发布会和新片点映时的专家发言与观众的口碑严重不符，被很多平台追捧的所谓"爆款"影视剧，既无可靠的数据，也缺乏持续的社会讨论热度，更不能突破各个年龄圈层，但仍然活跃在各种榜单或热搜榜的前列，这些评论其实都是"锁定"（营销）和景观化的后果，而非真诚、真实的文艺评论。

文艺评论的表演化、浮夸化、泡沫化也是景观化的一部分。为了收割流量、吸引广告或者带货的需要，很多公众号的评论活动越来越趋于角色化和表演化，推文也变成了标题党，形成了"点击诱骗"（clickbait）和"点赞诱骗"（like-baiting）的景观，实际上是"小报新闻2.0版本"。[2]这些评论习惯于蹭热点营销、带节奏，破坏了本真的网络生态，割裂了受众的真实审美过程。虽然有着耸人听闻的标题，语不惊人死不休，但实则文不对题，正文和普通的商业炒作无异，难以做到"说真话、讲道理"，也更不可能"鉴美丑""促繁荣"。

---

1 魏妮卡：《〈梦华录〉爆没爆，谁说了算？》，https://mp.weixin.qq.com/s/0Y2IzovNwaKBTp3txr8_pw，2022年6月15日。
2 [荷]基尔特·洛文克：《社交媒体深渊：批判的互联网文化与否定之力》，苏子滢译，重庆：重庆大学出版社，2020年，第7、8页。

圈层化也是当下文艺评论的常态。社交媒体时代，批评的共识有时是很难达到的。网络空间是基于趣缘空间的基础上建立起来的，各个圈层内部存在着大量层出不穷的行话、密语和"梗"，形成了特殊的审美风格和趣缘空间，同时也带来了破壁、出圈的困难。不同圈层之间的交锋，特别是不同文娱粉丝群体之间的攻击、厮杀，在2021年文娱领域治理之前有过非常"抢眼"的表现，也增加了社会的攻讦和戾气。圈层生成的固化的审美趣味，剥夺和削弱了文娱评论者质疑和商榷的权利，比如在抖音的拥趸眼中，快手总是和"土味"相连，即使有大量的民间歌手在"快手"上传播优秀传统文化，并成功地登上了春晚舞台，即使令人惊艳的"只此青绿"表演团队中国东方歌舞团早已在快手上注册，也屡屡掀起国画和传统乐舞的"国潮"，也无法抵消或改变抖音粉丝对快手的刻板印象。在某种程度上，审美圈层如同微信的朋友圈，朋友圈虽然设置了点赞（like）和转发的功能，却没有否定和质疑的功能，没有"踩"和鄙视（diss）的按钮，这显然是一种隐喻，意味着在圈层对文艺评论起到了约束和遏制的作用，正如洛文克所说的那样："点赞经济"的间接性与肤浅性使得用户难以理解开放网络是怎么回事……一个只有"好友"的社交世界变得扁平。[1] 这也导致评论者无法在同一个圈层内坦诚地说不，其成员要么退群，要么点赞，要么沉默，文艺评论的空间也随之被压缩了。

数字时代，人们经常使用"窗"及相关概念描绘网络设备或现象，如视窗、弹窗、窗口期、界面等，这不由得让人想起钱钟书先生写于八十多年前（1941）的《窗》，[2] 当我们重读这篇散文时，我们会发现钱

---

[1] ［荷］基尔特·洛文克：《社交媒体深渊：批判的互联网文化与否定之力》，苏子滢译，重庆：重庆大学出版社，2020年，第69页。
[2] 学者吴伯凡曾经在《孤独的狂欢——数字时代的交往》一书中简略地提到昆德拉的小说《慢》和钱钟书的《窗》与现代技术的联系。参见吴伯凡《孤独的狂欢——数字时代的交往》"代序"，北京：中国人民大学出版社，1998年，第7页。

先生的很多论述似乎在社交媒体时代也颇有价值。

在《窗》一文中，[1]钱钟书认为：

> 门和窗有不同的意义。有了门，我们可以出去；有了窗，我们可以不必出去。
>
> 窗比门代表更高的人类进化阶段。

——这可以理解为网络、社交媒体的连接功能和创造性。

作者还说：

> 门许我们追求，表示欲望，窗子许我们占领，表示享受。
>
> 一个外来者，打门请进，有所要求，有所询问，他至多是个客人，一切要等主人来决定。反过来说，一个钻窗子进来的人，不管是偷东西还是偷情，早已决心来替你做个暂时的主人，顾不到你的欢迎和拒绝了。……但是理想的爱人（ideal）总是从窗子出进的。

——这可以理解为人们对社交媒体的热爱、迷恋以及社交媒体的反客为主、控制力。

文章还说：

> 窗可以算房屋的眼睛。
>
> 关窗的作用等于闭眼。天地间有许多景象是要闭了眼才看得

---

[1] 钱钟书：《写在人生边上 人生边上的边上 石语》，北京：生活·读书·新知三联书店，2019年，第15—19页。

见的，譬如梦。假使窗外的人声物态太嘈杂了，关了窗好让灵魂自由地去探胜，安静地默想。

——这或许可以理解为社交媒体的锁定、隔离等反连接所带来的烦扰，以及人们的新选择。正如梅罗维茨（Joshua Meyrowitz）所说："媒介亦像墙和窗一样可以隐藏和显示某些东西"，"媒介既能创造出共享和归属感，也能给出排斥和隔离感"，"媒介能加强'他们'与'我们'的感觉，也能消除这种感觉"。[1]

《窗》一文为我们留下了丰富而隽永的启示。社交媒体连接了我们和窗外的世界，让我们能够欣赏"云游于艺"的风景，但我们也需要依据数字时代的"道""德""仁"（网络的开放精神、创造性、多样性等），发现社交媒体的反连接。在某些时刻，我们也许需要暂时关上窗，寂然凝虑，神与物游，让眼睛、身心得以休憩，让连接慢下来甚至暂时中断，这或许并不妨碍我们继续在信息高速公路上前行，正如西谚所云："我们走得慢，因为想走得更远。"

（原载《社会科学辑刊》2023 年第 5 期，略有改动）

---

[1] ［美］约书亚·梅罗维茨：《消失的地域：电子媒介对社会行为的影响》，肖志军译，北京：清华大学出版社，2002 年，第 7 页。

作为事件的网络文艺与新文艺评论的再出发

进入新世纪以来，以网络文艺（网络文学、网剧、网络电影、网络综艺、网络音乐、网络动漫、网络游戏、短视频等）为代表的当代文艺现象，越来越为评论家所关注。但正如有学者所言，当下的评论家和创作者、欣赏者之间存在着明显的隔膜，新文艺批评经常处于缺席状态。[1]究其原因，有一点也许是不可否认的：进入数字时代以后，当代文艺的创造者、传播者和受众大多是青年人，属于"网生代"。按照学者韦斯莱·弗莱尔（Wesley A. Fryer）的划分方法，[2]青年人是网络文化的创造主体和受众主体，[3]是"数字原住民"，而多数文艺评论家却只是"数字移民"或"数字窥探者"，与数字文化保持着若即若离的

---

1 傅道彬：《新生代文艺批评的"缺席"与"在场"》，《中国文艺批评》2021年第3期。
2 转引自［美］詹姆斯·保罗·吉：《游戏改变学习：游戏素养、批判性思维与未来教育》，孙静译，上海：华东师范大学出版社，2020年，第21页。
3 以网络文学为例，网生代已成网络文学的接受主体和消费主力。在2018—2019年阅文集团签约作家中，85后、90后、95后占主体，为74.48%，实名认证的新申请作者中95后占74%。网络文学读者群体表现出更为明显的迭代性，截止到2019年，4.55亿网文用户中90后用户已超总量的70%。数据来源：《2019年度网络文学发展报告》，http://www.chinawriter.com.cn/n1/2020/0220/c404027-31595926.html，2020年2月20日。

联系，有的甚至是"数字难民"：他们看着各种"稀奇古怪"的热搜排名常常是目瞪口呆、四顾茫然，听着作品中埋下的"梗"和热词，如同在听黑话和佶屈聱牙的方言，对系统文、二次元、后人类、AI（人工智能）、CP（配对）、赛博朋克等术语似懂非懂。他们即使可以与时俱进，学会使用智能手机、刷微信、扫二维码，也能引用一些网络流行语，也难以改变在网络文化里进退失据的尴尬处境。更为关键的是，许多评论家评价网络文艺的标准、体系和态度，往往沿袭传统的经典文艺观念，来自纸媒盛行的"机械复制时代"，因此，他们在评论网络文艺时难免会出现刻舟求剑、削足适履的情形，和数字原住民对话时往往只能自说自话，犹如鸡同鸭讲，这都导致网络文艺评论在很多时候变成了独角戏，无人喝彩，也无人理睬，也难以成为"文艺创作的一面镜子、一剂良药"[1]。

在数字时代，文艺评论确实有必要寻找到新的视角、新的立场、新的方法，其中当然有很多可选项，在我看来，引入事件理论或许是一条有意义的路径。与以往的文学工具论、文学反映论、文学审美批评有所不同，事件理论更加注重文学的生成性、能动性、互动性、行动力、效果和作用，[2]而网络文艺的兴起、蓬勃发展甚至网络文艺评论本身完全可以被视为一场大规模的事件。诗人曾经激动地宣布：时间开始了（胡风《时间开始了》，1949）！对亲历网络文艺的出现和繁荣的我们而言，时间（事件）也开始了！从事件的视角看网络文艺，我们可以更准确地发现和研究网络文艺及其创作的断裂性、文本的生成性与过程性、艺术语言的建构性、艺术的媒介性以及阅读的作用力，更准确地把握当代文艺的新特征和新趋势。正如有学者所说的那样："把

---

[1] 习近平：《在文艺工作座谈会上的讲话》，《光明日报》2015年10月15日，第1版。
[2] 何成洲、但汉松主编：《文学的事件》，南京：南京大学出版社，2020年，第20页。

文学研究的视点'从意义移到事件'——这是我们这个时代的必然。"[1]

一、何为事件

事件（event）是当代文艺理论与批评中的关键词之一。事件理论关注文艺创作和文艺现象的断裂性、生成性，提醒人们既可以把文艺作品看成是一个客体对象，也可以将其看成是一个事件或行动。[2] 事件理论有着丰富的理论资源，康德、巴赫金、海德格尔、伽达默尔、德里达、福柯、乔纳森·卡勒、伊格尔顿、齐泽克、德勒兹、巴迪欧、阿甘本等学者对事件理论都有所贡献，其中尤其以齐泽克（Slavoj žižek）和德勒兹（Gilles Louis Réné Deleuze）的事件理论最具有代表性。

在齐泽克看来，事件是断裂，是意外，具有某种"神奇性"，事件打破了惯常的生活节奏，它们的出现似乎不以任何稳固的事物为基础；事件是重构的行动，是超过了原因的结果，是一个激进的转捩点，是平衡被打破，是系统出现异常，"事件总是某种以出人意料的方式发生的新东西，它的出现会破坏任何既有的稳定架构"。同时，事件也可以撤销，即"去事件化"，是"主体面对实体时的分裂状态"。[3] 在某种程度上，事件的撤销就是隐退、倒退、涂抹、遮蔽。

如果说齐泽克强调的主要是事件的"断裂性"，那么德勒兹突出的则是事件的"生成性"。在德勒兹看来，事件具有内在性、多元性和差

---

[1] [日]小林康夫：《作为事件的文学——时间错置的结构》，丁国旗、张哲瑄译，北京：知识产权出版社，2019年，第247页。
[2] [英]特里·伊格尔顿：《文学事件》，阴志科译，郑州：河南大学出版社，2017年，第213页。
[3] [斯洛文尼亚]斯拉沃热·齐泽克：《事件》，王师译，上海：上海文艺出版社，2016年，第4—6、62—63、191—192、211—224页。

异性，就是不断生成（becoming）。德勒兹在《意义的逻辑》一书中认为：事件是不断变化中的非实体性的存在，事件允许积极的和消极的力量相互变换；事件是无中生有，是不断的发生；理想的事件就是奇点（singularité）的集合，"奇点就是转折点和感染点，它是瓶颈、是节点、是玄关、是中心、是熔点、是浓缩、是沸点、是泪点和笑点、是疾病和健康、是希望和焦虑、是'敏感'点"[1]。事件总是蕴含着转变的力量，是一个连续生成的过程，能够并且需要对现状产生影响，如以色列学者伊莱·罗纳（Ilai Rowner）所说的那样：事件的瞬间同时包含了"断裂和改变"，产生了"朝向他者性的不可抗力"。[2]

齐泽克、德勒兹等人讨论的事件理论，主要是从政治哲学、思想史等的角度提出的，源于对西方政治左翼无力回应社会变革的失望或期望。不过，事件理论也广泛适用于文学艺术，齐泽克就非常明确地提出：事件可以是艺术品带给人的强烈感受，"新艺术风格的兴盛"就是一类事件。[3]

二、作为事件的网络文艺

网络文艺的兴起正是当代文艺发展中的一次大规模事件，它符合了齐泽克等人对事件的基本界定和描述，它"动摇了现今已确实存在的基础的结构和组织，并使其瓦解，它是对有意图的估计和预

---

[1] Gilles Deleuze, *Logique du sens*, Paris: Minuit, 1969, p.73. 译文参见蓝江《面向未来的事件——当代思想家视野下的事件哲学转向》，《文艺理论研究》2020年第2期。
[2] Ilai Rowner, *The Event: Literature and Theory*, Lincoln and London: University of Nebraska Press, 2015, p.viii.
[3] ［斯洛文尼亚］斯拉沃热·齐泽克：《事件》，王师译，上海：上海文艺出版社，2016年，第1、3页。

测的背叛"[1]。

网络文艺的创作主体、创作方式、阅读活动、传播路径和评价体系都已成为事件。数字时代里，随着交互式自媒体的发展，大众进入了自我出版的时代，[2] 人人都是媒体，如"问答社区"和"原创内容平台"知乎自2011年上线以来，十年间累计拥有4310万内容创作者，贡献了3.53亿条内容，[3] 微博上"曹县是什么梗"的阅读次数轻轻松松地就高达5亿，单日阅读次数达3.2亿次之多（截止到2021年5月26日）。这些数据都堪称是"骇人听闻"了。在互联网＋文艺的背景下，网络文艺的兴起也因此成为当代文艺的一个重大事件。以中国当代文学为例，传统文学期刊市场自20世纪末以来逐步萎缩，文学期刊订户断崖式下降，印数从巅峰跌到谷底，很多辉煌一时的传统文学期刊纷纷停刊，"文学期刊正在丧失其'预示文学重大走向、发掘文学有生力量'的垄断地位"[4]。而与此同时，中国网络文学却发展迅速、高歌猛进，无论是受众数量还是影响力，都取得了传统文学难以企及的成果。据统计，截至2020年12月，中国网络文学用户规模达4.6亿，占网民整体的46.5%，[5] 到2019年，网络文学注册作者达1755万人，签约作者超过100万人，其中活跃的签约作者超过60万人。网络文学

---

1 ［日］小林康夫：《作为事件的文学——时间错置的结构》，丁国旗、张哲瑄译，北京：知识产权出版社，2019年，第3页。
2 ［澳］约翰·哈特利：《数字时代的文化》，李士林、黄晓波译，杭州：浙江大学出版社，2014年，第20页。
3 刘丽丽：《谢邀，知乎其实是家"初创公司"》，https://mp.weixin.qq.com/s/bVA3SRsHOWpKflZez549Vg，2021年5月21日。
4 陈定家：《网络时代的文学转向》，北京：中国社会科学出版社，2020年，第104页。
5 数据来源：中国互联网络信息中心（CNNIC）：《第47次中国互联网络发展状况统计报告》，http://www.cac.gov.cn/2021-02/03/c_1613923423079314.htm，2021年2月3日。

的用户粉丝化程度非常明显，粉丝数量过100万的作品已达27部，排名第一的网络小说《圣墟》的粉丝数更是突破1000万。[1]类似地，网络短视频也发展迅猛，"万物皆可拍，万物皆可播"，抖音、快手、视频号以"记录美好生活""有点意思""拥抱每一种生活""记录真实生活"等为口号，注重用户观赏感，追求公平、普惠，鼓励用户从"观察者"变成"参与者"。据统计，截止到2020年12月，中国的短视频用户规模达到9.27亿。[2]抖音近年来发起了"人人都是艺术家"的系列挑战，号召艺术家和艺术爱好者在平台积极创作艺术类短视频。数据显示，截至2020年12月，抖音艺术视频播放量超过2.1万亿次，点赞量超过660亿，评论量超过44亿次，粉丝数量过万的艺术创作者达到20万。[3]

网络文艺成为事件，这不仅仅是受众数量和影响力的巨变，而且是创作方式、传播路径和评价体系的系统性转换，正如齐泽克所言："在事件中，改变的不仅仅是事物，还包括所有那些用于衡量改变这个事实的指标本身。换言之，转捩点改变了事实所呈现的整个场域的面貌。"[4]对网络文艺而言，齐泽克所说的"整个场域的面貌"的改变主要有如下表现：

其一，网络文艺呈现出明显的跨媒介性。

依托网络媒介的巨大传播优势（远距离、超时空、快速传输）和

---

[1] 中国作协网络文学中心：《2019中国网络文学蓝皮书》，http://www.chinawriter.com.cn/n1/2020/0619/c404023-31752579.html，2020年6月19日。
[2] 中国互联网络信息中心（CNNIC）：《第47次中国互联网络发展状况统计报告》，http://www.cac.gov.cn/2021-02/03/c__1613923423079314.htm，2021年2月3日。
[3] 尹德容：《在抖音，用艺术的方式，发现生活的另一种可能》，《中国艺术报》2021年5月19日，第7版。
[4] ［斯洛文尼亚］斯拉沃热·齐泽克：《事件》，王师译，上海：上海文艺出版社，2016年，第211页。

庞大的受众群体,"网络文艺+"的跨媒介商业体系得以构建。有影响力的网络文艺作品往往多点开花,拥有在线阅读、无线阅读、有声读物、影视剧、舞台剧、游戏、动漫、纸质书等多种媒介传播方式,受众群体庞大。如起点中文网2019年月票冠军《诡秘之主》,在完本时仅仅在起点中文网上的评论就超过430多万条,微博"诡秘之主"超话阅读量超千万,在B站上有同人曲、手书、互动视频及其他优秀同人作品,播放量最高达几十万,LOFTER上该书的相关话题阅读量也有近500万,[1] 实体书由广东旅游出版社于2020年出版,已经或即将被改编为漫画、网络动画、游戏和影视文本。

其二,网络文艺的言说行为和创作方式具有复杂的互动性和不确定性。

网络上的言说行为具有作者与读者的双向属性,两者身份随时可以交换。这种言说的双向行为的历史源远流长,但只有在数字时代,这种创作和消费方式才能获得最大的施展空间,因为"网络世代的文化核心就是互动"[2]。这使得网络文艺的作者意图与文本意向性之间的关系变得更加复杂。伊格尔顿在《文学事件》中认为:"作者在写作中的所为除了受其个人意图制约以外,同样——若非更多——受文类规则或历史语境制约。""作品的意图——也就是作品被组织起来实现的目的——与作者心中的想法有时并不完全相等。"[3] 在事件理论的视野中,这两段话都指向了网络时代特有的文化现象:数据库(database)写作。

所谓数据库,即计算机里组织大量的各种数据并有效地处理相应

---

1 陈定家、桫椤、周兴杰等:《2019年度网络文学发展报告》,http://www.chinawriter.com.cn/n1/2020/0220/c404027-31595926.html,2020年2月20日。
2 [美]唐·泰普斯科特:《数字化成长:网络世代的崛起》,陈晓开、袁世佩译,大连:东北财经大学出版社,1999年,第111页。
3 [英]特里·伊格尔顿:《文学事件》,阴志科译,郑州:河南大学出版社,2017年,第169页。

的知识信息的实用系统。[1] 关于网络文艺的数据库写作，可以从两个方面来理解：其一，网络文艺的作者在创作时受到了"文类规则"和"历史语境"的制约和影响，后者来自各种跨媒介的海量数据资源，AI写作和写作软件更是将这种写作方式推向了极致；其二，读者只是把作者的原作看成是可以随时提取的"数据库"，他们在阅读时建构出的意向性与作者意图可能恰好背道而驰。在网络小说的生产、传播过程中，"数据库写作"表现得特别明显，网络文学的用户通过收藏、订阅、打赏、投月票、留言、跟帖、组织线下粉丝活动等方式，深度介入作品的创造过程中。一边阅读一边表达，一边吐槽一边分享，这是当前网络文艺的用户/粉丝最平常的状态。比如，起点中文网等网站于2017年推出了具有弹幕功能的"本章说"（段评/章评），这个创意大受用户欢迎，仅阅文集团旗下的网站评论数量前五十的作品就累计了2800多万条评论，其中，网络小说《大王饶命》的总评论量超过150万条（截止到2019年）。[2] 借助"段评/章评"功能，粉丝吐槽不断、欢乐不止，每一个人气爆棚的章节都成为众声喧哗的书友嘉年华，起点书友每天使用"段评/章评"的用户占比超过50%，甚至有读者感叹，读"段评"比读文还精彩！因为书评清奇，能让人看见书友们独一无二的有趣的"灵魂"。[3]

　　数据库写作改变了网络文学的创作生态和传播形态，有学者说，"文学并非一成不变的惰性之物，而是一种我们做出的行为或者工艺。

---

1 郭禾、李明慧、李德广：《智能写作环境中的数据库管理和组织》，《小型微型计算机系统》1990年第5期。
2 中国文联网络文艺传播中心：《中国网络文艺发展研究报告（2018—2019）》，北京：社会科学文献出版社，2019年，第63页。
3 陈定家、杪椤、周兴杰等：《2019年度网络文学发展报告》，http://www.chinawriter.com.cn/n1/2020/0220/c404027-31595926.html，2020年2月20日。

文学更像是一个动词，而不是一个名词"[1]。这便是作为事件的网络文艺带来的最直接的后果。网文大神酒徒（蒙虎）曾这样描述与读者的交流带来的魔力："读者点击、评价以及对文学本身的探讨和交流，已经渐渐成了码字人生活的一部分。偶有一天不动笔，心里便空空落落的好像缺了些东西。如果因为事情忙碌或身边环境所限制，间隔了两三天没能上网与读者交流的话，那感觉就像烟鬼犯了烟瘾，四肢百骸竟无一处不难受。""对人生的感悟，对文字的驾驭力，还有对历史、现实、文化的理解，往往都随着与读者的交流和探讨不断加深，不断明澈。"他甚至认为："对于网络上码字的人来说，读者是上帝也是老师。有时候，是上帝和老师决定了作品，而不是码字的人本身。"[2]酒徒的话道出了网络作家对网文的参与式创作的高度重视和受益后的喜悦，也揭示出网文写作的开放性和生成性。

其三，网络文艺消费的圈层化（筑圈）趋势日益明显。

网络平台重视社群观念的发展，能够把不同的文化消费群体和同好联结集合起来，甚至在某一领域形成了垄断。不同的网络平台往往有不同的策略和社群设置，号召风格各异的圈层群体入驻，形成了不同的趣缘属性，"饭圈""某某控""某某迷"等圈层文化都是趣缘的体现。网络空间是圈层文化兴起的"趣缘空间"，这种趣缘空间具有了"部族"或"新部族"的特征，代表着当代社会关系日益增强的流动性和不稳定性，以成员共同的生活方式、趣味为中心。[3]相应地，网络文艺批评的方式也日趋圈层化、多元化。以往，文艺批评的形式主要是评论者在学术报刊发表论文，但随着网络文艺的崛起，评论的方式日

---

1 ［英］罗伯特·伊戈尔斯通：《文学为什么重要》，修佳明译，北京：北京大学出版社，2020年，第9页。
2 酒徒：《九年一觉网文梦》，《南方文坛》2009年第3期。
3 详见胡疆锋《圈层：新差序格局、想象力和生命力》，《中国艺术报》2021年2月1日，第5版。

趋多元化，网络用户更习惯于在社交平台和网站如起点中文网、B站、抖音、微博、贴吧等场域发声，用弹幕作为评论方式，制作各种夸赞或吐槽的视频，对各种网络文艺进行批评、解读。以《延禧攻略》为例，UP主刘老师的《爆笑瞎编大型古装清宫爱情故事〈清宫剧乱炖之回宫的诱惑〉》播放量超过了218万，"理娱打挺疼"的《为啥今年顶级流量扛不起收视率了？》的弹幕数量超过了2万条（数据截止到2021年5月21日）。这些评论可谓是反响热烈，好评如潮，点击率极高。

其四，网络文艺展示出一种互联网的共享价值。

英国学者伊戈尔斯通（Robert Eaglestone）曾经给文学下过一个很有意思的定义，他认为"文学是一种鲜活的交谈"。他认为："文学不只存在于文学作品之中，或者仅仅存在于一位知名作家的脑子里，也存在于我们，亦即读者之中。文学的创造力是共享的，这正是因为，文学是一种活动。"[1]这段话强调了文学创造力的共享性，对网络文艺更是适用。

本雅明（Walter Benjamin）在《机械复制时代的艺术作品》一书里，曾辨析了膜拜价值和展示价值的区别。他认为：在机械复制时代，代表艺术作品的原真性和唯一性的光晕消失了，膜拜功能逐渐降低，取而代之的是艺术的大众化、民主化，艺术品的展示功能大大加强，艺术史就是艺术作品本身中膜拜价值和展示价值的"两极运动"。[2]进入数字时代之后，文化产品的膜拜价值几乎消退殆尽，展示价值依然存在，同时一种新的价值破土而出，那就是共享价值。以网络游戏为例，一些精明的游戏厂商不但不保护自己的版权，还大胆鼓励玩家

---

[1]［英］罗伯特·伊戈尔斯通：《文学为什么重要》，修佳明译，北京：北京大学出版社，2020年，第11、15页。

[2]［德］瓦尔特·本雅明：《机械复制时代的艺术作品》，王才勇译，北京：中国城市出版社，2002年，第19页。

独自或合作改装、设计游戏,制作"地图"(新地形场景)或游戏攻略,通过吸收粉丝的创意和培养粉丝的创造性,游戏公司不仅存活下来,而且还更加繁荣:"好的电子游戏让玩家不仅能成为被动的消费者,而且还能成为主动的生产者,能定制自己的学习体验。游戏设计师并不是圈内人,玩家也不是圈外人,这一点跟学校不同。"[1] 让玩家/同人都成为"圈内人"和"生产者",这或许是对互联网的共享精神的最好概括。

三、事件理论视野下文艺评论的再出发

事件对网络文艺的发生、传播、接受、构成、主体性等重要问题的"渗透",形成了关于网络文艺的特质和存在方式的新理念。正如齐泽克所说:"当言语行动的发生重构了整个场域,这个言语行动就成为了一个事件:尽管这个过程没有出现新的内容,但一切都在某种程度上与之前不同了。"[2] 将网络文艺看作事件,是文艺评论在数字时代的再出发。要想掌握事件理论这一"理论武器",当代文艺评论家至少应该做好以下几点:

第一,评论家要重视当代文艺的事件性,揭示其中的断裂性、生成性和过程性,重新打量传统的文艺组成要素,探究新的要素如跨媒介性、互动的言语行为和读者阅读活动等。网络文艺成为事件之后,意味着文艺评论的对象不再是一个确定的课题对象,而是一个事件之所以发生的过程,正如伊戈尔斯通说的那样:"文学是行走,不是地图。了解一部文学作品,是要把它视为一个过程来经历,而不把它视

---

[1] [美]詹姆斯·保罗·吉:《游戏改变学习:游戏素养、批判性思维与未来教育》,孙静译,上海:华东师范大学出版社,2020年,第288页。
[2] [斯洛文尼亚]斯拉沃热·齐泽克:《事件》,王师译,上海:上海文艺出版社,2016年,第163页。

为一个小测验或者考试的答案合集。"[1]评论家如果要深入研究网络文艺，不仅要接受已经出版、播放、上线的静态文本，更应该到网络平台和社交网站上读文看贴，和作者、书友交流；既要读作者的访谈和资料，也应该看"本章说"、微博、贴吧、B站等网络空间里用户的即时评论和吐槽视频等，关注网络文艺在改编后出现的各种变化。

比如，当我们关注一些网络文学大神的书评区时，我们可以发现，大神们的生产过程具有了明显的事件性。如猫腻的代表作《间客》，这本书在中国作协等单位2018年评选出的"中国网络文学20年20部"榜单中位居首位，它的同人创作对猫腻的创作就产生了直接的积极影响：在《间客》原作中有一首古老的歌谣《二十七杯酒》，这首歌一直存在于联邦的小学语文教材之中，是所有联邦公民都曾经学习过的诗歌，歌谣用简单拙朴的语言抒发了一个雨中独饮的年轻人的所思所想，在小说中多次出现，贯穿了主人公的许多重要情节，是小说最具诗意的部分之一，但猫腻在原作中因故未能将歌词写完整，只写了其中的13杯酒，有书友自发补全了27杯酒，歌词极富文采，将其贴在了博客上，猫腻看到后深受感动："对于我而言，这是何等样的刺激，何等样的幸福感，看着电脑画面，我涕泪横流，敢不拼命？"[2]猫腻在网络作家中不算太勤奋，经常自称是"懒猫"，但在书友的"刺激"和鼓舞下，《间客》的日更新量创造了一个令人恐怖的纪录：一天最多更新了3.9万字！[3]《间客》的同人作品甚至还影响、渗透到了猫腻的另一本玄幻巨著《将夜》的情节和叙事：在书友的启发下，猫腻在《将夜》里

---

[1] ［英］罗伯特·伊戈尔斯通：《文学为什么重要》，修佳明译，北京：北京大学出版社，2020年，第18页。
[2] 参见猫腻《间客》"后记 有时候"，https://mp.weixin.qq.com/s/Mg8JOzbGJOB7ylvJoO_1RQ，2020年8月21日。
[3] 猫腻：《间客》"最后的单章：间客关门八件事"，https://vipreader.qidian.com/chapter/1223147/32742112，2011年5月20日。

补写了《二十七杯酒》另一个完整版本，当宁缺和桑桑两位主人公在巨变后"狭路相逢"、隔空"对望"时，借一位无名老人之口把它唱了出来，平添了许多感伤的气氛，也暗示和推动了故事的情节。[1] 从此例可以看出，研究网络文学，除了关注作为名词的文本，还要关注作为动词的文本，这样才能更好地走近作家、解读作品。如果深入研究网络大神的书评区的同人漫画、歌曲和小说等文本与原小说之间的微妙关系，我们或许可以在文艺心理学或文艺创作学领域有更多的发现。

第二，评论家要熟悉和了解网络文艺的平台化和圈层化趋势。评论者要研究当代网络文艺用户的存在状态，要学会入圈、破壁，破解圈层的行话和"密语"，听懂各种被深埋的梗，了解不同的圈层与不同的文艺形态之间的对应关系，辨认出趣缘空间（社交平台）中的原住民群体。

同时，评论家要重视传播效果，改进呈现方式，拓展评论视角。评论家不仅仅要下载各种应用（App），而且要真正入场、入圈、出圈，要读微批评、看弹幕，借鉴自媒体的网络文艺评论风格，既能写长篇大论，也会写时评短评，及时调整自己的思维习惯和表达能力，找到合适文体，以更接地气的方式呈现主流价值，兼及雅俗，这样才能写出让用户和圈层群体听得进去、愿意接受的评论文字。用陈平原教授的话就是：要"既经营专业著作（'著述之文'），也面对普通读者（'报章之文'），能上能下，左右开弓"[2]，这或许是新文艺评论家的理想状态。

第三，评论家要充分了解网络文艺的生成性、不确定性，发掘其未来的潜能。事件本身总是酝酿着变化、更替。在事件理论的视野

---

[1] 参见猫腻《将夜》第五卷"神来之笔"第二十二章"相看两厌（中）"，https://vipreader.qidian.com/chapter/2083259/44829914，2013 年 4 月 15 日。
[2] 陈平原：《我为什么跨界谈建筑》，《北京青年报》2015 年 10 月 10 日，第 A17 版。

中,"文学到底是什么"不再那么重要了,重要的是"文学能让什么发生",伟大的文学不是空谷幽兰,亦不是灵丹妙药,而是所谓"行动中的知识"(knowledge in action),其意义永远处于一个社会化的生成(becoming)中。[1]评论家要善于发现网络文艺持续的生成过程及其微妙的变化、未知的潜能。

按照雷蒙德·威廉斯(Raymond Henry Williams)对社会文化形态的三分法(分为主导文化、残余文化和新兴文化),[2]作为事件的网络文艺无疑属于"新兴文化",是"新的意义和价值、新的实践、新的关系及关系类型",存在于"那些要取代主导的或与主导对立的因素的社会基础"之中,网络文艺可以起到主导文化不可替代的作用,因为无论怎样,主导文化总有不足,"从来没有任何一种生产方式,因此也从来没有任何一种占据体制地位的社会制度或任何一种主导文化可以囊括或穷尽所有的人类实践、所有的人类能量以及所有的人类目的"。[3]评论家应该充分挖掘出网络文艺作为新兴文化的潜能,发现其丰沛的创造力、想象力,揭示其出圈、破壁的活力。比如,二次元文化形态的出圈、破壁等"破圈"现象就是新兴文化的代表。二次元文化由游戏文化、同人文化、动漫文化、影视、轻小说等构成,具有鲜明的幻想性的精神内质、游戏化的逻辑结构和漫画式的语言风格、图像式的叙事思维,[4]有人认为这只是一种耽于幻想的幼稚文化,但如果关注社

---

[1] [英]罗伯特·伊戈尔斯通:《文学为什么重要》"中译序",修佳明译,北京:北京大学出版社,2020年,第8页。
[2] [英]雷蒙德·威廉斯:《马克思主义与文学》,王尔勃、周莉译,开封:河南大学出版社,2008年,第129—135页。
[3] [英]雷蒙德·威廉斯:《马克思主义与文学》,王尔勃、周莉译,开封:河南大学出版社,2008年,第134页。
[4] 刘小源:《来自二次元的网络小说及其类型分析:以同人、耽美、网络游戏小说为例》,上海:东方出版中心,2019年,第60—80页。

会流行语，我们会发现：人们现在习以为常的一些词汇如"给力""开挂""点赞""拉仇恨""我也是醉了""燃""潮"等，最初都来自泛二次元文化及玩家梗。"国家面前无爱豆""帝吧出征""814大团结""云监工"等饭圈话语的流行和事件的发生，也都是新兴文化与主导文化良性互动、互相转化的例子。

第四，评论家要敏锐地发现事件的可撤销性，勇于批判"去事件化"。

齐泽克在讨论事件时，认为事件既可能发生，也可能遭遇撤销或去事件化，即回溯性地撤销某件事，就好像它从未发生。[1] 比如，公然鼓吹暴力的纪录片《杀戮演绎》悬置了最低限度的公共耻感，把虐待和暴力视作某种平凡无奇、可接受甚至是愉悦的活动。这部电影对公共空间的私有化产生了威胁，也导致现代性的解放事件被逐渐撤销。[2] 这里所说的事件的撤销或去事件化，其实就是历史的某种倒退、对事实的涂抹和遮蔽，也包括以下情形：一度产生巨大变化的事件后来被证明是错误的，在历史进程中得到纠正和批评，这样一种去事件化在很大程度上是消除事件的负面影响。[3]

如果从事件的撤销或去事件化出发，我们可以发现，网络文艺虽然在中国发展势头喜人，但已经出现了很多问题和弊病，已经到了需要撤销、去事件化的时候了。比如，在网络文学中，幻想类小说占据

---

[1] ［斯洛文尼亚］斯拉沃热·齐泽克：《事件》，王师译，上海：上海文艺出版社，2016年，第191—192页。
[2] ［斯洛文尼亚］斯拉沃热·齐泽克：《事件》，王师译，上海：上海文艺出版社，2016年，第210页。
[3] 何成洲、但汉松主编：《文学的事件》，南京：南京大学出版社，2020年，第7页。

了很大的市场份额，其去现实化的倾向非常明显。[1] 网络文学目前的状态近似于浮游（"蜉蝣"），有着漫游或遨游（想象力丰富奇崛）、短寿（属于消费文化，存在时间短，经典作品欠缺）、虚浮不实（不食人间烟火，远离现实）等弊端。[2] 长于幻想的网络文学给人们带来虚拟空间中的自由、轻松和宽容的同时，也可能会使人们沉溺于游戏时空、一味搞笑或懒于思考的绝境，远离现实的生存大地。再如，圈层的文化内聚力使得综艺节目、电竞圈、二次元圈、国风圈、模玩手办圈等小众文化消费市场日益火爆，满足了人们对个性化、差异化的精神文化需求，但同时也导致了"圈地自萌"、审美固化、社会撕裂、亵渎法律等现象的出现，甚至出现了"非我圈类，其心必异""某某出征，斩草除根"等充满戾气的攻击言行，为了吸睛牟利而不惜倒掉大量牛奶的违法行为和"塌房"[3]事件也屡有发生，这些事件既不利于良好审美观的形成，也不利于社会主义核心价值观的培育和社会治理体制的完善。

　　网络文艺的无限开放性，也在其深层隐含着危险与危机，那种看似美好的无限自由也同时就是致命的生存局限，会消解网络文艺应有的艺术品格和价值追求。文艺评论家对这类事件的撤销或去事件化要有所警醒，敢于批判，聚焦网络文艺、圈层群体在消费过程中存在

---

[1] 起点中文网站历年月票总冠军（2005—2020）作品有16部，几乎都属于玄幻、奇幻、仙侠、修仙、科幻等幻想类作品或重生、穿越一架空类具有明显幻想性质的作品。具体如下：《亵渎》（2005）、《兽血沸腾》（2006）、《回到明朝当王爷》（2007）、《恶魔法则》（2008）、《斗罗大陆》（2009）、《阳神》（2010）、《吞噬星空》（2011）、《将夜》（2012）、《莽荒纪》（2013）、《星战风暴》（2014）、《我欲封天》（2015）、《玄界之门》（2016）、《圣墟》（2017）、《大王饶命》（2018）、《诡秘之主》（2019）、《万族之劫》（2020）。资料来源：起点中文网。
[2] 详见胡疆锋《通向及物的现实主义——论网络文学的现实转向》，《社会科学辑刊》2021年第1期。
[3] "塌房"是饭圈用语，用来描述偶像的人设崩塌、让粉丝无力再爱的情形。

的价值失范现象，做好核心价值观和美学观的引领，"先立乎其大者"（《孟子·告子上》)，让文艺评论真正成为"引导创作、多出精品、提高审美、引领风尚的重要力量"。[1]

（原载《中国文艺评论》2021 年第 6 期）

---

[1] 习近平：《在文艺工作座谈会上的讲话》，《光明日报》2015 年 10 月 15 日，第 1 版。

事件研究与新媒介艺术批评的创造性生成

自20世纪90年代后期以来，网络文学、网络影视、网络音乐、网络动漫、网络游戏等网络文艺发展迅猛，促进了以网络文艺为代表的新媒介艺术[1]的繁荣，也引发了网络文艺批评的热潮。国内相关著述大致分为三类：第一类是网络文艺综合研究，关注重点是数字艺术的特征和网络时代的文艺转型等问题；第二类是网络文学及其批评研究，关注重点是网络文学的本体、经典重建、批评话语等；第三类是网络游戏、网络影视、网络音乐研究等，关注重点是文化创意、文化意义等。

以上研究成果为我们全面观察和探讨网络文艺奠定了坚实的基础，但从整体来看，中国的网络文艺批评仍有较大的拓展空间。主要体现在：其一，和传统文艺相比，网络文艺的突出贡献在于其呈现了一种前所未有的虚拟生存体验和数字化生活（如游戏性、人机交互），展示出"网络性"带来的断裂性、生成性和独异性，但已有研究对这种结

---

1 新媒介艺术和数字艺术、电脑艺术、网络艺术、数字媒体艺术、电子艺术等术语很接近，经常被混用。新媒介艺术与计算机技术（并非是网络技术）有关，包括网络艺术，也包括运用了计算机设备的录像艺术、装置艺术、灯光艺术、行为艺术等，既包括互联网出现后的艺术，也包括互联网出现前的计算机艺术。

构性变化及其症候的分析还不够充分；其二，已有研究多属于对"文本"或"作者"的静态的、结果性的意义研究，如文本研究、审美研究、反映论研究、产业研究等，而网络文艺的特质需要借助动态的、过程性的研究思路才能更准确地把握；其三，网络媒介更新迭代速度奇快，至少经历了功能型、社交型、虚拟型等三种形态，脱胎于传统文艺观念的网络文艺批评难免会出现滞后或错位的情形。

鉴于此，包括网络文艺在内的新媒介艺术批评有必要寻找新的视角和方法方能获得新的突破，事件理论就是可供借鉴的一种研究路径。与传统文艺批评观念不同的是，事件理论更关注文艺活动的断裂性、生成性、悖论性和互动性。研究网络文艺的事件性，将研究策略从意义研究转向过程研究，有助于准确把握网络文艺的特质和趋势，为网络文艺批评摆脱话语困境提供可行的策略。

一、网络文艺的事件性

"事件"（event）是当代哲学、政治学、历史学和文论中的一个常见术语，词源为拉丁词 ēvenīre，意思是"到来""出现"或"改变"，多指"历史上或社会上发生的不平常的大事情"，预示着不规则的变化和中断的时刻。事件具有打破总体性结构的超越性、开启范式革命的冲动性和生产异质性的创造力，具有断裂性、独异性、悖论性、生成性，同时也有可撤销性或去事件化（如倒退、对现实的涂抹和遮蔽）等特征。从20世纪后期至今，西方学界出现了"事件论"转向的趋势，无论是分析哲学和欧洲大陆哲学传统，事件都成为一个重要概念，重要的理论家如巴赫金、德里达、福柯、伊格尔顿、齐泽克、德勒兹、巴迪欧、阿甘本、小林康夫、小森阳一、阿特里奇等对"事件"都非常关注。

并非日常生活中的任何事情都可以称之为事件。从叙事学的角度看，事件是从一种状况到另一种状况的转变。[1] 在经济学家眼里，一切事物都是事件，创造性、兴奋性和热情是事件的前提，策划事件是营销策略的核心，让我们成为人类，将我们区别于田野的走兽。[2] 在传播学那里，事件具有的转折点的本质是意义的核心，媒介事件具有非常规性，是对惯常的干扰，干扰正常播出乃至生活的流动，是仪式性表演，是经过提前策划、宣布和广告宣传的。[3] 在接受美学的视野下，文学作品是一种行为或事件（在永恒运动中进行自我完成，只能在阅读行动中实现自己），在新批评和结构主义文论中，文学作品则视为结构（不可改变性与自我完成）或者对象。[4] 在巴迪欧（Alain Badiou）那里，事件是连续性中的一种无法理解的"断裂"，是与存在的一种分离，是一种无根无据杂多，从中"新事物"之创造得以涌现。在德勒兹那里，事件是具有活力、具有强度的不完满的活动，"为新事物的生产提供条件的创造性溢出"[5]，是"一系列奇点或奇点的集合"，是"转折点和感染点"。[6] 齐泽克曾以阿加莎·克里斯蒂（Agatha Christie）

---

1 [荷]米克·巴尔：《叙述学：叙事理论导论》"第二版导言"，谭君强译，北京：北京师范大学出版社，2015年，第3页。
2 [美]C.A.普利司通：《事件营销》"前言"，陈义家、郑晓蓉译，北京：电子工业出版社，2015年，第2页。
3 因此，肯尼迪被刺是日常新闻事件，而肯尼迪葬礼则是媒介事件。见[美]丹尼尔·戴扬、伊莱休·卡茨：《媒介事件：历史的现场直播》，麻争旗译，北京：北京广播学院出版社，2000年，第7、5、8页。
4 [英]特里·伊格尔顿：《文学事件》，阴志科译，郑州：河南大学出版社，2017年，第234页。
5 [美]凯斯·罗宾逊：《在个体、相关者和空之间——怀特海、德勒兹和巴迪欧的事件思维》，蒋洪生译，载汪民安、郭晓彦主编《事件哲学》，南京：江苏人民出版社，2017年，第82页。
6 Gilles Deleuze, *The Logic of Sense*, translated by Mark Lester, New York: Columbia University Press, 1990, p.57.

的小说《命案目睹记》等作品为例,将事件界定为"超出了原因的结果","事件总是某种以出人意料的方式发生的新东西,它的出现会破坏任何既有的稳定架构"。[1] 相比而言,巴迪欧、德勒兹和齐泽克对事件的论述虽有不同,但他们都强调了事件所具有的断裂性、生成性和悖论性,是我们可以重点关注的事件理论。

发生事件是世界的常态。在《三体》中,刘慈欣借常伟思将军之口对主人公汪淼描述过重大变故(事件)的特点和意义:世界变幻莫测,人生中总会有重大的变故,这变故突然完全改变了你的生活。对你来说,世界在一夜之间变得完全不同。如果没什么变故,平淡度过,那你的生活一定是一种偶然,整个人类历史也都是偶然,都是幸运,但既然是幸运,总有结束的一天。对于汪淼而言,科学边界组织和他的接触就是他的生命中的事件,自从这一天开始,一切都改变了。

从事件的视角看,网络文艺的兴起属于社会事件(具有公共性、介入性),也属于媒体事件(具有非常规性和突发性,是景观化的,由组织者、媒体和受众共同造就某种互动场景),也属于美学事件(艺术作品不再是需要凝神观照的、无法改变的客体,而是未完成的、需要积极参与的活动)。网络文艺是"断裂",是"意外",是"震惊",是"不可能的可能",它动摇了传统艺术的基础结构,其创作主体、生产方式、传播、接受、影响力发生了巨变,改变了整个艺术场域的面貌。同时,网络文艺也是"逃逸",是"外溢",是"杂多",是"扩延",是"分叉",是连续生成的过程,其言说行为具有复杂的互动性和强烈的不确定性。

---

1 [斯洛文尼亚]斯拉沃热·齐泽克:《事件》,王师译,上海:上海文艺出版社,2016年,第6页。

二、网络文艺的事件性研究

随着数字技术和新媒介的出现,瞬息更迭的电子信息颠覆了我们对自我的认知,增强了网络文艺的事件性。正如德里达说过的那样:"事件蕴含着惊喜,曝光,以及未知。""事实上,我们知道,随着即刻言说和展示事件的能力的增强,言说和展示事件的科技也在增强。这使得人们可以干涉、解释、遴选、过滤事件并且使事件发生。"[1]所谓"增强"的"科技"指的就是日新月异的新媒介。新媒介艺术更像是动词,而不是名词。新媒介艺术常常被人们称为媒介革命,正是因为它具有了事件性。这种事件性给新媒介艺术带来的审美变革既是媒介层面的,更是文化层面的,正如马诺维奇(Lev Manovich)所说:"计算机的逻辑极大影响了媒体的传统文化逻辑,换句话说,计算机层面会影响到文化层面","会影响到新媒体的组织形式、新出现的类型,以及新媒体的内容"。这种影响就是文化的"跨码性"。[2]"跨码性"正是对新媒介艺术的事件性特征的描述。

在新媒介语境下,研究网络文艺及其批评的事件性,至少应该研究包括以下内容:

其一是艺术领域的事件理论研究。我们需要在事件思想的谱系中梳理文学(布朗肖、德勒兹、福柯、德里达、阿特里奇、伊格尔顿、小林康夫等)、戏剧(尼采、利奥塔等)、绘画(利奥塔、马诺维奇等)、电影(德勒兹、巴迪欧、齐泽克等)等艺术领域的事件研究成果,探讨引入事件理论进行网络文艺批评的可行性。

其二是事件理论视域下的网络文艺批评研究。我们可以在探讨网

---
[1] [法]雅克·德里达:《言说事件的一种不可能的可能性》,冯洋译,载汪民安、郭晓彦主编《事件哲学》,南京:江苏人民出版社,2017年,第60、66页。
[2] [俄]列夫·马诺维奇:《新媒体的语言》,车琳译,贵阳:贵州人民出版社,2020年,第45页。

络的发展阶段及网络文艺的表现形式、形象、意蕴的基础上，分析网络文艺作为社会事件、媒介事件和美学事件的特征及影响，讨论其引发的艺术领域的整体变迁，如网络文艺受众数量和影响力的巨变，作者、读者、评价者的身份互换和共享，网络文艺各门类在结构和元素上的互渗、借用（如网络游戏对网络文学和网络影视的巨大影响）、跨媒介性，网络文艺言说行为的不确定性，网络文艺的可撤销性和去事件化等。

其三是数字时代网络文艺批评的转型研究。网络文艺的发展存在一种事件悖论，即网络文艺的生产、传播、接受既包含着"事件性"逻辑，也意味着"去事件化"的过程；网络文艺既创生新的现实，又遮蔽了现实，让事件自我撤销。在网络文艺事件性批评的基础上，数字时代网络文艺批评方式可能出现的四种转型，如基于断裂性的网络文艺症候批评，基于介入性的网络文艺社会伦理批评，基于生成性的网络文艺媒介修辞批评，基于可撤销性的网络文艺价值失范批评等。

三、新媒介艺术批评的创造性生成

事件研究跨越了哲学、政治学和艺术学等多个学科，有利于多角度探究网络文艺及批评的特质。事件研究是一种动态研究和过程研究，更关注活动、关系、经验，将其作为参照系，有利于发现和应对网络文艺的复杂现实，凸显其多重生产性要素，避免孤立地看待网络文艺。同时，事件思想有强烈的实践性和批判性，将其作为理论资源，有助于强化网络文艺评论的价值引领作用，为丰富和改善文艺批评生态创造更多可能性，可以揭示网络文艺的断裂性、过程性、媒介性以及接受的作用力及网络文艺批评的潜在悖论，也为以网络文艺为核心的新媒介文艺评论的创造性生成提供了可能。

在事件理论的视域中，文艺批评的重点不再是网络文艺是什么，而是网络文艺能让什么发生，批评对象有何变化或出现了何种悖论，重点思考"谁是作者/读者""作品变成了什么""谁在批评"等问题，这种研究推动了新媒介艺术批评的转型。借助事件理论，我们可以发现：传统艺术一般遵循时间的线性逻辑，有着固定的呈现和接受顺序，作品也是以固态的、相对静止的形式存在，而新媒介艺术遵循的是非线性的空间逻辑，网络上流动的数据和信息是横向的叠加，是多态平行的关系，作品是动态的。新媒介用户通过连接、点击、访问等一系列解域、再结域的进程，选择自己的路径和元素读取文件，生成一个独一无二的作品，从而使新媒介艺术呈现出一种界面化的交互或互动方式。新媒介艺术的互动性是多元的，艺术家和受众、受众和作品、作品和作品、艺术家和艺术家、艺术家和作品、作品和环境之间都可以出现互动：在网络接龙小说中，作者和读者的身份随时可以互换，"遍历文学"越来越多。[1]新媒介艺术的互动往往是不可预知的，交互效果有时会溢出艺术家的设想，观众面对的作品也是不完整的或未完成的、可改变的、不稳定的、正在生长的文本。这些都改变了文艺批评的焦点或范式。

在事件理论的视域中，一些传统概念有可能会被激活或转化。齐泽克曾经强调了事件具有的转变性力量："真正的新事物是在叙事中浮现的，叙事意味着对那已发生之事的一种全然可复现的重述。"[2]在网络

---

[1] "遍历文学"（ergodic literature）是芬兰学者考斯基马在《数字文学：从文本到超文本及其超越》（2001）一书中提出的概念，指的是用户/读者需要付出"非常规的努力"（如绞尽脑汁地解读、猜谜和"填坑"、抵抗式阅读等）来阅读（游历）的文本。[芬]莱恩·考斯基马：《数字文学：从文本到超文本及其超越》，单小曦等译，桂林：广西师范大学出版社，2011年，第41页。
[2] [斯洛文尼亚]斯拉沃热·齐泽克：《事件》，王师译，上海：上海文艺出版社，2016年，第177页。

文艺出现之后，一些传统的、已失去了震撼力的概念具有了"事件性"的特征，摆脱了现有的"象征秩序"，实现了重生。比如"现实主义文艺"，在经典马克思主义的视野下，"现实主义"一般被界定为"除细节的真实以外，还要真实地再现典型环境中的典型人物"[1]，但如果考察了网络文艺的事件性我们会发现，新媒体语境下的真实或现实以及现实主义文艺观已发生了巨大变化：虚拟真实、混合现实和增强现实成为当下更"典型"的现实环境，虚拟歌手横空出世，虚拟偶像风靡一时，灵魂画像类 App（如 Soul）大受欢迎，元宇宙来势凶猛，"罗拉快跑"式的游戏化架构在越来越多的文艺作品中出现；借助社交媒体，网民基本解决了生存问题和沟通问题，但又产生了更复杂的认同需要（如既渴望陪伴，又无法消除"社恐"；既想"内卷"，又想"躺平"；等等），满足这些需要离不开虚拟现实的介入和参与；现实主义文艺的断裂性和生成性也日益明显，甚至连穿越、系统、重生、仙侠类的文艺作品也被认为属于现实主义作品或具有了现实主义品格，如齐橙的重生文《大国重工》在第二届网络原创文学现实主义题材征文大赛中获得了特等奖（2018），获得了第五届中国出版政府奖（2021）。面对这些文艺新变，分析其中的事件性可以让我们更理解那句看似戏言的判断："网络一代拥有的是系统观，不是世界观！"也会让我们更敏锐地发现网络文艺的特质，体会科幻现实主义、二次元现实主义、寓言现实主义、及物现实主义等新概念的阐释价值，接受"虚拟未必不真实""类型化未必不能创造典型"等看似离谱的观点。

事件性研究在网络文艺批评中正方兴未艾，值得深入探究，正如辛波斯卡在诗中写的那样："每一个开头／仅仅是续篇，／事件之书／总

---

[1]《马克思恩格斯文集》第 10 卷，北京：人民出版社，2009 年，第 570 页。

是从中途开启。"[1]

（原载《首都师范大学学报（社会科学版）》2023年第1期）

---

[1] ［波］维斯拉瓦·辛波斯卡：《我曾这样寂寞生活》，胡桑译，长沙：湖南文艺出版社，2018年，第82页。

文艺批评的多声部与元规则

在当下的批评生态中,哪种批评家是最需要的?成为一名批评家,最需要具备的素养是什么?以下从批评家的定位和元规则的坚守两个角度,谈谈我的看法。

一、定位:当代文艺批评家的分类

仿照法国学者蒂博代(Albert Thibaudet)在《六说文学批评》中的观点,按照批评主体的不同,我把文艺批评分为三种:艺术家批评、媒体批评(报刊批评、网络批评)、职业批评(教授批评、学院批评)。

艺术家批评是艺术的实践者开展的批评,是在场批评,它依托鲜活而感性的业界体验,往往能发现旁人难以领悟到的艺术特征和规律,其特点可以归纳为:在场、鲜活。我熟知的一些学者,他们早就在从事艺术创作,比如舞蹈、戏剧影视的编导、美术创作、策展等,他们完全可以从事艺术家批评。对我和许多同行而言,这种批评只能偶尔为之。正如没有当过厨师的人也可以成为美食家一样,不能成为艺术家也不妨碍人们成为批评家。但是,从事艺术活动毕竟是体验艺术、成为内行的一条通途，如果有过一些哪怕是不成功的艺术实践，也可能对我们领悟艺术家的甘苦、深谙艺术规律，进而从事艺术批评大有裨益。当代文艺理论中的黄童学派（黄药眠和童庆炳两位先生及弟子）的经历和率先垂范就是很好的例子。

媒体批评是大众媒体和网络媒体最为常见的文艺批评，它们以快捷敏锐、受众广泛著称。"春江水暖鸭先知"，它们零碎、短小，倚马可待，往往是急就章，是对文艺脉络最开始的触摸和把握，其特点可以概括为快锐、通俗。当代从事媒体批评的大多是媒体记者、粉丝（迷）、自媒体和少量文化官员，学者往往缺席，很少真正介入。这和当代学术的评价体系有关，也和学者对自身的定位有关。民国时期的著名批评家，和吴组缃、林庚、季羡林一起被并称为"清华四剑客"的李长之便是媒体批评的杰出代表。从1927年到1956年（也是李长之的创作最旺盛的时期），他在完成二十多部学术著作之余，参与了多家媒体的副刊编辑和写作，仅在《益世报》《文学评论》《时与潮文艺》等报刊的"书评副刊"上就发表了一百多篇书评，时评和杂论更是举不胜举。他的成名作《鲁迅批判》其实就是《益世报》上连载书评的结集。他从事媒体批评不是偶尔为之，也不是为朋友捧捧场，为书商作广告，而是将其作为批评事业的一种，当作贯彻其文艺主张的利器。李长之在《益世报》写过这样两段话："如果有人称我是批评家，我听了最舒服，比称我什么都好。""谁要想拉我从批评上退下一步，我就决不答应。河山易改，此性难移啊。"[1]可见他对媒体批评的重视。此外，从提高艺术公赏力[2]的角度看，培育和提升公众识别和享受艺术的素养，也需要学者多参与一些媒

---

[1] 李长之：《停刊词》，（天津）《益世报》1935年10月30日。
[2] "艺术公赏力"是王一川先生近年提出的概念，这个新概念深化了人们对艺术素养的理解，详见王一川《艺术公赏力：艺术公共性研究》，北京：北京大学出版社，2016年。

体批评，才有助于提高受众的媒介素养。

职业批评主要是指大学里的"教授批评""一种讲坛上的批评"，也可以叫学院批评。其特点可以归纳为专业、精细、厚重。蒂博代高度评价了"教授批评"这一职业批评的主体构成，认为它"在19世纪的文学史里组成了一条延续最长的山脉和最为坚实的高原"[1]。这种评价对当代中国也完全适用。打量中国当代艺术史，有影响、有建树的理论家和批评家绝大多数都是依托于大学或科研院所。

以上三种批评各有各的价值，构成了文艺批评的多声部。三者兼顾当然最为理想，但于我而言，我愿意把职业批评/学院批评作为志业，适当参与媒体批评，理解并重视艺术家批评。

二、坚守文艺批评的元规则：学者独立和学术自由

对当代文艺批评者而言，专业素养、媒介素养都是必不可少的，但当代文艺批评目前最需要的还是规则意识，是坚守文艺批评的元规则的素养。

何为文艺批评的元规则？需要从知识社会学说起。按照知识社会学的观点，文艺及其批评都是制度的后果。制度分为外在制度和内在制度。外在知识制度的建构主体主要是掌握权力的政府、政党，也包括学生、读者等接受主体。外在知识制度的主体往往高居于知识共同体之上，具有统治意志和强制实施的权力，由权威机构自上而下地以有组织的方式来进行设计和实行，执行方式具有强制性。内在知识制

---

[1] ［法］阿尔贝·蒂博代：《六说文学批评》，赵坚译，北京：生活·读书·新知三联书店，1989年，第78、84页。

度又可以分为元规则和具体制度[1]，元规则指的是学者自治和学术自由。[2]元规则的确立意味着学术研究的成熟和学科的建立。外在知识制度与内在知识制度实现最佳匹配，是学术迅速发展的必要条件。否则知识制度就成了无效率的制度，对学术研究只能起到遏制，甚至扼杀的作用，大大降低其生产率。

文艺批评的元规则的主要含义是：学者的本质特征是他们仅仅对真理负责，对客观知识的追求是他们学术生活的主要内容，他们倾向于将自己活动的舞台理解为一个自主性的场域，把知识规则的建构看成是对知识活动内在规定性的把握。

在我看来，当下中国文艺批评的最大问题，就是元规则意识的丧失和缺席，主要表现在如下三个方面：

（一）盲从西方学术权威，缺乏理论自信和原创精神

自晚清以来，我们已经跟随西方学术话语超过一个半世纪，早就有人悲叹中国学人得了失语症，离开西方无法张嘴说话。虽然有学者强调我们实现了西方话语的中国化，自现代以来中国也确实出现了本土的学术大师和原创理论，但就整体而言，很多中国学者仍习惯于盲从西方学术，以西方话语为主流话语，以西方学者的判断作为衡量学术水平的最高标准。借用余光中的《夸父》的诗句就是：我们一直在苦苦挽救黄昏和落日的背影，"穷追苍茫的暮景，埋没在紫霭的冷烬"，

---

[1] 其他具体的内在制度都是在元规则的基础上产生的，主要包括基于专业化的知识分工制度、基于知识标准的学者准入制度、基于内在逻辑的知识选择制度、基于内部承认的知识奖励制度。参见朴雪涛《知识制度视野中的大学发展》，北京：人民出版社，2007年，第37—42页。

[2] 朴雪涛先生从大学教育的视角将知识制度的"元规则"概括为"大学自治和学术自由"，参见朴雪涛《知识制度视野中的大学发展》，北京：人民出版社，2007年，第37页。考虑到学术研究的主体不仅包括大学，还包括一些科研机构、大众媒体和民间机构等，这里将其修订为"学者自治和学术自由"。

缺乏回身挥杖、"迎面奔向新绽的旭阳"的勇气，没有醒悟到"西奔是徒劳"，不愿意"奔回东方"，失去了"既然是追不上了，就撞上"的胆魄。

（二）屈从于权力和资本

从数量和产量来说，今日中国文艺无疑已经进入了一个前所未有的繁荣时期。但在欣喜之余，我们扪心自问，其中有多少良心之作呢？有多少仅仅是权力和资本的产物，只是遵命之作、捞钱之作，只是市场和权力的奴隶呢？这里的权力和资本，包括公权力、经济资本，也包括各种把关人的话语权、知识资本和社会资本等。一位年轻的中国艺术家曾经一针见血地指出：中国的艺术设计的悲哀在于艺术家最后往往都变成了甲方。[1] 在798的尤伦斯美术馆的一次展览中，赫然出现这样一个口号：制度就是观众！第十一届全国美术作品展览中国画的89部获奖作品中，花鸟画和山水画合计竟高达48部，占了一多半，大部分艺术家和评委不约而同地都选择了对重大现实问题转过脸去。[2] 这些都是中国当代艺术在权力和资本（往往是以受众、客户、甲方等身份出现）面前曲意迎合、失去了独立性和自由的例证。

文艺创作如此，文艺批评也如此，往往在回避对权力和资本的揭露和批判，缺乏文化担当和元规则意识。比如，和很多艺术家一样，

---

[1] 徐冰主编：《首届CAFAM未来展：亚现象·中国青年艺术生态报告提名集》，桂林：广西师范大学出版社，2012年，第38页。

[2] 北京师范大学艺术与传媒学院副院长王贵胜教授曾经对第十一届全国美术作品展览中国画作品进行了一项统计，结果令他震惊。在89部获奖作品中，他发现，"其中救灾主题2张，农民工主题1张，历史题材4张，农民生活2张，解放军生活8张，少数民族生活10张，花鸟画21张，山水画27张，城市生活7张，其他7张。这个小统计，折射了当今美术创作所存在的最大问题，即回避重大深刻严峻的现实主题。"李舫：《十大恶俗阻碍文艺健康发展》，《人民日报》2011年7月15日，第17版。

有很多批评家把文艺界出现的很多问题（包括文艺批评的质量）都简单而无奈地归咎于文化制度，特别是审查制度，归咎于管控太严，因此说话吞吞吐吐，立场含含糊糊，甚至三缄其口，噤若寒蝉。学者们的苦衷并非没有道理，但他们也忽视了一个事实：没有哪一个国家的文艺及其批评是在权力和资本的缺位和真空之下产生的，回避了对权力和资本的分析，就回避了很多真问题，也写不出好批评。伊朗的艺术家受到政治和宗教的双重约束，但这并不影响阿巴斯导演出世界一流的电影。好莱坞再怎么宣称自由民主，也难逃海斯法典、麦卡锡主义和好莱坞的"好片原则"的打压和控制。中国文艺创作背后的因素有很多，不能用制度作为一切问题的挡箭牌。文艺批评家理应发现、揭示、批判文艺现状背后的复杂的权力因素和利益驱动，进而提出可操作的改革和建设意见，而不是一味回避和沉默。

（三）服从于学术共同体的私利

按照知识社会学的观点，学者都身处各种各样的学术共同体（学术圈）之内，学术圈最大的特点是：在圈子里，学者不是在对整个社会发表言论，而是只针对一部分人发言；在学术圈里也并不是所有话语领域都是同样开放的、可进入的，它只对它认可的对象和经过选择的部分听众完全开放，一般只欢迎推翻其他"圈子"的理论或事实探索。[1]根据这一特点，圈内人必须要具备一定的专业资格，要经常沟通，互通信息，要尊重这个圈子背后共同的学术权威或宗教般的学术秩序。学术共同体赋予了批评者稳定的身份（各种符号、荣誉）、认同和庇护，但也通过集体的文化形式覆盖或遮蔽了单个成员的学术理念和个性，产生了限制和约束，使得批评者具有了从众心理。批评家如果无

---

1 ［波兰］弗·兹纳涅茨基：《知识人的社会角色》，郏斌祥译，南京：译林出版社，2000年，第45页。

法坚守规则意识,就很容易服从学术共同体的私利,很难对学术圈里的权威学者(特别是各种评委专家等)说不,不能为圈子之外的人说话,从不敢批评发展到不会批评。因此,我们看到的当代学术争鸣往往只是学术证明,听到的文学自由谈往往是文学不自由谈。正如有评论所说:"文艺批评退化为文艺表扬,文艺创作便失却监督利器。"[1]近年来,文艺界曾经出现过几次坦率而尖锐的学术批评,但遗憾的是,到最后我们并没有看到让人欣慰的结局,被批评者也没有因此接受相应的仲裁,批评者也没有因为坚守元规则而获得足够的敬意和鼓励,有价值的批评事件往往以意气相争或人事纠纷的方式终结。这里面有很多原因,其中就包括各种学术共同体为了维护其圈子内的名誉和私利而非公义而出手相助,元规则也没有真正落实和得到遵守。

以上几点或许可以概括为"三从四德(得)":西方学者说话要盲从,权力和资本发威要屈从,学术共同体发声要服从西方学术发展要"等得",向西方交学费要"舍得",权力和资本生气要"忍得",学术圈的利益要"记得"。

就我个人的批评实践而言,在对当代文艺和大众文化进行批评的时候,我也试图遵守文艺批评的元规则,对晚清科举、官场小说、教育电影、怀旧电影、网络小说、青年亚文化等进行了粗浅的批评,但囿于个人的专业素养和理论积淀,有时候不免"在安全的时候才勇敢,浅薄的时候才动情",以至于质量欠佳,批评的力度仍然不够,这都是我需要反省的。

最后,请允许我把李长之先生的一段话作为结尾,与大家共勉。这段话出自《产生批评文学的条件》一文(写于1939年,时年李长之30岁):

---

[1] 李舫:《十大恶俗阻碍文艺健康发展》,《人民日报》2011年7月15日,第17版。

批评是反奴性的。凡是屈服于权威，屈服于时代，屈服于欲望（例如虚荣和金钱），屈服于舆论，屈服于传说，屈服于多数，屈服于偏见成见（不论是得自他人，或自己创造），这都是奴性，这都是反批评的。千篇一律的文章，应景的文章，其中决不能有批评精神。批评是从理性来的，理性高于一切。所以真正批评家，大都无所顾忌，无所屈服，理性之是者是之，理性之非者非之。[1]

（原载《中国文艺评论》2017年第2期）

---

[1] 李长之：《产生批评文学的条件》，原载《苦雾集》，北京：商务印书馆，1942年；《李长之文集》第3卷，石家庄：河北教育出版社，2006年，第155页。

圈层：新差序格局、想象力和生命力

对圈层文化而言，2020年是无法绕过的一年。从肖战"227事件"到B站"后浪"争议，再到何炅应援事件，圈层一次次地成为社会焦点话题。有人乐见圈层里的风生水起，也有人说一入圈层误终生。无论如何，无法否认的是：圈层早已水流众生，如影随形。

一、圈层的新差序格局

圈层文化并非是网络时代特有的产物。圈层一词最初来自地质学：形成地球的物质并非是杂乱无章的堆积物，而是具有层级架构的圈层。不同的物质密度、同位素、结构不同，构成了不同的圈层（如玄武岩、橄榄岩）。后来圈层概念被广泛应用到很多领域，特指社会中的分类化动态场域。借用费孝通先生在《乡土中国》里使用"差序格局"这一概念，我们可以把中国传统社会看成是若干个圈层，它们是基于"差序格局"形成的同心圆"波纹"。所谓"差"，就是血缘、亲缘、地缘、业缘、学缘、趣缘等形成的横向关系，体现出"圈子"（亲属、行会、乡党、师承、同年、街坊、同人、派别等）的广度；所谓"序"，就是人伦等维持社会圈子的纵向秩序，意味着"圈子"的深度。在网络时代，圈层出现的次数、密度以及丰富与复杂程度都与以往大不一样，

形成了"新差序格局",其特点主要有:

其一,网络平台催生和构造出更为丰富的圈层文化,且多为亚文化,既包括诞生于线下、借助网络传输的文化(如涂鸦、朋克、嬉皮士、街舞、快闪、行为艺术等),也包括主要在网络中形成并传播的文化(如黑客、弹幕、二次元、赛博朋克、字幕组、鬼畜、饭圈、御宅族、同人、喊麦、耽美、丧文化、佛系青年等)。比如,饭圈文化(粉丝文化)的大本营之所以出现在新浪微博,就是因为新浪微博推出了名人用户招募计划,吸引了大量明星用户,其"话题"和"超级话题"板块审核严格,管理专业,培育了无数铁粉,非常适宜饭圈文化的发展。

其二,网络时代的圈层大多以趣缘为"圆心"。网络平台重视社群观念的发展,能够把亚文化群体和同好联结集合起来,甚至在某一领域形成了垄断。不同的网络平台往往有不同的策略和社群设置,号召风格各异的圈层和亚文化群体入驻,形成了不同的趣缘属性,"饭圈""某某控""某某迷"等圈层文化都是趣缘的体现。网络空间是圈层文化兴起的"趣缘空间"(affinity spaces),这种趣缘空间具有了"部族"或"新部族"的特征,代表着当代社会关系日益增强的流动性和不稳定性,以成员共同的生活方式、趣味为中心。如知名的同人文化社区 LOFTER(乐乎)的口号就是"让兴趣,更有趣"。国内最大的二次元网站 B 站也是如此,它划分了直播、动画、番剧、国创等 19 个社区,汇聚了 7000 个垂直(核心)兴趣圈层,包含了 200 万个文化标签。趣缘空间虽然基于各自的兴趣和品味,但与经济基础、社会地位、阶级属性、社区环境、文化背景、思想倾向也密切相关,圈层蕴藏着难以忽略的结构性因素,把同一代的青年隔离在不同的圈层和"折叠空间"里。

其三,圈层成员的认同感和排他性更强。网络时代的圈层文化构成了喧嚣而孤独的舒适区和同温层，成员在圈层内部可以获得存在感、认同感、归属感。不过，对群体的集体认同也容易淹没成员的自我认同。不同圈层通过仪式化的、风格化的方式强化圈层身份、自我赋权、与其他圈层开撕，形成了亚文化特殊的一种抵抗方式。饭圈中高频出现的"颜值即正义""钱包都给你"等"娱乐至死"的狂欢化行为，认为"非我圈类，其心必异"的充满戾气的攻击行为等，都是圈层文化的极端化表现。

二、圈层文化的想象力

从功能上看，圈层和亚文化之所以会出现，不外乎以下几个原因：有时，圈层试图通过想象性的解决方案来处理现实社会中存在的矛盾，缓和内心的焦虑，满足某种社会功能；有时，圈层是父辈文化及同代人的某种冲突的产物；有时，圈层是支配文化、主流媒体的建构（如道德恐慌、夸大、贴标签、污名化等）的结果。

当代圈层文化展现出丰富的社会学的想象力，可以帮助成员利用信息增进理性，让他们转换视角重新打量早已熟悉的社会，深刻体会社会的相对性与历史的改造力量，以"陌生人"或"局外人"的眼光重新打量所置身的空间，重新评估当代价值。比如弹幕文化就满足了特殊圈层的需求。初看弹幕，旁人会感到花里胡哨的文字满天飞窜，满坑满谷群魔乱舞，污言秽语让人猝不及防，黑话隐语屏蔽了好奇的窥探者，有时密集的弹幕甚至会遮挡住最初的文本，剥夺原创者的话语权。弹幕文化充分满足了圈层内成员的分享需求：有趣的东西需要和人交流，吐槽需要有听众/观众，有发现需要诉说，有感受需要寻找共鸣，有疑团需要有人及时解惑，批评需要有人回应。如果说数字化生存的状态是"孤独的狂欢"，那么弹幕则提供了温暖的陪伴感和归属感。弹幕有多少条，快乐和痛快就会被放大多少倍。许多时候，弹幕和原文本同样重要，甚至有人戏称：我就是来看弹幕的！"如果关了弹幕看晚会，那至少失去了一半乐趣。"再如坚持"万物皆可组"的豆瓣，豆瓣圈层的根基是各种奇葩的小组："在这里发现跟你一样特别的人，并与之交流"，"丑东西保护协会小组"就是一例，这个小组成立才不过一年，就拥有了15万用户。他们相信"美丽惹人怜，丑东西也需要爱""保护丑东西，人人有责"，每一天都有人在小组内分享着生活中自己被"丑"到的瞬间，从黯淡中发现闪光点，互相保护、尊重、欣赏和理解，为"丑东西"找到它的容身之所。

三、圈层的动态边界与生命力

正如地球从来没有停止过变动一样，圈层的边界并非是僵化的、静止的，圈层始终都是一个生生不息的动态场域，不断从内向外辐射、从外向内渗透。圈层从来不是单行线和禁闭室。圈层的分界是有时间限定的，今日是亚文化的事物，明天可能就会和主导文化融汇。如美国学者默顿所言："一些文化英雄被尊为英雄的原因恰恰是他们有打破当时群体中流行规范的勇气和远见。如大家所知，昔日的叛逆者、革命家、不守成规、个人主义者、持非正统见解者或叛教者，经常是今天的文化英雄。"默顿所说的这种文化角色的反转，在圈层的演变史上比比皆是，从摇滚乐、饶舌到牛仔裤、T恤衫，都是如此。

事实上，当代很多圈层早已经出圈、破壁，打破代际、次元之间的隔阂，为主导文化、主流文化注入了汩汩活水。"国家面前无爱豆""帝吧出征""814大团结""云监工"等饭圈话语的流行和事件的发生，就是饭圈文化与主导文化良性互动的例子。一些小众题材的文艺活动如嘻哈、配音等，也突破了固定的圈层，成为大众爆款综艺节目，反响热烈。优酷的"这就是"系列（《这就是灌篮》《这就是铁甲》《这就是原创》等）将篮球、机器人竞技圈、音乐圈层推举到了更广阔的舞台上，也是圈层破壁的范例。当下人们习以为常的一些词汇如"给力""开挂""脑补""吐槽""控""萌"等，大多来自二次元文化及玩家梗。以B站为例，B站最初只是二次元圈层的乐土，开始时是"限时注册""邀请码注册"，后来虽然放宽了注册限制，但依然设置了一个"知识门槛"，要求用户通过严格的晋级考试，如限时回答出100道"二次元"相关问题，才能从普通的注册会员转为正式会员，拥有发送弹幕等权利。不过B站早已经不再是"唯我独尊"，而是多次跨界、破壁，吸纳主导文化、精英文化和民间文化等多种文化的因素，如《如果国宝会说话》《我在故宫修文物》《国家宝藏》等综艺节目爆红于B站，《新疆的反恐、去极端化斗争》取得了百万级的播放量和3.9万条弹幕。在2020年新冠疫情肆虐期间，《最强医生》系列动画视频在B站发布，为抗疫医护人员助威鼓劲，好评如潮。

　　身处圈层的当代青年应该快乐入圈，勇敢出圈。既要尽情享受同温层，也要敢于走出舒适圈，在圈层中不沉迷，不依附，努力建设丰富的圈层共同体，展示出圈层文化强大的生命力和包容力。

　　五十年前，面对全新的、跨时代的、全球性的代际决裂，美国学者米德（Margaret Mead）敏锐地预感到后喻文化即将来临，写下了名著《代沟》。五十年后的今天，在微时代语境下，后喻文化更是大行其道，后浪入海喜相逢，年轻一代在理解中获得了新的权威。如果说原子代表过去，比特代表现在，或许圈层文化就代表着未来，摇曳不定，潜质无穷。

（原载《中国艺术报》2021年2月1日，第5版）

"唯流量论"必须退场

流量是信息社会的核心生产要素，在当代文艺的生产和消费过程里本是中立的数据应用，但如果将流量当作指挥棒，文化消费变成"数据库消费"，只会被资本和平台劫持，滋生"饭圈"乱象，也无益于文化产品的良性输出。

流量是网络时代获取注意力的数据表现形式。和农业社会的土地、工业社会的能源一样，流量（数据）是信息社会的核心和稀缺资源，在当下已被人们视为与土地、劳动力、资本、技术并列的五大生产要素之一。流量具体表现为搜索量、点击量、排行榜、曝光率、评论数、转发量、粉丝活跃度、收藏量、点赞数、交易量等，类似声望和人气。随着移动媒体、大数据、人工智能、云计算、物联网等媒介技术的迅猛发展，当代文创产业的竞争很大程度上已成为流量争夺战，因此就有了"引流""蹭流量""自带流量""流量饥渴""流量劫掠""顶流""网红"等说法。

流量数据可以为文化行业提供风险评估，引导和刺激消费。在合理的算法下，经得住检测和甄别的流量能够创造出不可思议的可能性。不过，流量从来就不仅仅是一个技术问题，流量运营的核心指标是流量变现（获取消费金额）。流量生成的算法规制系统是按照不变的资本逻辑进行设置的，目的是最大程度地鼓励用户延长使用时间、有更多投入，以追求利益的最大化。被资本围猎后，不仅流量容易被操纵，就连流量的使用者——受众——也往往难逃一劫。流量获取俨然已成为一门产业，流量可以采买、置换和营销，可以通过技术手段干预，如买粉、删差评、刷数据、买热搜、改数据，通过机器或人工的方式做假流量，炮制出不可靠的收视率、评分、评奖和排行榜或无效声量，破坏了诚信体系。缺少算法规制的数据充满了偏见、歧视和黑箱操作，无法保证流量的准确性和安全性。

对娱乐资本和平台而言，如果评价文艺作品的质量和艺人的贡献与影响只依据流量，推崇"流量明星"和"流量作品"，只会被流量劫持，在付出海量的片酬和分配资源之后，大大挤占了文创项目的制作成本和渠道，结果往往是：流量产品大行其道，良心之作后继乏力，小鲜肉左右逢源占据"C位"，老戏骨黯然陪座退居边缘，"劣币驱逐良币"，也使得许多文艺作品的流量数据与口碑形成巨大反差；对受众和粉丝而言，他们被营销方灌输了"不花钱就不是真粉"的理念，被诱导着持续投入真金白银和真情实感，为偶像"氪金"、"搬家"、集资应援、打赏、刷榜、打投、"养号"、买代言、冲销量、"洗广场"、"撕番位"，不仅供养着自家爱豆，还催生了"职粉""粉头""站姐"等行业新角色，成为受剥削的"数据劳工"和待收割的"韭菜"，也激发出各种"饭圈"乱象。殊不知，追星固然是个人自由，但保持独立的个体与所爱的明星一起发展才是更大的快乐："我更喜欢和你在一起时的我自己！"对于流量明星而言，如果违背内容生产的艺术规律，一味遵循"流量越大，工作机会越多"的商业逻辑，在急功近利的造星之路上丧失职业操守，缺乏责任担当，只知贪婪吸金，难免会失范失德，甚至违法犯罪，最后塌房过气，既失去了现在，也失去了未来。以流量为圭臬的营销之战不会有真正的赢家。

互联网商业模式三要素（产品、流量和变现）中最重要的不应是流量而是产品。归根到底，文艺作品的生产和消费还是要回归优质的内容生产的正轨，要依靠艺术家的原创力和想象力。流量比流星还要短暂，虚拟流量易逝，产品质量长存。流量为王的时代已经过去了，我们需要有流量思维，化大流量为正能量，执行合理合法的算法规制，建立非市场化的、真正有公信力和生命力的评价体系，严打数据造假，这样才能创造清朗的文化氛围，维护文艺创作和内容生产的健康生态。

（原载《光明日报》2021年9月22日，第15版）

后流量时代的文艺评论刍议

自2021年6月"清朗·'饭圈'乱象整治"专项活动开展以来，文娱领域也迎来了一场"扫娱风暴"：唯流量论遭到全面批评，违法失德艺人受到法律惩处，其作品被全面下架，一些艺人超话、微博等被关闭或被禁言，明星艺人榜单被取消，粉丝的应援集资行为被规范。这终将换来风清气正、健康发展的行业氛围，正如中纪委网站的评论文章所言："流量明星该翻篇了。"

不过，需要指出的是，国家清理整顿文娱领域的初心和目的不是为了打压文化产业和娱乐明星，政策收紧、税收监管等措施也不是为了让文娱产业陷入寒冬。中国需要也必须发展强大的文娱产业，这既是国民经济发展的需要，也是中华民族实现伟大复兴的需要。2021年7月27日，普华永道发布的《2021至2025年全球娱乐及媒体行业展望》报告显示：2021年中国娱乐及媒体行业总收入约为3586亿美元，至2025年收入将达约4368亿美元，未来五年的复合年增长率为5.1%，高于全球的4.6%。其中，在虚拟现实（VR）、OTT视频以及互联网广告等细分领域，中国的平均增速将领先全球。如此庞大的市场规模和广阔的发展前景，理应受到全方位的重视，文艺评论界也需要在理论和实践上做出应有的贡献，在后流量时代全面认识流量的价值与局限。

流量本无罪，在某种程度上也代表了市场的选择和观众的认可，但流量为王的时代已经过去了，我们需要从数据安全的高度重视文艺作品的流量统计。

2020年《中共中央 国务院关于构建更加完善的要素市场化配置体制机制的意见》提出要"加快培育数据要素市场"，《中华人民共和国数据安全法》也于2021年9月1日正式施行。大数据不仅被看作重要的生产资源，也被视为和"枪杆子""笔杆子"同样重要的执政资源，这都充分彰显了国家对数据安全的高度重视。不过，令人遗憾的是，在人们的一般认识中，数据主要分布于工业、商业、军事等领域，文艺作品的流量（搜索量、点击量、排行榜、曝光率、评论数、转发量、粉丝活跃度、收藏量、点赞数、交易量等）似乎并不被认为是核心数据。其实不然，流量是文化数据的一种结算方式，涉及人心向背、价值观取向、审美趣味、国民心理、舆论导向、社会稳定等，对国家的文化安全和综合国力竞争具有重要的影响力，流量也具有公共产品的性质，流量的数据安全也值得高度重视。各种网络平台的评分机制，大多是基于流量数据与算法建立起来的。以往，流量的统计往往被播出平台和商业公司支配，流量被不合理的算法规制，很容易造假、篡改和被利用，缺乏必要的监管。对此，不应该仅仅依赖企业和娱乐资本的自觉，比如只是签订一纸"坚决抵制收视率作假的自律承诺书"，而应该从维护数据安全的高度重视流量的统计，根据法律进行严格的规范和管理，斩断文艺领域内规模庞大的流量黑灰产业链，对刷单炒作、炮制网络"爆文"、养号控评、刷分控评、批量转评赞、非法引流、点赞等行为进行依法惩处，提高数据造假的违法成本，严打假收视率、假流量、假评分的操作模式。

中国文艺产品需要更多类似"中国视听大数据"（2018年12月以

来)这样可靠的"国家队数据"。不过,由于中国的文艺产品的体量太大,要迎接收视数据"透明时代"的到来,让中国视听传播环境与业态呈现出长久的清朗状态,只依靠一两支国家队是不够的,需要建设更多类型、更多维度、更高频次的数据库,需要有更多的具有社会公信力的团队加入流量统计的队伍,应该鼓励、扶持第三方学术研究团队、智库团队参与数据库建设中,健全完善基于大数据的评价方式,加强网络算法研究和引导,维护文化数据安全,加强文艺评论阵地管理,建立有公信力和生命力的文艺评价体系,为文艺作品的销售、评估、评奖等奠定良好的基础。

同时,我们也需要加强以文艺作品为核心的评价制度建设。在文艺作品的数据统计中,评分和排行榜是最直观、最常见的形式。后流量时代,应该加强以作品排行的评分体系建设,增加作品导向及专业性评价等指标权重。在这方面,网络文学评论界已经有所行动,比如,中国作协主办的中国网络文学影响力榜(2020年度)于9月发布,24部网络文学作品和4位新人作家上榜,这次的影响力榜改变了以往推介中存在的以流量、收入论高低的现象,如果作品存在价值和审美导向问题,作家创作过问题作品,不管流量多大,坚决不予推荐。阅文集团、晋江文学城、七猫文化等大型网络文学平台也相继出台措施,改变原来以流量和收入对作家进行分级的做法,晋江文学城等还引入多个第三方AI审核程序,加强内容审核。

目前,在中国各种评分系统和排行榜中,最有影响力的当数创立于2005年,以去中心化、去精英化著称的豆瓣网,但如果只有豆瓣网一枝独秀,这对中国文艺评价的体系建设来说显然是远远不够的。应该鼓励更多的中立、客观的团队参与各种评价榜单的建设中,打造各种"红黑榜",在尊重审美差异的基础上,加强文艺评论的"剜烂苹果"的功能，正如习近平总书记在文艺工作座谈会上所说的那样："文艺批评就要褒优贬劣、激浊扬清，像鲁迅所说的那样，批评家要做'剜烂苹果'的工作，'把烂的剜掉，把好的留下来吃'。"文艺评论界需要既报喜也报忧，既评好也评差，既要坚持金鸡奖、百花奖、华表奖等扩大"美名度"的评奖，也要打造更有"恶名度"的类似"金酸莓奖"（Razzie Awards，1981—）、"金扫帚奖"（2009—）等"黑榜"，像"烂番茄"（Rotten Tomatoes，1998—）网站那样既鉴别出作品的"新鲜度"，也要评定出作品的"腐烂度"，敢于曝光文化生产中的虚假繁荣，让制作方和娱乐资本更清楚地体会到：仅仅依靠流量明星和卖文化垃圾就能获利的日子已经一去不复返了。

应该鼓励和扶持第三方力量建立更多的评价平台，依靠管理部门、媒体、商业机构、研究机构和观众，建立由编剧、导演、制片人、学者、观众等组成的评价团队，基于真实的市场数据，坚持"以人民为中心"的评价标准，重视作家、编剧、导演等与内容生产直接相关的评分因素，提高各种奖项的权威性和可信度，努力让文艺作品的口碑和数据在总体上成正比，建立知名度、被关注度、收视度（点击量）、美誉度等指标构成的评价体系，建立起更为可靠的文艺评价体系，使其拥有类似法国文学奖"龚古尔奖"（Le Prix Goncourt）那样的公信力：尽管只有象征性的10欧元（约74元人民币）的奖金，却有着绝对的影响力，可以将获奖作品甚至获奖者的所有作品的销量提升几倍到几十倍，极大地拉动图书市场。

（原载《文艺报》2021年10月11日，第4版）

实力派引领审美新风尚

继在央视一套播出时打破多项收视纪录后，现实题材电视剧《人世间》在央视八套、江苏卫视重播，仍屡屡拿下收视率排名第一的成绩，形成了"一家老少追重播"的奇特文化景象，2022年刚开春它就被一些观众封为了"国剧年度剧王"！有意思的是，关于该剧人们谈论最多的、最燃爆的话题，不是剧中某个角色的逆天颜值，也不是某个场景的精致养眼，而是中老戏骨的精彩表演，是"光字片"居民所经历的人间悲欢，是周家三代人从未泯灭的温情和善良，是小人物在历史巨变中秉持的家国情怀。简言之，观众追的不是颜值而是价值！

这种审美取向的变化，不由得让人联想到2019年在北京举行的一次国际论坛。当时一位发言者语出惊人："颜值就是生产力！"言罢，很多人为之喝彩，认为它道出了高颜值在当下这个"看脸时代"的重要性，也和一些"颜控"语录遥相呼应："颜值即正义""明明可以靠脸吃饭，却偏偏要靠才华""长得好看的才叫吃货，长得丑的那叫饭桶"，等等。据报道，也有许多父母越来越注重培养孩子的"美商"，即美丽商数（Beauty Quotient，简称BQ，指的是人对自身形象的关注程度、对美学和美感的理解力）。在影视行业中，颜值的受宠就更加明显了，有媒体宣称："颜值剧的时代已经到来了！"似乎影视剧如果没有偶像派参演，没有高颜值，就不会出现现象级作品，就不能吸睛，难以吸金，从而失去了卖点和票房号召力。文娱领域屡遭诟病的流量至上、天价片酬等乱象也与此观念直接相关。

这种"颜值有理说"看似言之有理，但其实很难经得住推敲。

从审美的角度来看，长得好看、颜值在线确实是优势。高颜值是恰到好处的标准，是合乎尺度的形式，让人赏心悦目，不会产生不安与恐惧。在互联网的加持下，长相甜野的丁真一夜爆红，英姿飒爽的昭苏县骑马女副县长火到国外，高颜值在求职、就业、产品推广过程中产生溢价效应，中国成为全球第二大医美市场，颜值经济日益繁荣……这些都源于人们对高颜值的向往、追求和肯定。不过，看颜值毕竟只是审美的开始，"好美"终究不是"美好"！根据李泽厚先生《美学四讲》中的观点，审美能力（趣味、观念、理想）的形态分为三个层次，分别是悦耳悦目（感官审美）、悦心悦意（心灵审美）、悦志悦神（崇高审美）。高颜值能满足感官审美，让人一饱眼福，但未必能满足心意和志神层面的审美需求，后者要通过有限的、偶然的、具体的诉诸感官视听的形象领悟到无限的、内在的、更深远的内容，既是心意情感的感受理解，也是整个生命和存在的全部投入（如"天行健"的阳刚气势和生命力量的正面昂奋）。先哲们说："凡外重者内拙"（《庄子·达生》），"容貌、态度、进退、趋行，由礼则雅，不由礼则夷固僻违、庸众而野"（《荀子·修身》），这些论述都将审美标准指向了超越颜值的内容和价值——只有丰盈厚重的内涵和情怀才是影视剧真正的"颜值担当"！

从当下影视作品的创作和接受看，特别是文娱领域综合治理工作、"清朗行动"开展之前，可以发现很多影视剧（尤其是仙侠剧、抗日剧、谍战剧、甜宠剧等）一度都刮起了"颜值风"，整个剧组颜值爆表,"小鲜肉"、"小仙女"云集。不过,再多的光鲜亮丽也无法遮蔽许多作品的"败絮"和硬伤:剧中人物形象"养眼"到了辣眼睛的程度(如抗日战士妆容精致、抹发胶、打耳洞、穿超短裙等),故事逻辑混乱,事件悬浮,情感虚假,甚至出现了"按地位、按财产来分配颜值,按颜值来分配道德和未来"(毛尖语)的荒唐局面。这些作品脱离了大地和人民,脱离了文艺创作的源头活水,变成了"无根的浮萍、无病的呻吟、无魂的躯壳",即使获得了不错的票房,登上了热搜榜,但口碑却惨不忍睹,有的甚至让观众惊呼"现在的烂片烂得都没有灵魂"。对演员而言,流量最终变成了流星,颜值反而耽误了前程。

  与此形成鲜明对比的是,一些影视剧无意拼颜值,而是满怀诚意和敬畏,耐心地讲好每一个故事,用扎实的剧本、精心的制作获得了高品质,观众的口碑炸裂,既叫好又叫座。2021年,中国最火的电影《你好,李焕英》最打动观众的,不是俊男靓女的抢眼,而是最普通不过的母女真情和彼此成全、相互奉献的精神;勇夺中国影史上票房总冠军的《长津湖》最震撼人心的,是在抗美援朝这场立国之战中战士们对战争正义性的朴素理解,是他们视死如归、征服极限的钢铁意志,是其中的历史深度和情感厚度;电视剧《装台》塑造了罕见的从事幕后舞台搭建的底层群像,他们虽然其貌不扬,庸碌平凡,却让人感叹具有"不惧碾压的鲜活"和令人尊重的责任担当;《山海情》虽然动用了一些高颜值演员,但在黄土高原的尘土掩映下,颜值已不再是焦点,马得福和水花们的忍辱负重、坚韧不拔的奋斗精神才是该剧最大的亮点;《觉醒年代》最出彩的也不是偶像明星的风采,而是激情飞扬的热血青年和文化大师们共同绘制的波澜壮阔的历史画卷。这些精品佳作肯定了人的本质力量,维护了人和社会的尊严,让观众听到了痛苦心灵的回声和"黑夜中的呜咽与怒吼",铭记着"人的曾经的存在"(阿多诺语），见证着历史必然的命运力量，最终也用质量获得了流量，用品质吸引了关注，用价值铸就了丰碑。

这些文艺作品的得失成败和当代审美主潮都在提醒着我们：对行业而言，颜值固然是生产力，但并非第一生产力；颜值虽然有价值，但绝非最重要的价值。始于颜值，成于品质，终于价值，这才是影视作品的成功之道。

（原载《光明日报》2022年4月20日，第15版）

豪迈刚健的审美品格正在形成

十年来，影视工作者弘扬主旋律、提倡多样化，坚持以人民为中心的创作理念。一方面，用中国精神培根铸魂，引领文化建设；另一方面，不断尝试令人耳目一新的表现方法，让观众在影视欣赏中感受到社会主义先进文化、革命文化和中华优秀传统文化的生命力、创造力和震撼力。电影《长津湖》《狙击手》、电视剧《觉醒年代》《人世间》等现象级力作涌现出来，通过艺术共情引发精神共鸣，让文化传承和创新相互激荡，彼此成就。在这个过程中，豪迈刚健、繁丰深隐的审美品格逐渐形成，不仅提升了文化自信，更增强了人民的精神力量。

一、守正：中国精神点燃奋斗激情

中国精神是中华民族千百年来生生不息、薪火相传的文化基因，是在历史积淀中形成的民族性格、民族心理和民族意识的总和，是中华民族在革命、建设和改革等不同时期展现出的兴国之魂、强国之魂。

新时代影视剧弘扬以伟大建党精神为源头的中国共产党人精神谱系。电视剧《觉醒年代》从历史横截面的角度塑造了正青春的革命先驱群像。电影《我和我的父辈》中的《诗》聚焦新中国第一代航天人，致敬"两弹一星"精神。电影《长津湖》、电视剧《跨过鸭绿江》表现志愿军战士为国家、人民的安全与尊严视死如归、征服极限的钢铁意志。还有电影《夺冠》点燃的是祖国至上、团结协作、顽强拼搏、永不言败的女排精神,电影《攀登者》镌刻出中国登山队为国攀登的荣耀感和使命感,电影《中国机长》《中国医生》《烈火英雄》、电视剧《底线》《警察荣誉》折射出各行各业的敬业、坚忍、勇敢等可贵品质。

新时代影视剧凝聚着"人民至上"的精神理念。人民是历史的"见证者"和"创造者",也是社会主义文艺的"剧作者"和"剧中人"。这里的"人民"既包括革命历史年代的人民英雄,也包括和平岁月中的普通人,包括那些无名的、无声的、草根的、边缘的普通人,如《一秒钟》里一闪而过最终湮没于黄沙中的剪影。他们虽然平凡、不在光亮之中,但也渴望着幸福、尊严和自由,传递着爱、希望和温暖,正如《平凡英雄》中热血接力的凡人英雄:为了及时救助失去胳膊的男孩,从和田到全新疆,从集市商人、交警到航空公司、空军,从机长、空姐到医护人员,从孩子的母亲、哥哥到途中无数的陌生人,所有人都在为孩子避让、妥协、奉献和牺牲,星火成炬,大爱无疆。

新时代影视剧汇聚着时代精神。在中国崛起的大背景下,电影《中国合伙人》勾勒出民营企业的开拓梦想。电影《我和我的父辈》之《鸭先知》单元围绕中国第一支电视广告的诞生,歌颂敢为人先的创新精神。电视剧《大江大河》《鸡毛飞上天》回望改革开放的先行者们锐意进取的创业精神。电影《一点就到家》借助回乡创业、电商扶贫等关键词,复现时代精神驱动的乡村巨变。电影《奇迹·笨小孩》展示的不仅是深圳奇迹和科技进步,更是创业者永不言败的拼搏精神。

新时代影视剧还折射出中华民族宽厚仁和、顽强不屈的民族气质。《送你一朵小红花》借助几个青年人的抗癌故事传达出坚韧豁达的生命观，电影《人生大事》、电视剧《人世间》《装台》真实再现了普通人的艰难困苦、生老病死，其中既有批判、介入和反思，也有对现实局限的理解或和解，倾向于"让个体的仁善之心去浸润真实，真善交融"，用宽厚、正义、坚韧、慈悲、善良、温情甚至"圣人心"照亮晦暗的人生，"用现实主义精神和浪漫主义情怀观照现实生活"，这种审美风格也被称为"中国式心性现实主义美学范式"或"温暖现实主义"，也再次回应了巴赞在《电影是什么？》中对电影的著名判断：电影是名副其实的爱的艺术、诗意的艺术，蕴含着特有的"爱心、温柔和感伤"。

二、创新：创作理念和观众期待的"双向奔赴"

新时代影视剧通过引领主流市场来传递社会主义核心价值观，促成了主流影视剧的崛起。主流影视剧融汇类型化、商业化的创作方法，善于抓取新题材，对接新入口，使作品对接当代大众审美取向，成就了一场场作品和观众的"双向奔赴"。

新时代影视剧经常聚焦新题材、新视角、新群体，深入抗疫、医疗、殡葬、公益救援、维和、撤侨、抗癌、舞狮、冬奥等以往未被充分重视的领域，用温暖故事传递向善向上的中国精神，"将美好和善良、坚韧和毅力、同情和关怀、信心和希望传达给观众"。如近日首部以"公益救援"为主题的电视剧《追光者》填补了影视作品中公益救援题材的空白，围绕着人民至上、生命至上的情感内核，刻画了个性鲜明的志愿者群像（他们的原本职业是律师、医生、漫画画手等)，讲述了许多惊心动魄又充满正能量的救援故事，也深深打动了青年观众。《我不是药神》揭示了买药贵、看病贵的社会疾苦，一句"这世界上只有一种病，那就是穷病"更是穿透现实，如万箭穿心般击中了观众的痛点和泪点，电影公映后更是直接推动了中国医疗制度的改革（如加快落实抗癌药降价保供等）。这些作品刚健质朴、节奏明快、风格犀利，直击观众内心，与以往言情剧、玄幻剧、悬浮剧、职业剧的剧情悬浮、不接地气、情节催眠等形成了鲜明对比。

新时代影视剧的表现手法更接地气、更年轻态、更具观赏性。《觉醒年代》基于细密而准确的史料，让温情而又鲜活的日常细节与诗意化镜头相交织，既保留了历史的质感，也具有了现实的穿透力，成功破圈走红，点燃了观众的激情，让革命历史照进了现实：合肥延乔路铺满的鲜花和无数次的时空对话、献礼便是最好的见证。《功勋》用8个短篇致敬8位"共和国勋章"获得者，更符合微时代碎片化的传播语境，累计播放量超过亿次，该剧每个篇章都各辟蹊径，惊喜和意外随处可见，如第一单元《能文能武李延年》关注了志愿军中的逃兵现象、特务反共宣传、锄奸行动等罕见话题，"尊重与信任也是战斗力"等金句也让人耳目一新；《长津湖》《狙击手》《悬崖之上》充分借鉴动作片、青春片、谍战片等商业大片和电影工业的优势，取得了奇佳的叙事效果；《送你一朵小红花》借用沉浸式游戏体验、梦境和平行时空等镜头，为抗癌生活的沉重增添了诗意和浪漫。作为一部非典型的主旋律战争片，《云霄之上》[1]没有沿用新主流电影或传统英雄主义的叙事模式（如战斗场面缺少奇观化表现，英雄形象不够典型，战前动员也异乎寻常："每个人有选择的权利，才是理想的真谛"，缺少大团圆结局，叙事不完整，等等），红军战士洪启辰眼前多次出现幻象：在水下拨开战友尸体后发现已牺牲的自己；在树林里他射杀了自己；在战斗的紧要关头，时空突然静止，天空下起血雨，天地人都被血海吞没。

---

[1] 《云霄之上》上映于2021年，于2021年9月获得第11届北京国际电影节"主竞赛单元最佳影片天坛奖"，2022年9月获得北京国际电影节·第29届大学生电影节"最受大学生欢迎年度艺术探索影片"。

这些幻境催人警醒：战争摧残生命，也让更多人看清生命。

三、突破：探索提升精神力量的有效途径

新时代影视剧创作不仅要让观众在欣赏过程中体会到中华文化的生命力、创造力，提升安全感、幸福感，还让他们获得了增强这种自信心和自豪感的精神力量，从而汇聚为推动中华民族伟大复兴的磅礴力量，实现艺术上的突破。

十年来，新时代影视创造聚焦中国精神，创造出许多富有精神力量的文艺精品，使观众的文化自信大幅度提升。文化自信离不开物质文明的进步和科技创新的深入人心。《大山的女儿》《山海情》《江山如此多娇》《最美的乡村》《石头开花》《花繁叶茂》《山河锦绣》《那山那海》等剧集围绕脱贫攻坚、乡村振兴的主题，描绘了科技扶贫、易地搬迁扶贫、教育扶贫、电商扶贫、旅游扶贫等精准扶贫模式，以细微而恢宏的史诗画卷再现人类减贫史上令人赞叹的伟大奇迹。与以往的主旋律影视剧相比，新时代主流影视创作塑造的人物形象更加丰满立体。创作者力图通过个体生命的浩然正气、充盈的民族精神来展现中华民族的自信自强，继而汇聚成促进民族复兴伟业的人心力量。电影《战狼》系列、《红海行动》展现了大国崛起和民族复兴背景下中国军人维护国家安全、民族尊严与人类和平的顽强意志和中国力量，电影《万里归途》里的撤侨行动更是让所有中国人为之振奋。影片里面对叛军的威胁，中国侨胞高擎的五星红旗和中国护照，中国外交官、中企负责人在险象环生的归国途中所展现的勇气、信念、忠诚和智慧，都让观众为之动容。在电影结尾的"彩蛋"中，外交官成朗对父亲说："125个人，我们没有枪，带回来了。"这个彩蛋成为传达中国精神、增强文化自信的点睛之笔。

新时代影视剧构筑的中国精神不仅是中华民族的，更是一种超越民族利益的、格局宏大的价值观，具有提升中华文化影响力的辐射力和感召力。电影《万里归途》中出现了中国人解救在危难中的外国亲属的情节，这也表现了中国人追求守望相助、和衷共济的精神境界。在电影《独行月球》中，独孤月把个体的爱转化为对人类、对地球的大爱，毅然舍生取义。这些契合中国精神的影视作品，都展现出构建人类命运共同体的宏大气魄，形成了面向全球和全人类的感召魅力，形成了强大的精神合力，也激发出观众推动民族复兴和社会进步的创新伟力。

新时代十年来，中国的影视剧因时而兴，恰逢其势，既秉承传统，又勇于创新，成功实现了中国精神的浸润和传递，促成了主流文化"既叫好又叫座"的传播新常态，演绎出气势磅礴的时代主题歌和蕴藉隽永的艺术协奏曲。这些作品尝试为国家写史、为民族留像、为人民立传，努力讲好中国故事、弘扬中国精神、凝聚中国力量，呈现出或典雅、或深隐、或繁丰、或壮丽、或新奇的美学风格，满足了观众对高品质内容的"刚需"，为实现中国式现代化、丰富人民的精神世界做出了独特的贡献。

（原载《光明日报》2022年12月17日，第15版，略有改动）

《文本盗猎者》：磨砺当代文化的试金石

在当代粉丝文化研究中，亨利·詹金斯（1958—）是无法绕过的一位重量级学者。作为学者粉丝（aca-fan）的代表，詹金斯主要借鉴了德赛都（Michel de Certeau）关于"消费者二度创作"的理论和葛兰西（Antonio Gramsci）的文化领导权理论等，激活了"战术""战略""盗猎"和"游击战"等术语，强调受众的抵抗式解读，把大众媒介消费看成是一个权力的战场，具有强烈的文化乐观论倾向，与受众研究脉络中的文化悲观论（以阿多诺等人代表）和伯明翰学派的市场收编理论（以赫伯迪格为代表）形成了鲜明对比。

《文本盗猎者：电视粉丝与参与式文化》（*Textual Poachers: Television Fans and Participatory Culture*，1992，中译本于2016年由北京大学出版社出版，译者郑熙青，以下简称《文本盗猎者》）是詹金斯的代表作。该书记录了他在20世纪80年代末和90年代初亲自参与的媒体粉丝的景观。媒体粉丝不同于明星粉丝、体育粉丝等真人粉丝群体，他们是电影和电视剧的狂热爱好者，成员遍布所有的英语国家和欧洲大陆，其中大部分是女性、白人、中产阶级，但对其他人也持开放欢迎的态度。用詹金斯的话来讲，他写这本书是为了粉丝、写给粉丝、关于粉丝的，但同时也是对学术界内部争论的回应。詹金斯在与粉丝对话的过程中，希望能够重新定义粉丝圈在公共领域的身份，让更多公众意识到粉丝文化的复杂和精细。

《文本盗猎者》挑战了对"粉丝"这一概念的传统理解，改变了观众研究领域的整体走向。在詹金斯开始研究媒体粉丝的时候，坊间流行着关于粉丝的种种刻板印象：粉丝们被定义为迷恋于细节、花边新闻和名人的、有收集癖的"怪人"，不适应社会者和"疯子"，是"当代文化中见不得人的丑陋范畴"，被看作"宗教狂热分子""精神变态的杀手""神经质的妄想狂"或者情欲偾张的"骨肉皮"（即狂热地试图与明星发生性行为的粉丝）。"阁楼中的粉丝"是悬疑电影、侦探小说和警匪电视剧中粉丝的典型角色，被视为罪案和频发的安全威胁中的"常规嫌疑犯"之一。詹金斯决定打破这些刻板印象，他继承并发展了约翰·费斯克的文化乐观主义，致力于粉丝文化和媒介融合研究，细致记录了粉丝的社会结构、文化行为及与大众媒体和消费资本主义之间的复杂矛盾关系，提出了"重估粉丝圈"的口号。

詹金斯把媒体粉丝界定为一种广泛而多样化的亚文化，它对传统文化、主导文化、大众文化构成了抵抗。在他看来，粉丝既不是单纯接受制作商和大众文化宣传的意识形态的人，也不是一群毫无理性的群体，而是积极的创作者和意义的操控者。粉丝圈同时从正负两面为粉丝赋权，它的体制既允许粉丝们表达反对的东西，也能表达为之奋斗的东西。媒体粉丝圈形成了一种参与式文化，将媒体消费变成了新文本、新文化和新社群的生产，不断将他人眼中无足轻重、毫无价值的文化材料构造出意义。作为亚文化群体，粉丝的贡献主要表现在他们对原作不断的否定和再创作之中，在对主流文化、现实世界的抗争中拒绝世俗价值。他们在接受、生产、创造批评的过程中，对现实中未曾解决的问题给予独特的表达，在看似狂热的行为中展现出自己的价值形态。通过盗猎、游猎等方式，粉丝的行为制造了一个乌托邦，一个逃离尘世的空间，创造出盗猎者的诗意和独特的美学价值。詹金斯的这一观点，在他后来的《融合文化：新媒体和旧媒体的冲突地带》（2006）一书里也有所体现，他在该书里讨论了宗教力量、华纳兄弟公司和"哈利·波特粉丝"群体之间的"波特之争"，得出的结论是：互联网时代的粉丝更有力量，粉丝们把互联网看作实现集体解决问题、公众商议和草根创造性的一种手段，粉丝文化的创造力与媒介素养的培养有着密切的联系。不过，尽管詹金斯对粉丝文化进行了高度评价，但是当他为其做总结的时候，他仍然保持着谨慎的态度，他没有宣称粉丝圈必然代表进步力量，也不认为粉丝提出的解决方式是内部逻辑自洽的或一以贯之的；他认为粉丝圈的存在不能证明所有的观众都是积极活跃的，然而它显然证明了并非所有观众都是消极的。这种态度无疑和他的老师费斯克的民粹主义倾向有很大不同。

詹金斯从学者粉丝的立场出发，平衡了盛行的批判研究和文化研究著作之间的关系，他强调草根权力受到的结构性限制，一次又一次地指向粉丝和其他草根社群的集体主动性。他认为当代媒体理论过度强调学术批判的批评性一面，这可能会让我们无法看到未来的发展，提前关闭了很多可能性，因此他主张做一个倡导者而不仅仅是批判者。

詹金斯的《文本盗猎者》完成于二十多年前，当时粉丝圈还隐藏在公众视野之外，只能在非正式渠道里活动，粉丝们用邮政系统共享自己的作品，使用复印机和录像机来传播、翻录文本。在《文本盗猎者》出版后，似乎一切都变了：在网络语境下，媒介、粉丝活动的方式和粉丝文化已经出现了惊人的多样化。但一切似乎又都没变：《文本盗猎者》依然是研究包括中国在内的当代粉丝文化的经典著作，我们在书中可以发觉电子时代开始的迹象，看见全球化粉丝文化的蛛丝马迹。更重要的是，詹金斯所描述的文化现象、粉丝圈的文本驱动力、分析和创作的乐趣也依然没变。《文本盗猎者》提供的核心概念和思考仍然在不断产生共鸣，比如詹金斯着重强调了粉丝接受模式的三个方面：粉丝将文本拉近自己的生活方式经验或方式，重读在粉丝文化中的重要作用，文本信息介入当下现实社会交流的过程。这三个方面在网络时代的粉丝文化中依然盛行，《文本盗猎者》的基本构想和路径依然具有强烈的现实意义，它依然是一块磨砺当代文化的"试金石"，为读者留足了涂写的空间，表现出不断启发新应用和新问题的持久能力，让我们从更广阔的意义上理解草根媒体制作和参与式文化。

（原载《书屋》2018年第5期）

新媒介时代青年亚文化研究的全息图景

——评《中国青年亚文化研究年度报告（2012）》

近年来，中国本土的青年亚文化现象随着基于互联网、移动通讯的新媒介的广泛使用，日益丰富而多姿，有学者把当代青年亚文化（亚现象）的特点概括为"蔓生长""自媒体""微抵抗""宅空间""浅生活""未知数"，[1]可谓深谙其道。自20世纪90年代以来，我国的青年亚文化逐渐成为文化研究中一个重要的领域和特点话题。不过，遗憾的是，和青年亚文化现象和研究热潮不太适应的是，中国目前虽然有一些以青年研究为主的学术期刊，也有一些"青年发展报告""文化研究年度报告"等系列出版物，但青年亚文化在其中的比重还不是很多，青年亚文化现象和相关研究并没有得到足够的重视。

正是在这个意义上，《中国青年亚文化研究年度报告（2012）》（马中红教授主编，清华大学出版社2013年版，以下简称《报告》）显示出独特的意义，它的出版扩大了当代中国青年亚文化研究的影响，为新媒体时代的中国青年亚文化现象以及研究提供了一幅多维立体的全息图景，为该领域的国内学界提供了一个重要的传播平台，起到了填补学术空白的作用。

---

[1] 这些特点是2012年7月20日中央美术学院美术馆"亚现象：首届CAFAM未来展"的组委会概括出的，也是该展览的核心关键词。

《报告》的主要团队来自苏州大学新媒介与青年文化研究中心的学者，该中心是国内第一家基于新闻学与传播学一级学科的青年文化研究中心。中心虽然成立时间不长（2012年1月成立），但研究成果已经非常突出，已经成为国内青年文化研究领域不可忽视的新军。这个中心在推出了7卷本的"新媒介与青年亚文化"丛书之后，团队再次集体合作，推出了这本三十余万字的厚重的年度报告，《报告》也充分显示出了马中红教授、陈霖教授等团队核心成员的综合实力和学术潜力。在我看来，《报告》有以下几个突出的特点。

一、内容丰富，视野开阔

《报告》全面及时反映了2012年度青年亚文化研究的现状和最新进展，主要由四大部分组成，每一部分都各有特点：第一部分是年度总报告《2012年中国青年亚文化研究论略》，由马中红教授亲自操刀，对2012年中国青年亚文化研究进行总体梳理和评价，力图勾勒出青年亚文化最有价值的理论观点和研究方法的版图。第二部分是青年亚文化研究年度文选，主要精选国内期刊上发表的、能够代表中国青年亚文化研究学术水准的18篇论文。遴选范围涵盖人文社会科学，涉及网络民粹主义、粉丝亚文化、恶搞文化、游戏文化、"同人女"群体、"网络字幕组"、春树作品中的叛逆青春等重要亚文化现象。这也是年度报告中分量最重的板块。第三部分是青年亚文化研究工作坊，收录了和动漫角色扮演（COSPLAY）、御宅文化、网游文化有关的三本书稿的写作过程，这部分是《报告》具有开创性的贡献，文字活泼生动，读来让人兴趣盎然。第四部分是青年亚文化研究信息与资料，包括亚文化研究重要著述介绍，这部分的学术含量非常高，视野也非常开阔，不仅评述了《亚文化之后：对于当代青年文化的批判研究》以及"新媒介与青年亚文化"丛书这样重要的青年亚文化研究专著，而且还讨论了《大众文化教程》等看似与亚文化没有直接关系的著作，原因是：流行文化（大众文化）往往正是亚文化产生的催化剂和策源地。

更为可贵的是，《最小说》《文艺风象》《超好看》《ONE·一个》等新锐书刊在以前往往被学界所忽视，而《报告》对这些非常活跃的亚文化主体和受众给予了相当的篇幅，让人耳目一新，收获良多。此外，这一部分回顾了2012年度的青年亚文化研究大事，如青年亚文化研究重要机构的成立及其活动、重要学术会议、重要研究成果索引，这些事件在国内外青年亚文化研究领域影响大、具有重要的学术与史料价值。

从整体上看，《报告》分类合理，信息量极大，理论分析深刻到位，研究案例丰富多彩。一册在手，读者对中国的青年亚文化研究一目了然。

二、工作坊的示范效应突出

《报告》推出了很多精彩的文章，其中不乏亮点，"青年亚文化研究工作坊"栏目中的三篇论文尤其让人难忘。

亚文化的主体是青年人，但亚文化研究者往往不是青年人，因此研究者和研究对象之间的隔阂是非常大的，研究的甘苦往往不为他人所知。对关注亚文化的读者和初学者来说，他们在阅读学术成果之余，对选题过程、研究背后的故事也有着浓厚的兴趣。但在以往的论著中，读者接触到的都是研究结果，过程中的这部分内容往往是读不到的。而"青年亚文化研究工作坊"栏目的设置就很好地弥补了这一点。这部分主要以个案研究的创作体会为主，类似布迪厄的"社会学工作坊"，带有研究示范和实验性调查。在这一部分，作者尽可能细致地描述自己的研究过程（如选题缘由、资料收集、调查过程、写作进展、修改加工等），力求全面地展示出一个研究成果的生产过程、生产机制、生产环节、生产技术，而不仅仅是最终成果的呈现。《报告》选取的是"新媒介与青年亚文化"丛书中四位作者马中红、易前良、王凌菲、鲍鲳分别撰写的"创作谈"，每一篇都有自己的特色。如马中红教授介绍了自己曲折的选题过程，从"情色文化""山寨亚文化"到"搜索文化"，一个个选题都由于审批不过关、网络技术阻碍等相继被否定，不得不忍痛放弃，最后在课堂和学生的启发下，作者选择了COSPALY这一题目，在克服了诸多的困难之后，完成了专著。作者所叙述的选题过程，也是在后喻社会中的研究者经常面临的尴尬经历的真实写照，读来很受启发。

再如《网游：狂欢与蛊惑》的作者鲍鲳在谈到自己的研究过程时，详细介绍了自己在网络游戏的解谜与祛魅的参与式写作过程，也透露了许多迷茫、彷徨的写作经验。作者为了研究游戏，自己在电脑上安装了诸多街机游戏和单机游戏，玩了几款热门的网页游戏，在这之后他发现：街机游戏、单机游戏、网页游戏和网游做比较太有必要了，因为我们常将这三类游戏与网络游戏混为一谈。如我们盛赞游戏的合理性，会举出很多明星酷爱游戏的例子，如姚明、金城武、郑伊健，实际上，他们喜欢的只是单机游戏；我们批评网络游戏时，会举出网络上游戏广告内容低俗，形式粗糙，实际上，此类广告大部分是网页游戏广告。还有，我们分析游戏的文化意义时，常援引费斯克在《解读大众文化》一书中对电子游戏的分析，实际上，费斯克分析的是街机游戏。这种混为一谈就将本不属于网络游戏的褒贬加于网络游戏之上，成为网络游戏不能承受之重。将网络游戏与现实世界，与街机游戏、单机游戏、网页游戏对比分析后，作者发现，网络游戏的魅力不在于某一个因素，如故事的宏大、开放，画面的逼真、细腻，游戏规则的新颖、别致，而在于上述的共构，使它成为一个"真实的虚拟世界"。网游世界是个浅白得一眼就可看清的世界，它同时充斥着人间未有的美色、财富、资源、生命。现实世界只有真实性，街机游戏只有虚拟性，且虚拟性远逊于网络游戏；单机游戏虽然虚拟性上甚至超过网络游戏，但它的真实性远逊于网络游戏；网页游戏虽然也兼具真实性与虚拟性，但它在两方面都逊于网络游戏，是一种"伪真实的虚拟世界"。

这些崭新的发现和结论，是研究者以旁观者的身份永远无法体会和得出的。这对亚文化研究的入门者和实践者也具有很好的借鉴意义。作者还写了自己一段时间对网游的迷恋和上瘾的过程，通过自身的经历和对其他玩家的观察、访谈，作者发现，网游成瘾是存在的，热爱过一款网游的玩家都曾不同程度地网游成瘾过，但网瘾不是毒瘾，它甚至不如烟瘾那样顽固，人们对网游有偏见，主要是主流社会制造出来的，即"玩网游等于网络成瘾"。作者谈的这一现象，实际上暗合了亚文化理论中著名的"道德恐慌"理论和"意识形态收编"理论，由斯坦利·科恩（Stanley Cohen）和迪克·赫伯迪格（Dick Hebdige）分别在《民间恶魔和道德恐慌》和《亚文化：风格的意义》这两本亚文化经典著作提出。作者的这些精彩的论述，具有很高的学术意义和实践价值，是近年来在国内学界的亚文化研究界中不太多见的真知灼见。可以说，每段创作谈的分量，绝不亚于一本专著。"青年亚文化研究工作坊"栏目的设置，在学界中也起到了良好的示范效应。

三、对民族志的倡导符合学术前沿的发展

当下，青年亚文化在中国如火如荼地发展着，但研究成果却经常难以让人满意。其中的原因有很多，重要的一点是研究方法的缺位，

如我们非常缺乏民族志式的深度研究，类似于《街角社会》《学会劳动》《艺术世界中的七天》等使用了民族志研究的亚文化著作和文化研究著作还特别欠缺。

"民族志"方法(ethnography，也译为"人种志"或"文化调查")起源于人类学的田野研究，强调以独特的方式提供原汁原味的引语、生活的历史与个案的研究，注重对实际发生的事件进行如实的、详尽的描述。芝加哥学派的领导人帕克(Robert E. Park, 1864—1944)从自身体验出发提出：研究城市的社会学者要像人类学家研究南太平洋某个小岛上的原住居民那样，用"参与考察"法去描述分析城市的各个区域。帕克告诉他的学生们："去坐在豪华旅馆的大堂里，也坐在廉价客店的门阶上；坐在高级住宅的沙发里，也坐在贫民棚屋的地铺上；坐在庄严堂皇的大音乐厅里，也坐在粗俗下流的小歌舞厅中。简单说吧，去做实际研究，把你裤子的屁股坐脏。"[1] 运用这一方法，芝加哥学派进行了多项有关越轨亚文化的研究，其对象包括非法团伙、流浪汉、职业舞女、妓女、吸毒、青少年犯罪以及犹太移民等。伯明翰学派的学者在研究亚文化时也运用了民族志和参与考察的方法，如威利斯(Paul Willis)坚持运用"民族志"和"参与考察"方法，不惜花费三年零六个月的时间去跟踪调查一些亚文化群体，最后创作出了亚文化经典著作《学会劳动》。伯明翰学派采用了"集中优势兵力，各个击破"的策略，对青年亚文化现象分别进行了"参与考察"，杰斐逊(Tony Jefferson)对无赖青年，克拉克(John Clarke)对光头仔和足球流氓，威利斯对哥们、摩托迷，赫伯迪格对摩登族、朋克，都有过长期而深入的研究。

---

[1] 转引自[英]布赖恩·特纳主编《Blackwell 社会理论指南》（第2版），李康译，上海：上海人民出版社，2003年，第242页。

反观中国的亚文化研究，民族志式的著作非常罕见。大部分亚文化研究多停留在纸上谈兵的阶段。可能正是出于这一考虑，《报告》对民族志方法的强调非常明显。比如，年度论文中的多篇论文或创作谈都是使用了民族志这种方法的，如对南京义工联、同人女、网络字幕组、魔兽世界的虚拟世界团队、COSPLAY 的研究，等等。编者对民族志或实证研究的推崇，在很大程度上也将会影响未来的青年亚文化的研究态势。只有更多的基于民族志的接地气的亚文化研究著作问世，我们才能无愧于当下丰富而复杂的亚文化现象。

四、展现出亚文化研究的复杂性和研究趋势

由于亚文化现象的纷乱庞杂，也由于是集体合作的成果，《报告》也呈现出了当代青年亚文化研究的一些复杂性。从某些角度来讲，这些也可能是青年亚文化研究的未来难题和趋势。

比如，在亚文化的界定上，国内很多学者在使用这个概念时往往不加区分，使用比较随意，有时甚至比较混乱。有些学者把亚文化等同于文化、青年大众文化，甚至等同于网络文化，这是不够准确的。我们使用"亚文化"时，不应该把它作为一个无所不包的描述性术语，否则它将失去特有的界定和概括功能。《报告》对这个问题非常警惕，在开篇的《2012年中国青年亚文化研究论略》中主编就对亚文化进行了清晰的界定：

> 关于什么是"青年亚文化"，众说纷纭。我们认为，亚文化是一种普遍而又独特的文化现象，是人类社会文化结构中不可或缺的组成部分，与处于社会主导地位的文化形态共存于同一个社会、经济和文化体系中，但它通常又是一种与主导文化具有明显差异

的文化形态。与主导文化相比，一方面，青年亚文化具有非主流、边缘性的"亚"文化或"次"文化特征；另一方面，青年亚文化往往与较小的参与群体、与年轻创新文化相关联，偶尔具有政治抵抗性和激进性并呈现自身的独立性。[1]

应该说，《报告》的这一界定是比较符合学术界的普遍认识的，它强调了亚文化的边缘性、抵抗性和附属性等特点。我们知道，亚文化之所以作为一种独特的文化样式存在，与它与主导文化或主流文化存在的明显的差异性是有直接的关系的。也就是说，它往往要以独特的风格和抵抗的姿态出现，经常作为一种"噪音"而存在，作为一种挑战的形式而存在。比如：对流行音乐而言，崔健摇滚、周云蓬和川子的民谣是亚文化；对传统文坛而言，韩寒和《独唱团》是亚文化；对中小学教科书而言，《Q版语文》是亚文化；对央视春晚来说，山寨春晚是亚文化；对普通受众而言，粉丝群体是亚文化；对陈凯歌和《无极》而言，胡戈和《一个馒头引发的血案》是亚文化；对正襟危坐、中规中矩的央视主播而言，在意大利世界杯上惊天一呼的黄健翔是亚文化；对传统的异性恋而言，耽美是亚文化；对飙升的房价和以"土地财政"为纲的地方政府而言，"房奴"的行为艺术是亚文化；对那些爱党爱国却不爱民的雷人官话而言，[2] 微博和手机上转载的段子是亚文化；[3] 对各地环保局而言，NGO组织开展的"我为祖国测空气"是亚文化……

不过，也许是由于亚文化与大众文化的关系过于密切，也许是因

---

[1] 马中红主编：《中国青年亚文化研究年度报告（2012）》，北京：清华大学出版社，2013年，第2页。
[2] 如"跟政府作对就是恶"（2010年10月8日，重庆江津区区委书记王银峰），"没有强拆就没有新中国"（2010年10月，宜黄县官员），"你是准备替党说话，还是准备替老百姓说话？"（2009年，郑州市规划局副局长逯军）等等。
[3] 段子与微博目前有融汇的趋势，有"无段子，不微博"的说法。

为当下的亚文化与主导文化之间的互动过于频繁,我们可以发现,在《报告》的正文中,亚文化的范畴似乎变得宽泛甚至是模糊起来,这就导致了主编在《报告》开头的界定和篇目的正文之间存在着一定的张力。这一点在"青年亚文化研究年度文选"栏目中比较明显:18篇论文中,除了《大众传播媒介对"粉丝"亚文化的再现——以央视对"杨丽娟事件"的报道对例》等明显属于亚文化研究的论文以及《现代性境域中青年问题的理路》等青年研究的基础理论之外,有5篇论文和亚文化距离较远,它们是:《对当代青年网络政治参与的理论分析》《青年网络政治参与的内容、特征及影响因素——基于对七个中文论坛相关资料的文本分析》《媒介接触与社会公正——以在校大学生为对象的实证研究》《青年自组织社会参与:认同、社会表征与符号再生产——以"南京义工联"为例》《口感的享用与管制——中小学生吃零食的身体现象学解读》。这些论文所研究的对象,似乎只能算是广义的青年文化,甚至与主导文化没有太大的差别,如"南京义工联"这一青年自组织所倡导的"自愿""自发""拒绝功利""无私奉献",完全吻合主导文化的要求。如果一定要把它和亚文化扯在一起,似乎有些牵强,至少是界定太过于宽松了。如果亚文化真的成为一个无所不包的定义时,我们对亚文化的研究也就无从下手了。

再如《青年亚文化热点扫描》一文把"航母Style"也看成是一种青年亚文化,这不免让人困惑。对此作者的解释是:从文化角度看,"航母Style"无疑是一种戏仿,而后者是亚文化群体的常用手段,并且特别频繁地出现在恶搞活动中,用于表达对主流秩序的反讽与颠覆。

作者认为使用了戏仿就属于亚文化,事实果真如此吗?使用戏仿的手法的文艺作品多如牛毛,难道它们都是亚文化?鲁迅的《故事新编》和拉伯雷的《巨人传》都使用了戏仿,但很明显,它们不能算亚文化,至少它们不能算典型的亚文化。亚文化的最大特点是对主导文化或主流文化的抵抗,而"航母Style"却洋溢着对祖国的科技进步和富国强兵的认同和自豪,很难说这一事件"意味着亚文化与主流文化之间可以实现良性互动"[1]。"航母Style"本身就是主导文化或主流文化(大众文化)的变体,而不是青年亚文化的表现。在同样一篇文章中,作者把风靡一时的"江南Style"现象也看作亚文化的表现,这也难免让人不解:亚文化的特点之一是边缘性,群体属于小众群体,而"江南Style"所引发的骑马舞的大红大紫和老少咸宜,和亚文化有什么关系呢?最多可以说由现象所引发的恶搞属于亚文化,但其本身是不折不扣的大众文化。

不过,《报告》把类似"江南Style""航母Style"这样的大众文化现象列入亚文化研究范围中,也并非完全没有道理。当代大众文化和青年亚文化都极大地依赖大众媒介和新媒介。当代中国青年亚文化很大程度上是大众文化、娱乐工业和商品消费的产物,经常盗用、拼贴大众文化的符号。随着网络时代的到来,随着新媒介和新新媒介[2]的出现,媒介也出现了民众化转向或普通化转向(demotic turn):普通人通过自制网页、谈话类广播、名人文化、真人电视等方法,把自己转变为媒介的内容,媒介越来越直接参与建构文化认同,并以此为其主要活动领域之一,越来越多的能够自制内容并加以传播的"生产者用户"出现了。[3]这一转向的最明显的表征就是新媒体时代迅速席卷

---

[1] 马中红主编:《中国青年亚文化研究年度报告(2012)》,北京:清华大学出版社,2013年,第288页。

[2] "新新媒介"是美国学者莱文森(Paul Levinson)的提法,主要包括博客、优视网、维基网、掘客网、脸谱网、推特网等。其特征有:消费者都是生产者,非专业人士,可选择性,免费,各种新新媒介既互相竞争,又互相促进等。[美]保罗·莱文森:《新新媒介》,何道宽译,上海:复旦大学出版社,2011年,第1—2页。

[3] [澳]格雷姆·特纳:《普通人与媒介:民众化转向》,许静译,北京:北京大学出版社,2011年,第3、105页。

全球的脸谱、优视网等社会性网络服务（SNS）网站[1]。新媒介改变了亚文化的边缘位置，各种亚文化现象纷纷被网络传媒催生出来，各种吧的粉丝群体、同人群体、豆瓣网[2]、开心网等社交网站上的各个小组、视频网上的自制（DIY）视频、恶搞歌曲，等等，都是其中的例子。马中红教授在一篇文章中提出，新媒体的出现"最终促成了青年亚文化表达方式和内容特质的根本性转向"[3]。亚文化借助新媒体获得了前所未有的活动空间。它们的"反收编"能力、活力和创造力（辨识力和生产力）与以往相比有很大的提高。费斯克在讨论亚文化粉丝时说："读者是文化生产者，而非文化消费者。"[4]朋克曾经宣称："只要会三个和弦就可以组团。你什么都没有？那就自己动手来做吧！"这种"自己动手来做"（Do It Yourself，简称"DIY"）的精神，在新媒体时代的确实现得更为彻底。

也许正是出于这一考虑，《报告》把一些明显属于大众文化的现象或文化样式也算作青年亚文化的代表。如《报告》把《咬文嚼字》每年总结发布当年"十大流行语"视作一种主流文化谨慎关注亚文化的信号，把在大众文化和网络青年群体中流行的部分词汇都视为亚文化的符号，如"山寨""雷""不抛弃不放弃""口红效应""拐点""宅男宅女""不折腾""非诚勿扰""不差钱""躲猫猫""低碳""被就业""裸""纠结""钓鱼""秒杀""蜗居""给力""神马都是浮云""围

---

[1] SNS是社会性网络服务（Social Networking Services）的简称，建立在以"兴趣、话题、爱好、人际关系"为中心的社交网络架构之上，强调用户创造内容，用户不但是信息接受者，同时也是信息的制造者、发布者和传播者。

[2] 如豆瓣网（http://www.douban.com）宣称：它的5469万居民（网民）分别由25万个兴趣小组构成。

[3] 马中红：《新媒介与青年亚文化转向》，《文艺研究》2010年第12期。

[4] ［美］约翰·费斯克：《理解大众文化》，王晓珏等译，北京：中央编译出版社，2001年，第179页。

围脖""围观""二代""拼爹""控""帝""达人""穿越""亲""伤不起""HOLD住""坑爹""卖萌""吐槽""气场""悲催""忐忑""正能量""元芳你怎么看？""舌尖上""躺枪""高富帅""中国式""亚历山大""最美""赞""接地气"等。这种研究思路，或许正是未来的青年亚文化研究中的一个重点或热点，即在新媒体和大众文化的发展中重新打量和考察青年亚文化，既把握住亚文化的抵抗性、风格化、小众化、原创性、边缘性等特点，也将其与大众文化的愉悦性、流行性、商品性、大量复制性相比较；既发现它们之间的区别，也要揭示它们的融合。《报告》在这方面，既提出了新的问题，也预示着未来的研究趋势。

在中国，青年亚文化现象已经到处蔓延，在蓬蓬勃勃不可遏制地生长，呈现出蔓生长的姿态，展现出微抵抗的功能，它的未来仍然是未知数，不容轻视。我们呼唤并期待更多的学者加入青年亚文化研究的队伍，深入研究中国乃至更广大华语地区的青年亚文化现象，贡献出更多的和《报告》一样出色的研究成果。

（原载《青年探索》2013年第6期）

下篇

通向及物的现实主义

——论网络文学的现实转向

中国网络文学呈现出"去浮游化"、回归现实主义传统的趋势,但转向现实题材创作并不意味着网络文学必然会通向现实主义。中国网络文学具有特有的发展规律,其奇幻叙事展现出特殊的现实品格、深刻而鲜活的时代感和想象力,使得及物的现实主义成为可能,也拓宽了现实主义的边界。

一、网络文学的浮游化与现实转向

回顾二十年来的中国网络文学研究,我们可以发现,虽然叫好声和赞誉声不绝于耳,但批评的声音也从来没有消失过,这些批评主要集中在网络文学与现实的关系上。比如,一些学者认为:网络文学虚火亢奋,深染沉疴痼疾,玄幻文学和盗墓文学是装神弄鬼、远离现实;[1] "YY无罪,做梦有理"的网络文学编织了无限膨大的白日梦,导致了多重断裂,蕴含着祖国认同、现实认同、人类基本价值认同的危

---

[1] 陶东风:《中国文学已经进入装神弄鬼时代?——由"玄幻小说"引发的一点联想》,《当代文坛》2006年第5期;陶东风:《把装神弄鬼进行到底?》,《小康》2008年第6期。

机；[1] 网络文学的"类型化+爽文"万变不离其宗，表面繁盛，实质荒凉；[2] "虚构之中无真相，幻象之下无真知"，网络小说描写的是"伪生活与伪历史"，[3] 是"伪现实"[4]；等等。

这些关于网络文学的负面评价如果用一个词来概括，那就是"浮游化"。这就是说，网络文学如同蜉蝣一般，呈现漫游或遨游的姿态（想象力丰富奇崛）、虚浮不实（不食人间烟火，远离现实）、审美价值不高（属于消费文化，存在时间短，经典作品欠缺）等。

中国网络文学以幻想类的类型小说见长，这或许是其出现浮游化的重要原因。玄幻、科幻、仙侠、盗墓、游戏、灵异、架空、穿越、重生、游戏、二次元等幻想类的网络文学长期受到读者的追捧，[5] 在影响力颇大的"网络文学二十年二十部"的榜单中也牢牢占据八成席位。[6]

---

1 邵燕君：《传统文学生产机制的危机和新型机制的生成》，《文艺争鸣》2009年第12期。
2 杨早：《网络文学的繁盛和荒凉》，《人民日报》2016年1月5日，第14版。
3 田泥、杨飏：《网络文学离公共领域有多远——关于网络文学的"新民间"论反思》，《探索与争鸣》2018年第6期。
4 庄庸、王秀庭：《网络文学评论评价体系构建：从"顶层设计"到"基层创新"》，福州：福建教育出版社，2018年，第214页。
5 以国内影响最大的文学网站之一"起点中文网"为例，该网站的历年月票总冠军（2005—2019）有15部作品，几乎都是非现实类作品，分别属于玄幻、奇幻、仙侠、修仙、穿越等幻想类作品，具体如下：《亵渎》（2005）、《兽血沸腾》（2006）、《回到明朝当王爷》（2007）、《恶魔法则》（2008）、《斗罗大陆》（2009）、《阳神》（2010）、《吞噬星空》（2011）、《将夜》（2012）、《莽荒纪》（2013）、《星战风暴》（2014）、《我欲封天》（2015）、《玄界之门》（2016）、《圣墟》（2017）、《大王饶命》（2018）、《诡秘之主》（2019）。
6 2018年，中国作协网络文学委员会、上海市新闻出版局、上海市作家协会和阅文集团等单位联合主办，从海量的著作中，评比出以《间客》为代表的"中国网络文学20年20部优秀作品"，严格意义上的现实类作品只有4部，占五分之一。其分别是《第一次的亲密接触》《致我们终将逝去的青春》《大江东去》《繁花》，此外还有一部重生类作品《复兴之路》，其余15部都是非现实类的作品。

网络文学的海外传播也不例外,《盘龙》《星辰变》《莽荒纪》等玄幻、仙侠文在国外网络文学网站"武侠世界"和起点国际的热度颇高,成为中国文学"走出去"新的增长点。[1] 这些类型小说有的受益于西方幻想故事,有的脱胎于中国古典文学或近现代通俗文化,具有东方化的、中国式的故事内核,有的是中国文学史上从未出现过的新类型,如"无限流""佛本流""技术流""种田流""凡人流""随身流"等等,极大地拓展了类型小说的疆界。不过,我们也应该承认,尽管中国网络文学取得了喜人的成绩,但"浮游化"的趋势也暴露出很严重的问题,网文的一些弊病甚至连网文作者自己都忍无可忍。比如,在"当世界沉默时"(The world is not enough)创作的《超凡世界的普通作家》一书中,作者通过主人公古星在异时空的网站和书店里的闲逛经历,对网络文学进行了无情的嘲讽:

> 主要是小说这一块,实在让人吐血。基本上是你去任何一个小说网站,去男生频道看书,把"兵王""神医""狂少"等词汇替换成"佣兵""游侠""王子",就是这异世界的小说书名了。古星抽下来几本看了看,哇,真是辣眼睛的俗烂套路:妹子全收,从自家姐妹到仇家子女一个不放过;敌人全败,从街头混混到一国皇帝无一幸免;闭着眼睛都能一眼望到未来剧情的发展。标准小白文的模式,情节简单,没有小说基本的起承转合结构,反复灌充无意义的字数,使小说内容臃肿,桥段极度套路化,缺乏思想性,内容浅白。
>
> 女总裁→总裁秘书→校花→警花→名门闺秀→自家女性→敌

---

[1] 参见欧阳友权主编《中国网络文学年鉴(2017)》,北京:新华出版社,2018年,第4、17页;中国作家协会网络文学中心《2017中国网络文学蓝皮书概要》,《网络文学评论》2018年第3期。

方手下→京城名媛。就是这样的攻略路线。主角无限强大，一路踩人，小说**现（原文如此——引者注）的高手到了后期只能感叹主角的强大，形同废物；即使主角陷入极度危险的境地，闭上眼睛要等死，也能在千钧一发之时脱困；主角无视等级差距，越级挑战、越阶挑战都是家常便饭。看得一时爽，其实没内涵。

女性向的就不提了，和女生频道的没区别，换几个名词就是。[1]

上文对网络小说的荒诞不经、内容贫乏、"俗烂套路"等弊病的揭示，可谓入木三分。由于这一批评不是来自学术界，而是来自网文作者队伍，读来更让人忍俊不禁，大呼过瘾。

针对网络文学的这些"病症"，文化管理部门、业界、学者和媒体近年来不约而同地开出了一剂"药方"：网络文学要"去浮游化"，要推动题材多元化，要重视现实题材创作，回归现实主义传统。党的十九大报告强调：要繁荣文艺创作，坚持思想精深、艺术精湛、制作精良相统一，加强现实题材创作。为响应这一号召，中国作协发布了各种网络文学推荐榜单，旗帜鲜明地鼓励和扶持现实题材创作。起点中文网副总编李晓亮认为：单靠幻想，撑不起一个行业，也无法满足数亿网络读者日益增长的精神需求。泛现实题材作品已经赶上甚至超过幻想类作品数量，都市品类一跃成为阅文集团第一大品类。[2] 重视现实题材有时也被概括为"回归现实主义传统"，如有媒体旗帜鲜明地宣布：取材于现实的网络文学作品首次入选"中国好书"，现实主义写作

---

[1] The world is not enough：《超凡世界的普通作家》，http://book.sfacg.com/Novel/142415/231128/1959269，2018年6月21日。
[2] 许旸：《单靠幻想，撑不起网络文学一个行业》，《文汇报》2018年8月21日，第5版。

在回归，这意味着网络文学向主流审美靠拢。[1] 也有网站和机构将"现实题材"与"现实主义"合二为一，提出了"现实主义题材"这一杂糅型概念，如阅文集团已经连续举办了三届"网络原创文学现实主义题材征文大赛"（2017—2019），华东师范大学举办了"分众"中国网络文学年度新人大赛，鼓励网络文学作家以现实主义精神和手法来反映现实生活及历史，专门为创作"现实主义题材"的作家保留一定比例的获奖名额。

对网络文学来说，这剂名为"现实转向"的药方可谓是药效明显：在受到了空前的重视和支持后，近年来现实题材网络文学的数量明显增加，影响日益扩大，如阅文集团于2018—2019年主打的《工业霸主》《造车》《还看今朝》等11部精选IP(Intellectual Property，现多指将一部作品进行多平台、全方位的改编)中，超七成是现实题材，一些由网络文学改编的现实类影视剧（如《大江大河》《都挺好》等）既叫好又叫座，不断掀起收视和阅读热潮。有人乐观地认为，中国网络文学已经出现了现实主义转向，进入了"现实主义新时代"。

不过，必须明确的是，现实主义是一个富有包容性、开放性的术语，既效忠过唯心主义，也效忠过唯物主义，被评价为"最独立不羁、最富有弹性、最为奇异"的概念，甚至被认为是一个"失职的""失去人们信任的""可疑的"术语。[2] 关于现实主义的界定，人们很难达成共识，即使达成了也不断会破坏它。同时，网络文学体量庞大，更新速度惊人，文化属性非常复杂（主导文化与亚文化并存，外来文化和本土文化融合，大众文化、精英文化互渗），中国网络文学的现实转向在创作与批评过程中还面临着许多未解的难题，需要不断追问和解答，

---

1 何晶：《网络文学向主流审美靠拢》，《羊城晚报》2019年4月28日，第A6版。
2 ［英］达米安·格兰特：《现实主义》，周发祥译，北京：昆仑出版社，1989年，第1—4页。

比如以下问题：

其一，题材和创作思潮或创作观念有必然联系吗？现实题材创作必然会通向现实主义吗？如果是这样，为什么有很多现实题材的作品只有悬浮的幻象、缺乏活生生的形象，让人感到虚假而荒唐，被判定为"伪生活""伪现实"？现实题材小说掺杂了非现实情节，它们是否就不属于现实主义文学了？如果是这样，在《大国重工》这种典型的重生文里，"重生"是故事的核心要件，显然是荒诞不经的，但评委们却为何对此视而不见，认定其为现实主义佳作，并把"现实主义题材征文大赛特等奖"的荣誉颁给了它，中国作协也对它进行重点扶持呢？同理，非现实题材的创作注定与现实主义无缘吗？《遮天》是仙侠文的代表，看似不食人间烟火，为何有学者却认为它有着"现实主义的观照"，是"现实主义的产物"呢？[1]

其二，现实主义最主要的特征是什么？是典型环境中的典型人物？是真实再现了社会生活？这些理论足够勾勒出现实主义的边界吗？法国理论家罗杰·加洛蒂（Roger Garaudy）曾提出"无边的现实主义"这一说法，认为"一切真正的艺术品都表现人在世界上存在的一种形式"，"没有非现实主义的、即不参照在它之外并独立于它的现实的艺术"。[2]因此，所有的艺术家都不能被排斥在现实主义之外，包括毕加索、圣-琼·佩斯、卡夫卡这样的现代主义大家。这当然是一个夸张的说法，但也说明了现实主义文学的边界很难被确定或者很容易被突破。这种情况在网络文学中是否也存在呢？传统的现实主义文

---

[1] 肖惊鸿：《网络文学的现实主义》，《长篇小说选刊》2018年第5期。
[2] ［法］罗杰·加洛蒂：《论无边的现实主义》，吴岳添译，天津：百花文艺出版社，2008年，第171页。

学理论面对类型化的网络文学是否依然有效？[1]我们该如何看待人们对《大国重工》和《遮天》等作品的宽容和赞许？这种态度是否也酝酿着某种理论的突破，意味着现实主义的边界已经被拓宽了呢？

以上问题，涉及现实主义文学的内涵、网络时代现实主义的边界等问题，如果不能给出令人信服的解释，难免会导致一种尴尬现象的产生：文化部门在号召网络作家要转向现实题材创作，文学网站、网络作家和评论家在积极响应，读者/同人在论坛上参与对话，但各方对现实、对现实主义的理解大相径庭，各说各话，也无法达成有效的沟通，网络文学的"虚火"自然也难以祛除。

网络文学与现实题材、现实主义的关系是一个紧迫而重大的课题，需要从多个层面加以系统探讨。在笔者看来，如果从题材这一角度看，现实题材与现实主义并没有必然的联系。对文学的某种思潮或创作态度而言，题材只是一张入场券，并不是身份证，更不是通行证。题材不是文学创作的关键，只是"事物的表象"。用本雅明的话来讲，现实题材只是"题材内容"而不是"真理内容"。[2]因此，"现实主义题材"这一提法也许只是权宜之计，既不合学理，也不符合实际。具有奇幻叙事特征的网络文学展现出特殊的现实品格，即使是非现实题材的作品也可能抵达现实主义所追求的真实、真相或真理。网络文学的出现，为"及物的现实主义"这样一种新的现实主义类型提供了可能。

---

[1] 比如，中国作家协会《2018年中国网络文学蓝皮书》中将网络文学分为"现实类""幻想类"和"历史及其他类"三大类型，这显然是理想化的分类，因为这三大类型在很多网络文学中很难区别开，历史和其他类充满了幻想，甚至是现实类也不乏幻想特征。中国作家协会网络文学中心：《2018中国网络文学蓝皮书》，http://www.chinawriter.com.cn/n1/2019/0511/c404023-31079531.html，2019年5月11日。

[2] ［德］瓦尔特·本雅明：《歌德的〈亲和力〉》，载陈永国、马海良编《本雅明文选》，北京：中国社会科学出版社，1999年，第61页。

二、网络文学的奇幻叙事与现实品格

19世纪50年代中期,"现实主义"概念首次在文艺领域里被使用。自此以后,现实主义的概念不断在变化、调整。文学现象的复杂性、丰富性以及不同时代的人们对"现实"的不同理解与体验,决定了现实主义的边界在不断移动。据不完全统计,形形色色的现实主义类型多达几十种,[1]这也使得界定现实主义几乎成为不可能完成的任务。

在这一问题上,以赛亚·伯林(Isaiah Berlin)对浪漫主义的界定思路或许值得借鉴。[2]在《浪漫主义的根源》一书里,伯林认为作品流露出的写作观念是判定其是否为浪漫主义的标准,浪漫主义注重统一性和多样性,如果作品强调秩序、自我克制和纪律,反对任何混乱和违法的东西,那么它就不是浪漫主义的,因为这是浪漫主义者所深恶痛绝的。[3]这一做法给我们的启发是,在观察网络文学的现实主义转向时,我们或许不必太纠结于固有的现实主义概念,也不必太关注作品是否属于现实题材或所谓的"现实主义题材",不妨先分析作家的"现实主义者"身份和作家所流露出的写作观念,阐释作品中的"现实品格"或"现实精神",即作品的现实倾向性(与真实生活是否有呼应或隐喻关系)、作品的人文关怀和价值观(是否关注人的性格、灵魂、尊

---

[1] 西方有田园现实主义、唯灵论现实主义、批判现实主义、魔幻现实主义、超现实主义、怪诞现实主义、规范现实主义、理想现实主义、反讽现实主义、朴素现实主义、民族现实主义、客观现实主义、乐观现实主义、悲观现实主义、造型现实主义、心理现实主义、日常现实主义、传奇现实主义等,中国有社会主义现实主义、革命现实主义、启蒙现实主义、新写实主义、神实主义、科幻现实主义、虚拟现实主义、游戏性的写实主义、新媒介现实主义、二次元现实主义、玩世现实主义、寓言现实主义等。

[2] 这一点受到了首都师范大学硕士生王之琳同学在2020年5月16日《现代生活的英雄:论现实主义》线上读书会发言的启发,特此致谢。

[3] [英]以赛亚·伯林著,亨利·哈代编:《浪漫主义的根源》,吕梁、张箭飞等译,南京:译林出版社,2019年,第149页。

严和命运）和作品的时代感（是否揭示社会当下或未来的发展规律，激发想象力）等。之所以使用"现实品格""现实精神"而不是"现实主义"，是因为这两个概念与现实主义的传统概念密切有关，但又更为灵活，涵盖但不限于"现实""真实""真理""真相""现实题材""现实倾向""现实主义精神"等重要范畴，更有利于阐释现实主义的新特征。

应该看到，当代网络文学的形态极其丰富，目前正处于从大神阶段向大师阶段发展的过程中。[1]很多网络作家并没有满足于通俗故事的讲述者、说书人、畅销书作者这些角色，也没有停止过以奇幻叙事为代表的各种文学创新的尝试，在文学与现实、现实与理想之间建立起了广泛而密切的联系。许多网络文学作家正在尝试超越雅俗，其作品具有复杂的特质，有可能具备丰富而深厚的意蕴，让文学重新参与到公众的精神生活中来，暴露和展示出当代中国的复杂、矛盾、焦虑和希望。中国网络文学或许并非人们所说的"远离现实""虚浮无根"，而是有着丰富的现实品格，蕴含着明显的现实精神，它们以再现、隐喻、同构的方式回应着现实世界，也酝酿着新的现实主义和美学风格。它们大致分为以下几种：

第一种是写实类的都市类、官场类的网络小说，如《大江东去》、《欢乐颂》、《都挺好》、《繁花》、《官路风流》（即《侯卫东官场笔记》）、《二号首长》、《草根石布衣》、《余罪》、《黑锅》、《裸婚》、《朝阳警事》等。这一类作品的现实品格是真实不虚、直面当下。它们将目光投向鲜活的时代万象，直接描绘现实生活、洋溢着鲜明的时代信息，抒发家国情怀，弘扬正能量，讲好中国故事，有着深刻的时代洞察力量。

---

[1] 邵燕君：《网络时代的文学引渡》，桂林：广西师范大学出版社，2015年，第46页。

它们符合人们关于现实主义的期待视野,如客观再现社会现实,重视典型性、真实性、历史性等,开拓了现实主义文学的广度和深度。

第二种是玄幻、修仙、游戏、灵异等幻想类作品,如《遮天》《凡人修仙传》《斗罗大陆》《大王饶命》《全球高武》等。这一类作品的现实品格是亦幻亦真、似幻实真。它们具有鲜明的虚拟性、交互性和游戏性,呈现出全新的网络特质,凭借着汪洋恣肆、天马行空的想象力,构建出雄奇瑰丽的虚拟世界和游戏空间,打破了世界与自我的设定,改变了线性的、不可逆的人类历史。

第三种是介于上述二者之间的重生文、系统文、穿越文、科幻文、末世文等作品,如《庆余年》《间客》《回明》《篡清》《大医凌然》《医路坦途》《大国重工》《复兴之路》《第一序列》等。这一类作品的现实品格是时真时幻、以幻写实。它们在现实(历史)题材的躯壳下嵌入了很多非现实的、超现实的元素或套路,如重生、异能、金手指、开挂、系统等。主人公要么借助重生、穿越而成为先知,一次次趋利避害,要么意外地获得特殊的系统能力,在解决现实问题时,往往使用的是超现实的神奇手段,近似亚里士多德所说的"合情合理的不可能"。

从数量和受众群体看,上述第二种和第三种类型是网络文学的主流,具有明显的不同于传统现实主义文学的现实品格,不论是情节还是叙述,普遍都具有奇幻叙事的特点。从文学类型学的角度看,网络文学的奇幻叙事属于"奇遇文学"或"奇幻文学"。所谓奇遇(奇幻),用阿甘本在《奇遇》一书里的描述就是:相对于平常的生活,奇遇是某种陌生的——因此也是古怪的和荒诞的——事情;这样的想法定义了现代的奇遇观念。[1] 按照西美尔(Georg Simmel)的说法,奇遇是

---

[1] [意]吉奥乔·阿甘本:《奇遇》,尉光吉译,重庆:西南师范大学出版社,2018年,第60页。

"生活的连续性突然消失或离去"[1]。奇遇是暂时的终止,是倒退或快进,是现实逻辑的反转或逆转。网络类型小说中的穿越、重生、系统、打怪升级等要素或模式都属于典型的奇遇/奇观叙事。

以齐橙的《大国重工》等系列作品为例,这些小说获得了官方(国家新闻出版广电总局)和市场的双重认可。[2]这些小说虽然都是现实题材,但作为重生文,它难以摆脱离奇的情节。如在《大国重工》(2016—2019)中,国家重大装备办处长冯啸辰穿越到了1980年,利用他后世丰富的经验和超出时代的科学知识,每每在重大的关头,在和日美德等国家的技术人员谈判过程中,他总是可以料得先机,占得主动,每次都避免了国家的重大损失,推动了冶金装备、矿山装备、电力装备、海工装备等大国重工在中国这样一个泱泱大国里从无到有的艰苦建设的发展过程。这部小说走的是细腻写实风,崇尚细节的真实、可感、饱满,史料扎实且逻辑自洽。然而,如果这部小说剔除了重生情节,完全按照传统现实主义的原则和要求进行写作,如果主人公不具备先知或金手指的能力,那么这部作品的故事架构就会坍塌,叙述完全被改写,情节也会面目全非,很可能变成平庸而乏味的现实复述。齐橙的重生文中的真实性杂糅了生活真实、历史真实、艺术真实,展现出了不同于传统现实主义的品格。当我们把它看成是现实主义作品并大力推崇时,不应该漠视一个基本事实:作为重生文的《大

---

[1] [德]齐奥尔格·西美尔:《时尚的哲学》,费勇、吴蓓译,北京:文化艺术出版社,2001年,第204页。
[2] 《大国重工》2016年获得"优秀网络文学原创作品推介",被评为第二届网络文学双年奖优秀作品,2017年获得中国作协重点扶持,2018年获得第二届网络原创文学现实主义题材征文大赛特等奖,影视改编版权已售出,2019年10月11日入选国家新闻出版署和中国作家协会联合推介的25部"庆祝新中国成立70周年"主题网络文学作品暨2019年优秀网络文学原创作品名单,2020年8月4日获得首届"天马文学奖",2020年8月被国家图书馆永久典藏。

国重工》，其奇幻叙事的特征是以往的现实主义经典作品所不具备的。

不过正如我们先前所论述过的，题材和叙事与现实主义、现实品格和现实精神并没有直接的联系，奇幻叙事也可以展现出鲜明的现实品格。这一点在末世文、科幻小说等网络文学中表现得最为突出。"末世文"也称"末日文"、废土文，是以宇宙系统的崩溃或人类社会的灭亡为设定的作品。以网络大神猫腻为例，其作品大多有末世设定，或以"末世"为背景，如《朱雀记》中的"佛主灭世"，《庆余年》中的"人类浩劫"，《将夜》中的"永夜"或"冥王"，《间客》中毁灭星球的核弹（脏弹），《择天记》中"圣光大陆"的"灭世"，等等。在战争、核爆、种族屠杀等带来的末世或末路等等面前，人性往往要接受最严酷的考验或拷问，也最容易唤醒或激发人类的恐惧、悲悯、崇高等情绪或品质。这些设定既暴露出人类文明中最黯淡、最无助、最脆弱的一面，也往往让人类绝处逢生，在绝望中重拾希望，从乌托邦转向反乌托邦，再造乌托邦。

下面不妨以《第一序列》（以下简称《序列》）为例，来分析末世文的现实品格。《序列》是阅文集团白金作家网络大神"会说话的肘子"的作品，于2019年4月15日发表于起点中文网，完结于2020年8月17日。小说的故事和人物设定都具有奇幻色彩：世界由于核爆炸遭到毁灭，新纪元开启，废土之上，人类文明得以苟延残喘，壁垒拔地而起，秩序却不断崩坏。人类不再是世界的主宰，要不断面对各种危机：强大的野兽（吃人鱼、人面虫和狼群等）、核武器、异化的实验体和主宰一切的人工智能。主角任小粟已经两百多岁（沉睡两百年），是人类的001号实验体，是最接近神的人，他通过不断完成脑海中的"宫殿"（突然出现的系统）布置的任务，神奇般地学习和复制了诸多超凡者的超能力，一步步崛起于末世。他具有很多超凡能力，他是枪械水平大师,可以摧城——在30秒内力量与敏捷加倍,冷却时间1天,可以变化出影子(替身),不惧刀枪。他拥有大量的神器:黑刀(无坚不摧)、黑药(外伤万能药)、炸弹扑克(威力随花色递增)、种子(土豆射手与缠绕荆棘)、黑狙(无须换弹,各类子弹齐全)、黑弹(拥有极快飞行速度与极强威力)、黑色真视之眼、暗影之门,会驾驶虚幻的蒸汽机车,可以沟通和呼唤出牺牲战士的英灵。此外,他还掌握了大师级或高超的野外生存本领、心脏外科专业技能、手风琴演奏技能……任小粟凭借着他的超凡能力,从底层流民逆袭为西北少帅、人类领袖,带领着浩劫后的人类战胜了一个又一个强敌。《序列》的设定虽然是贫瘠的废土和架空的灾后世界,但小说归根结底探讨的是现实世界的兴衰荣辱,是人们面对灾难时的立场与坚持,是人类意志和人类精神的问题。小说的主角生于废土,也属于当下,他们挣扎而又坚定,痛苦而又心向光明,宁愿燃烧生命也要做世间最亮、最璀璨、最无敌的那束光。在一个利益至上,人们要习惯割舍友情、爱情、亲情、尊严、正义的时代,任小粟们始终有自己的选择,他们想破除壁垒贵人与集镇流民的隔阂,消灭人们之间存在的羞辱与居高临下的歧视,他们要揭露真相,坚持探索正义与真相,保护身后记录真相、为理想奋斗的陌生人,保卫光明、反抗剥夺了人类自由的人工智能,他们拒绝在时代里随波逐流,告诉自己和亲人:"不要让时代的悲哀,成为你的悲哀。"

《序列》里有一处非常重要的情节:凶恶狂暴的实验体(非人非兽)张开凶狠的牙齿来想要吞噬主人公任小粟,甚至要吮吸他的血液与骨髓,任小粟唯一的办法就是再获得7次感谢,攒够100次感谢,然后在宫殿(系统)里兑换神器"黑刀"才能活命。在这一生死关头,小说有着这样的描写:

下一刻任小粟苍白的（原文如此——引者注）笑了起来，不就是要七次感谢嘛。

他在脑海中平静说道："我要七次感谢我自己。"

"第一次，我感谢自己面对机会时，从不怯弱。"

"第二次，我感谢自己面对危险时，从不畏惧。"

"第三次，我感谢自己面对磨难时，从不妥协。"

"第四次，我感谢自己面对诱惑时，总有底线。"

任小粟在脑海中的声音越来越大，直至如雷霆般轰鸣，震得宫殿都在摇晃。

"第五次，我感谢自己从不虚伪。"

刹那间任小粟仿佛听到了自己的心跳声，洪亮如鼓。

"第六次，我感谢自己清醒如初，从不迟疑。"

他又听到了风的声音，风掠过皮肤的纹理。城市里正在检测实验室方位的科研人员忽然抬头，北方检测到巨大的能量正在喷薄，宛如烈日的初升！

任小粟语气平静而又决绝："第七次，我感谢自己在生活的泥潭里，一路高歌，披荆斩棘！"[1]

这段情节惊心动魄，让人读后热血沸腾。之后的故事和《圣经》中的创世纪情节一般：所向披靡的黑刀神奇地出现在任小粟手中，"一刀劈开生死路，千军万马不回头！"黑刀瞬间摧毁了凶残的实验体，拯救了任小粟，也拯救了世界。这段情节是爽文的标配，是"最后一分钟营救"的传奇叙事的翻版，同时也是《序列》关键的点题段落，

---

[1] 会说话的肘子：《第一序列》，https://read.qidian.com/chapter/RTdh2ORNKe2rNX7uI21afA2/eVpg5BJUe5_gn4SMoDUcDQ2，2019 年 5 月 26 日。

它贴切地诠释了小说书名的由来:"当灾难降临时,精神意志才是人类面对危险的第一序列武器。""七次感谢"是对人类度过灾难、在历史中熠熠生辉的不屈意志的最好概括,也是小说的现实品格的最好体现:它描写的是未来,是末世,但也是现实和当代,它比现实还深刻,比历史还真实。

以《大医凌然》(志鸟村著)为代表的系统文的现实品格也与末世文相似。这部小说自2018年上榜以来引发了医疗文的阅读狂潮,在新冠疫情期间点击率更是猛增。这部小说是标准的系统文或系统流,即主人公随身携带一个系统,系统不断给主角指派各种任务,主角不断完成任务,在此过程中升级强大,这种写法源自网络游戏中系统与玩家的关系及升级程序。在这个故事中,一个神秘而强大的医疗系统从天而降,让主人公凌然获得了高超的手术技能和一流的医术,有望成为世界上最伟大的医生。这种叙事显然不符合传统现实主义的惯例。然而,令人惊异的是,随着阅读的深入,读者却会渐渐感到,小说甚至比报告文学还要真实!原因就在于,主人公在系统中的成长和成熟,既不像《天龙八部》中虚竹那样被逍遥子强灌内力,轻松成为绝顶高手,也不像"乡村神医文"的主角那样凭借神秘的宝物或医书,一夜之间继承了几千年的中医精粹,而是通过扎扎实实地、一步一步地完成系统交给的任务而晋级,系统只相当于极速压缩的医生培养舱和智能导师。比如,系统会规定:病人的衷心感谢和同行的赞许是对医生的最大褒奖,凌然会因此得到某种技能,如"精力药剂""汤氏缝合术"等;如果完成"为病人缝合屈肌腱"的任务,就会获得"切开(持弓式专精)"的完美技能。解除痛苦是医生的存在价值,如果完成推拿任务,为患者解除痛苦累计1万小时,那么凌然会得到"随机推拿法"的奖励。凌然所掌握的每一项绝技(如"间断缝合术""神经束膜吻合术""徒手止血""断指再植"等），都是靠疯狂的工作和刻苦钻研（类似于升级闯关）换来的，他甚至化身为"手术狂魔"，把凌晨4点当成是做手术的标准时间，在手术室连续几个昼夜做手术（有精力药剂做补充），直到累垮所有的助手，占用所有的病床。主人公似乎在完成一个极具挑战性的神奇游戏！事实上，小说中的凌然正是"王者荣耀"等游戏的忠实粉丝，在不做手术的时候，他唯一的爱好就是打游戏、过关。这样，游戏的思维渗透到小说的各个角落也就不足为奇了。

不过，这种游戏式的故事看似离奇，却与医生的现实生活形成了某种同构。在当下，一个医学院学生要想成为救死扶伤的合格医生，要在实习生、规培生、住院医、主治医、副主任医师、主任医生等台阶上摸爬滚打一二十年，要发表核心期刊论文、报项目，还要具有医者的大爱仁心，面对和解决失衡的医患比例问题、恶化的医患关系甚至伤医、杀医事件，这岂不就是一个高难度的通关游戏吗？非现实的系统让读者更清晰地感受到医生职业的残酷和幸福。我们经常听到这样的说法：梦境比现实更真实，现实比小说更精彩，这实际上是在批评当下的小说缺乏想象力，但也从另一个侧面证明：这种奇幻叙事看起来是非现实主义的，但却更有可能抵达和捕捉到生活的真相。

从另一个角度看，在《大医凌然》等系统文中，小说主人公借助神器的体内系统，成为一代神医，其中也折射出让人慨叹的现实问题：中医式微，民族文化衰落。由于主人公摆脱医学困境的方式是金手指的方式，是作弊的方式，这种形态有时被批评是伪现实主义，缺乏正视社会现实的勇气和诚意，无意揭示社会的真实，更不愿去探究社会的真理。不过，它确实也从一个侧面反映了当代人在现实中的焦虑和白日梦，是人们对尚无力解决的现实问题所能给出的象征性解决方案，也暴露出一种社会症候："网络小说的作者和读者很难想象也无法相信单纯依靠个人智慧与奋斗就能获得超凡的成就。"[1]这种形态也丰富了现实主义文学的维度。不妨将其与《涂自强的个人悲伤》和《世间已无陈金芳》进行对比，后者弥漫的沮丧、失望和系统流小说升级时的兴奋与乐观，虽然形成了截然不同的两种人生观和世界观，但毫无疑问，它们各有其不可替代的现实品格，有着不同的价值和功能。

三、网络文学与及物的现实主义的可能

综上所述，网络小说所展现出的现实主义类型至少可以分为两种：一种是及物的，另一种是不及物的。"及物"原为语言学概念，在当代文学批评中与"介入""生产性"的含义接近，指涉着文学与现实的联系。在我看来，及物的现实主义文学不管是否属于现实题材，最终都通向可感的活生生的现实，都在写实事，不务虚，都创造出了有血有肉的人物形象，能够让读者更好地理解社会风貌和现实世界，得以感受到真实的生活，体会真情、接近真相、领悟真理。不及物的现实主义作品更具内指性，即使题材是现实世界，但也容易使人脱离真实的社会，完全沉浸在虚幻的时空中，缺乏对现实的超越性想象和进行批判性改造的动力。

及物的现实主义文学是网络时代文学发展中不可忽视的文学类型。作为一种世界观、创作态度和美学风格，现实主义在中国网络文学中并未缺席，即使是在以奇幻叙事的作品中也不例外。在《批评的诸种概念》一书中，韦勒克曾经否定过现实主义和奇幻故事的关联，他认为现实主义排斥虚无缥缈的幻想、排斥神话故事、排斥寓意与象征、排斥高度的风格化、排除纯粹的抽象与雕饰，它意味着我们不需

---

[1] 邵燕君主编：《破壁书：网络文化关键词》，北京：生活书店出版有限公司，2018年，第256页。

要虚构，不需要神话故事，不需要梦幻世界。[1]不过，韦勒克（René Wellek）所说的现实，是19世纪科学的秩序井然的世界，一个没有奇迹、没有先验存在的世界。在同一篇文章里他也承认现实主义不是一个先验的、固定的、静态的概念。进入新世纪以来，随着新媒体时代、智媒时代的到来，网络现实和虚拟现实已经越来越渗透在我们的生活里，现实主义文学的边界已经发生了变化。当代一些学者尝试提出了一些新的概念，为网络时代的现实主义重新进行命名，[2]及物的现实主义这一概念的提出，或许有助于我们理解新时代的网络文学。《间客》《第一序列》《大医凌然》《朝阳警事》《大国重工》等作品属于及物的现实主义，它指向了更深广的现实，指向了后人类社会、虚拟现实、游戏生活等当代生活，其现实品格、现实精神和奇幻叙事或许偏离甚至颠覆了现实主义的经典理论和文学传统，甚至颠覆了现实逻辑，无法再用"客观再现社会现实""典型性""典型环境"和"真实性"来加以概括。从这个意义上看，网络文学的兴盛意味着传统的现实主义审美出现了危机，但是，"艺术的边界就是创造的边界"[3]，在新兴的网络文学作家那里，现实主义的边界得以再次拓宽，新的现实主义类型和美学风格也具有了出现的可能。

在及物的现实主义文学中，"现实书写"不是简单地模仿历史或再现当下生活，而是往往与过去、未来纠缠在一起，其中蕴藏着更复杂、更丰富、更深层的真实性。正如《序列》的宣传语那样：重生过去、

---

[1] ［美］勒内·韦勒克：《批评的诸种概念》，罗钢等译，上海：上海人民出版社，2015年，第227页。
[2] 中外学者近年来提出了虚拟现实主义、游戏性的写实主义、新媒介现实主义、二次元现实主义等概念。
[3] 高建平：《艺术边界的消失与重建》，《文史知识》2015年第12期。

畅想未来、梦幻现实，再塑传奇人生！[1] 及物的现实主义文学打破、模糊、改变了我们以往对真实、现实乃至现实主义的看法。有学者认为，现实主义这个概念之所以易生混乱，其中一个基本原因，是在于它与真实（reality）这个相当富有疑义的概念间的暧昧关系上。[2] 应该说，随着网络文学的发展，随着及物的现实主义文学的兴起和繁荣，现实主义与真实之间的复杂关系又增添了新的变量。

及物的现实主义文学具有一种社会学的想象力，它借助奇幻叙事或超现实叙事，让读者快速看清世事和事情的清晰全貌，让读者转换视角重新打量早已熟悉的社会，深刻体会社会的相对性与历史的改造力量，以"陌生人"或"局外人"的眼光重审所置身的狭小空间，焕发了"好奇的能力"，"获得了新的思维方式，经历了价值的再评估"。[3] 这种想象力，为更多的新异的现实主义类型的兴起提供了沛的动力。

及物的现实主义文学指向了开放的、多样性的、丰富的现实世界，这种文学是"去内卷化的"。所谓内卷化（involution），其基本含义是指系统在外部扩张条件受到严格限定的条件下，内部不断精细化和复杂化的过程，后来多指没有发展的增长或既无突变式的发展，也无渐进式的增长。内卷化是一种不理想的、没有突破的、高耗能的、停滞的发展形态，类似于"不断抽打自己的陀螺式的死循环"，是卷曲式

---

[1] 会说话的肘子：《第一序列》，https://book.qidian.com/info/1013562540，2019年4月15日。
[2] ［美］琳达·诺克林：《现代生活的英雄：论现实主义》，刁筱华译，桂林：广西师范大学出版社，2005年，第4页。
[3] ［美］C. 赖特·米尔斯：《社会学的想象力》，陈强、张永强译，北京：生活·读书·新知三联书店，2016年，第8、14页。

的、锁死式的向内演化,与"进化"(evolution)、革新相对。[1]就网络文学中而言,大量文本——不管其是现实题材还是幻想题材——也是内卷化的,它们虽然有着海量的日更新量和惊人的篇幅,但经常处于自我封闭的、不断重复的简单再生产的状态,量变而质不变,透支着创作者的生命与健康,让作家陷入了残酷的月票竞争当中。它们即使在书写现实,但其叙事策略、情节设置犹如升级打怪的游戏等级一样,繁复琐碎,周而复始,缺乏质量的提升,对现实主义文学的变革与演变并没有实质的贡献。而及物的现实主义文学是去内卷化的,是以现实世界的逻辑与规则为基础进行的超真实和寓言式建构,其中的想象或许不具备历史的真实性,但却符合当下和未来的逻辑性,经得住因果关系的检验,让现实主义文学呈现出渐进的发展态势。

当然,及物的现实主义并非网络文学所独有的,其他时代和依托其他媒介生产和传播的文学也拥有这种现实主义类型,但在网络文学这里,其指涉现实的方式更为奇特,介入现实的特征更为微妙,其创造和改造现实的力量也更为浑厚。本文只是初步探讨了网络文学的现实转向,分析了及物现实主义出现的可能、功能及其特征,至于及物的现实主义文学的审美价值、未来趋势和评价体系,就需要另外撰文论述了。

(原载《社会科学辑刊》2021年第1期)

---

[1] "内卷化"最初是艺术学和文化学术语,后来被用于研究农业生产,继而在政治、历史、社会制度等领域也得到了广泛运用。详见刘世定、邱泽奇《"内卷化"概念辨析》,《社会学研究》2004年第5期;王芊霓、葛诗凡《人类学家项飙谈内卷:一种不允许失败和退出的竞争》,澎湃新闻(https://m.thepaper.cn/newsDetail_forward_9648585?from=timeline&isappinstalled=0),2020年10月22日。

"压弯的树枝"：民族主义视野下的中国网络文学

作为一种强大的动员力量，中国近现代的民族主义在凝聚人民、抵抗侵略、维护国家独立等方面扮演了重要角色。不过，在当下许多人眼里，民族主义的名声似乎不佳，常常与一些贬义词汇联系在一起，如狭隘、病态、极端、非理性、"空洞的符号"、盲目排外和封闭意识、爱国贼、愤青，等等，有时甚至被视为一种剥削阶级的意识形态加以否定，如《中国大百科全书》就曾将民族主义定义为"地主、资产阶级思想在民族关系上的反映，是他们观察、处理民族问题的指导思想、纲领和政策"[1]。

本文无意去全面评析当代中国民族主义的是非功过，这里只从近年来的网络小说中撷取若干文本，借以评析当代中国民族主义的类型和症候。之所以选择网络文本，是因为网络空间是相对自由和便捷的表达空间，随着互联网在中国的普及，网络在中国的文化、政治、经济、外交甚至军事等领域发挥的作用越来越明显。相比纸媒而言，网络文学（特别是其中的穿越小说和科幻小说）对民族国家的想象更显得汪洋恣肆、天马行空，其中展现的民族主义的内容之庞杂、类型之丰富、内涵之深远，都足以让人瞠目结舌，值得探究。

---

1 《中国大百科全书·民族》，北京：中国大百科全书出版社，1986 年，第 330 页。

一、"理想国"：当代网络小说中的民族主义类型

穿越小说多讲述主人公由于某种原因或机缘穿越时空，来到另一个特定时空（或是真实历史的某个朝代，或是虚拟出来的某个时空），继而发生的一系列事件。它是中国文学之"天上一日，人间一年""庄生晓梦""浮生如梦"等母题的延伸。根据主题，穿越小说又可分为宫斗文、争霸文、鞭情文、种田文等，充满了浓烈的娱乐性和意淫趣味。不同于传统历史小说，穿越小说中的历史书写表达的是现代人对历史的好奇与思慕，并以亲历体验的方式参与和改造历史，在想象中重构历史。各种乌托邦式的国家形象建构，时常激发和刺激着人们的想象：一个民族，能否可以有另外一种命运？一个国家，能否以另外一种方式建立？在一个"什么都可能发生"的异度空间和平行宇宙，是否会出现走上另外一条岔道或坦途的中国，一个更可爱的中国？在穿越小说为代表的网络小说中，我们发现：一切皆有可能。民族主义有多少类型，网络小说就会出现多少对应物。

类型一：复土主义

领土是每个民族得以休养生息的物质基础和空间。现代民族主义的核心任务之一是建立现代民族国家，领土的边界"在民族认同的生产和再生产空间中是最突出的象征"[1]。脱离领土这一重要载体来抽象地谈论民族国家的想象是不切实际的。英国学者安德森（Benedict Richard O'Gorman Anderson）对民族有一个非常著名的界定：民族是"一种想象的政治共同体"，形成这个"共同体"的第一个因素就是"宗教信仰的领土化"。[2] 现代民族国家首先是领土国家，领土主权

---

[1] ［西］胡安·诺格：《民族主义与领土》，徐鹤林、朱伦译，北京：中央民族大学出版社，2009年，第33页。

[2] ［美］本尼迪克特·安德森：《想象的共同体：民族主义的起源与散布》，吴叡人译，上海：上海人民出版社，2005年，第2页。

具体体现为领土的管辖权、所有权和不可侵犯权。这一主权是其他主权实现的基础。因此有学者把民族主义界定为是一种深深扎根于领土形象和领土参照物中的意识形态。[1] 和领土有关的民族主义是复土主义(irredentism)，其特点是"要求统一或重新统一被认为是本民族领土一部分的被分裂的领土"[2]。复土主义对领土的吁求塑造并促进了民族国家的认同感和归属感，在当代中国网络小说中体现得尤其突出。这种对"传统"领土的想象性的收复或占据（甚至是殖民），成为网络小说的常见桥段，也借此促进甚至创造了一种民族意识形态。

如在月关的《回到明朝当王爷》（长期位居起点中文网架空类排行榜之首，2007年起由太白文艺出版社出版，以下简称《回明》）中，主人公杨凌穿越到明朝并上位后，开放海禁，开展对外贸易，编练海军，建立了亚洲最早的近代武装，并趁势南下，平息倭寇，招降海盗，把钓鱼岛等岛屿开发为军港，赶走了盘踞澳门的葡萄牙人，打跑了马六甲海峡的佛朗机（西班牙和葡萄牙），抢先在琉球群岛驻军，在夷洲（台湾）做贸易，最后牢牢占据了西伯利亚地区，一举扫清了中国的北方大患。读者阅读后不仅会产生失而复得的快慰，而且体会到了开辟疆土的快乐。在天使奥斯卡的《篡清》（首发"起点中文网"，2008年起由太白文艺出版社出版）中，主人公徐一凡穿越到清末后，成为改变昏昏大清末季大格局的绝世奇才，他在京城结交谭嗣同等维新志士，搅乱死气沉沉的皇室、北洋、清流三权制约之势。在面对爪哇的荷兰殖民当局，为了保护爪哇的几十万华人，指挥邓世昌的军舰炮轰数十万仇视华人的土著，他抢在日本之前把袁世凯苦心经营的朝鲜变

---

[1] [西] 胡安·诺格：《民族主义与领土》，徐鹤林、朱伦译，北京：中央民族大学出版社，2009年，第16、1页。

[2] [西] 胡安·诺格：《民族主义与领土》，徐鹤林、朱伦译，北京：中央民族大学出版社，2009年，第35页。

成了自己的根据地，把原本丢失在日本手里的东三省变成了自己的军事游击区和大本营，在清朝政府甲午海战战败准备向日本屈服时，他说出了石破天惊的一句话："大清国可以降，我徐一凡不降！"在小说中，不仅朝鲜、金州、旅顺、台湾，这些原来被割让出来的属国或领土完好无损，而且徐一凡指挥着铁血大军攻打到了日本本土，开创了新的甲午格局。

类型二：激进民族主义

激进民族主义的特点在于通过激进路径、特别是军事手段建立民族国家，维护民族尊严，倡导尚武精神。20世纪上半叶中国发生的三次导致政权转移的革命（辛亥革命、国民革命与新民主主义革命），其基本的原动力都是激进民族主义。[1]

这里我们主要分析猫腻的《将夜》（2011年首发"起点中文网"）和《回明》中的激进民族主义。在《将夜》中，主人公宁缺是一个穿越回唐朝的边关戍卒，他有一个令人闻风丧胆的绰号——"梳碧湖的砍柴者"。不过，他砍的不是柴，而是草原上凶悍的少数民族——蛮子（马贼）。边塞城池里的帝国骑兵，每到季节变更后勤不济之时，便会进行一项业余致富活动——洗劫草原马贼，大唐边军把这项活动称为打柴，宁缺是最凶悍恐怖的砍柴者。宁缺生活的国家叫大唐，以武立国，民风朴素而争勇好狠，不惜将国力损耗大半，也要夺回尊严。唐太祖晚年时，草原某部屠杀了大唐某处村镇，村民140人被斩尽杀绝，大唐派使者前去问罪，却被割了耳朵赶回，太祖勃然大怒，当即决定亲征草原，帝国全体动员，连战数月，最终将对方部族全数屠灭，但国家也为此付出了可怕代价：朝廷百万民夫，征河北道三郡牲畜，岷

---

[1] 俞祖华、赵慧峰：《民族主义：近代三大思潮的并生系统与类型区隔》，载郑大华、邹小站主编《中国近代史上的民族主义》，北京：社会科学文献出版社，2007年，第62页。

山四周田地荒废，十室九空，南方赋税连翻四倍，民怨沸腾，官员根本无力兼顾政事，天下动荡，大唐几乎崩溃。不过，最奇妙的是，在这最危险的时刻，南方的反贼义军顾及民族大义，没有趁此良机加大攻势，甚至反而纷纷潜回山林湖泊之中，用脚步和沉默表示出了对朝廷的支持。"因为从开国到现在，生活在这片土地上的人们始终坚持信奉并守卫一个朴素的道理：我不欺负你，但你也别想欺负我，就算是我欺负了你，但你……依然别想欺负我！谁欺负我，我就打谁。这就是大唐帝国的立国之本。"[1]以血还血，以牙还牙，哪怕为此付出一切代价，也要为民族的尊严和荣誉不惜一战。小说叙述者认为，这也许是"意气用事"，但也可以说"豪气干云"。在《回明》中，面对游牧民族和外来入侵者，杨凌力主"顺我者昌，逆我者亡"式的"制服"和强行融合的政策，用《篡清》的话说就是："公理正义，只在大炮射程之内！"杨凌声称："一个民族的英雄，往往会成为另一个民族的恶魔。如果一定要付出血的代价，才能换来和平的永恒，那么，就让我杨凌，来充当这恶魔的角色吧。"他也被称为"杨大砍头"，他走到哪里，哪里就会血雨腥风，他剿倭寇、驱鞑靼、灭都掌蛮、大战佛朗机，开海禁、移民……无一不是靠着激进主义和铁血政策。

类型三：种族民族主义

激进民族主义有一个前提：不许其他民族奴役自己的民族（不许你欺负我），但是，如果要再往前走一步，也会出现另外一个危险（即使我欺负你，你也不许欺负我），即在反抗一切奴役的同时，开始奴役其他民族，剥夺其他民族的自由和尊严。这种生在遍布仇视异族的土壤上的被激发的作为一个"整体的民族意识"，自然而然会生成发展的东西，比如悄然演变为另外一种民族主义：种族民族主义。比萨饼

---

1 猫腻：《将夜·花开彼岸天》，武汉：武汉出版社，2012年，第21—22页。

的《全球三国》(2005年首发"起点中文网")就是一例。这本书号称是不以打内战为荣,不愿意杀来杀去都是杀中国人。故事发生于公元3000年后,基因改造过的超人李亦奇因时空飞船故障,降临到汉朝黄巾起义之前夜。李亦奇借助自己的超能力,创办了"黄埔军校",建立了富裕强大的"大元王国"。李亦奇的根本主张是:一个皇帝、一个宗教、一个民族、一个帝国。在他建立的国家实行家天下,自己是家长,后宫负责学习各种知识,掌握国家大权,与内阁共同协商决定国家各种事务,各地区的女人为地区争取利益,通过获得主角的宠爱取得更大的权利。主角大力宣传自己,让自己神化,不断进行对外征服,扶持人民移民占领世界领土。他培养了一大批种族主义者和军国主义者,让他们在对外征战中获得富贵和荣誉。统一中原后,他开始征服世界,他坚持任何敌人都该清除,因为他们是"一个伟大的民族",世界,终将是中国人这个黄色人种统治的世界!小说中的民族主义已经发展为种族主义,是社会达尔文主义和民族主义、国家社会主义和民粹主义结合的产物,引发了读者的质疑,后来也遭到了起点中文网的屏蔽和封杀。

类型四:自由主义的民族主义

许多网络穿越小说围绕着民族解放和国家的双重话语逻辑展开,叙事重心是民族国家这样一个独立自主的政治实体的建立过程。和传统帝国或王国不同,民族国家成员效忠的对象是有共同认同感的"同胞"及其共同形成的体制。网络小说在想象的层面上重构了多种民族国家的形成,在此过程中体现出来的具有自由主义性质的民族主义很值得引人关注。如中华杨的《中华再起》(2002年首发"幻剑书盟网")。故事的主人公是两名现代警察杨沪生和史秉誉,在东钱湖畔开车时误入时空隧道,来到了正值太平天国起义的晚清时代:1861年,两名警察凭借现代思想和技术，建功立业，在另一时空打出一片新天地，他们改编了太平天国部队，并将部队改名为中国人民解放军，后率领亲手建立起来的百万大军推翻了清朝统治，联合美国击败了英法干涉军，超前发展了大量现代产业，使中国在20世纪初即成为世界第一强国。他们同时也是民主理念的坚定拥护者。小说彻底改变了中国历史的进程，描写了全新的民族国家的政治体制。其特点很多地方是符合自由主义民族主义或者是宪政社会主义、民主社会主义的特点。

酒徒的《明》（2003年首发"起点中文网"）也是一部体现自由主义民族主义的穿越小说。故事主人公武安国是北京某大学的工科双硕士、工程师，穿越后他辅佐燕王朱棣改变了中国历史，让中国早了几百年走向海洋，实现近代化的发展。他开办小钢铁工厂，开办学校，把财产权力和平等理念带给了人们，逐渐带动了工商业革命，营造了一个工商阶层，建立近现代的社会经济组织如证券交易所、报纸、民众自卫军和议会等，开始了议会制时代，复制了英国式的改良道路。在他的推动下，大明朝选择了君主立宪制，通过议会来解决权利冲突，放弃用武力争夺国内权利分配的诱惑，取得改良成功，走完了"民主初级阶段"。小说的基调是自由主义的民族主义，正如作者在前言中写的那样：《明》这本书，平等贯穿始终。平等二字，构成了民主的基石。

类型五：世界主义

世界主义主张民族的融合和相互认同，可以说是一种反民族主义的民族主义。猫腻的科幻小说《间客》（2011年首发"起点中文网"）就是一例。故事发生在外太空的帝国、联邦、百慕大三个国家中。其中帝国和联邦两个民族国家之间的战争发生了近百年，结下了血海深仇，到了不死不休的地步。然而到最后，两个民族才发现，他们（包括百慕大）的文化源自一个地方：地球。两个民族有很多相似的神话传说，彼此血脉相互连接，水乳交融：联邦的民族英雄许乐，原来是帝国唯一的王子，联邦的大明星简水儿是联邦的最伟大的机修师、思想家封余与帝国皇后的女儿，联邦的军事天才杜少卿是帝国女奴和联邦士兵的后代，帝国的第一高手是许乐的亲姐姐，联邦最伟大的军神和封余都是帝国"大师范"的徒弟……小说的结尾可谓意味深长：帝国的国师大师范、联邦的叛徒封余、联邦的大总统郜之源，在获得和解之后共同乘坐一艘飞船回到文明的最初发源地——地球上来寻根，最后三人发现，地球上的空气非常鲜活，真气充沛，地球上人们使用的语言、所研读的经典、所传承的文化，和联邦和帝国完全是一致的。三人喜极而泣。小说作者设计的这一悲喜交加的情节，让读者体会到消融了民族隔阂之后迎接世界大同的快乐，产生了分享同根同源的文化和文明后的喜悦。这显然是一种具有天下情怀的民族主义，也有着世界主义的味道。故事所倡导的民族主义，不是一个有联邦和帝国、华夏和蛮夷之分的民族观，而是超越民族和国家的界限，承认和尊重不同文明有着平等地位，并促进它们和平交往的天下主义，有明显的乌托邦和理想主义性质。

二、"压弯的树枝"：网络亚文化与问题解决

由于民族主义类型的复杂性，它所产生的后果也大不一样，因此它并不一定都会受到主导文化的欢迎，它是反叛的推动者，但反过来也可能成为被反对的对象。以网络小说中的各种民族主义为例，世界主义的民族主义和中国传统民族主义有暗合之处，中国传统民族主义富有天下情怀，不重种族，而看重文化，是文化至上主义，主张协和万邦、亲仁善邻，反对民族和国家之间以大欺小、以强凌弱、以富压贫。但其他几种民族主义和当下的主导文化多有所抵牾，在很大程度

上属于亚文化。

近代以降,虽然中国政府向来不缺乏激进民族主义,但就当代而言,特别是近年以来,主导文化所倡导的民族主义发生了很大的变化,坚决压制走向极端的种族民族主义,最为高调的民族主义宣传只是"中华民族的伟大复兴",显得温和、低调而内敛。中国坚持和平共处五项原则,韬光养晦、绝不称霸,坚持"战略防御"。在各种领土争议中,坚持以谈判为主或"搁置争议,共同开发",甚至屡屡"以德报怨"。这些主张都与激进民族主义、复土主义不甚吻合,自由民族主义则不合时宜。

由此可以看出,网络小说中的诸多民族主义的背后,隐藏的是对一系列未能满足或实现的诉求,如复土主义中的领土意识。中国在近代史上遭受了一系列丧权辱国、割地赔款的切肤之痛。二战后,中国领土主权出现过近代以后短暂、空前的完整、统一,新中国成立后,中国陆地勘界虽有一些进步,但比起清朝,中国毕竟已经丧失了近四百多万平方公里的领土,目前领土主权的完整、统一和安全远未实现,是世界上唯一没有实现统一的大国,领土分裂主义和民族分离的威胁一天都没有离开过中国。一些划入版图的中国领土被他国占有或者实际控制,与八个海上邻国均有海洋争端,中国领土成了"唐僧肉",由周边国家编导的"舌尖上的中国"几乎天天都在上演。领土丧失之殇与被侵吞之痛,是任何一个有民族自尊心的中华民族成员都无法无动于衷的。用伯林的话说就是,"民族主义首先是受到伤害的社会做出的反应"[1]。在领土问题面前,大多数中国人都是天然的民族主义者。有人把20世纪90年代之后中国民族主义最突出的诉求概括为反西方

---

[1] [英]以赛亚·伯林:《反潮流:观念史论文集》,冯克利译,南京:译林出版社,2002年,第416页。

和抵制全球化，[1]这种概括不无道理，但显然没有发现实质，反西方的背后其实是反对西方（主要是美国和日本）在领土问题和安全上对中国带来的威胁和伤害。网络小说中执着的复土主义、激进的民族主义、狂热的种族主义的民族主义，在很大程度上正是这种源于想象中的共同体中的领土意识。民族主义的战略各有不同，但在本质上都是领土战略。对领土的认同感，构成了中国人深厚而隐秘的集体意识。民族主义不是创造了这些感情，只是挖掘了它们，利用了它们，操纵了它们。[2]离开领土问题，是无法准确评价网络民族主义的。除了领土问题，激发网络民族主义的还有意识形态的差异和碰撞等问题、中西文明冲突等问题。

总而言之，网络民族主义不是问题的制造者，而是问题的解决方案之一。网络小说中的民族主义，并没有走出近代中国民族主义历史意识和被动的应激反应，这些累积的或沉郁、或怨恨的民族情绪，经过了民族屈辱感和自豪感的反复摩擦，充分地在网络文学中折射出来，在民族国家的想象奇观中展现出来。如伯林所说的："民族主义象征的是被压弯之后的扶直，是重获自由（也许他们自己从来不曾有过的自由，完全只是他们头脑中的观念），是为他们受侮辱的人格而复仇。"[3]网络小说中的民族主义，就是被历史和现实难题压弯的枝条，它总是在尝试反击和反弹，在想象中解决一道道家国难题。

---

1 马立诚：《当代中国八种社会思潮》，北京：社会科学文献出版社，2012年，第137页。
2 ［西］胡安·诺格：《民族主义与领土》"前言"，徐鹤林、朱伦译，北京：中央民族大学出版社，2009年，第9页。
3 ［英］以赛亚·伯林：《扭曲的人性之材》，岳秀坤译，南京：译林出版社，2009年，第264页。

三、网络文学中的民族主义反思

民族主义在中国已是一种影响巨大的社会思潮和社会现实。对我们来说，问题不在于要不要民族主义，而在于需要怎样的民族主义。网络文学揭示出并试图"解决"中国在建立和建设民族国家中许多尚未解决的难题，勾勒出了当代中国青年在各种或理性、或狂热、或虚无、或犬儒的民族意识中寻找认同之路的印迹。评论网络小说的民族主义的价值，并非是对其完全认可。从历史上看，近代民族主义的中心目标是建立独立、统一、民主、富强的民族国家。因此，凡是有利于实现这些目标的民族主义思想和行动，就可以说是健全的民族主义，复土主义、激进民族主义、自由主义的民族主义、天下情怀的民族主义，都有一定的合理性。不过，在此之外，我们也需要警惕并摈弃网络文学中所体现出的当代民族主义中的一些不良倾向。

首先，必须摒弃狂热的种族主义的民族主义。真正的民族平等，是追求独立、自由、发展的，与其他民族平等的民族主义，而不是压迫别的民族，建立在民族利己主义基础上，以牺牲其他民族利益为目的。正如恩格斯所说的："一个民族当它还在压迫其他民族的时候，是不可能获得自由的。"[1]网络文学中那些狂热地主张对外扩张、消灭其他民族的倾向值得我们注意。

其次，我们应该警惕并控制具有道德化情绪的民族主义。具有道德化情绪的民族主义最终必然会演变成为极端和暴力手段，拒绝法制和法治，这样的民族主义尽管有着巨大能量，但只能破坏社会秩序，不但不能成为大国崛起的动力，反而会对国家尊严和形象产生消极的影响，也导致民族主义运动发生转化和变质。网络文学为提高点击率，

---

1 《马克思恩格斯文集》第一卷，北京：人民出版社，2009年，第696页。

为了迎合商业民族主义的需要，常常有情绪化、道德化的煽情话语，尤其应该引起警惕。

再次，不能只坚持民族主义的民族自决，而忽略了人民主权原则。在民族国家里，民族主义的三个原则分别是世俗主义、平等主义和人民主权。[1] 所谓人民主权（popular sovereignty），涉及属于人民的个体行使主权，是说民族和国家由人民组成，人民应该效忠民族个人和国家，民族和国家也应该能够保障人民的自由和幸福。是否坚持民权，也是传统的专制国家和现代民族国家的主要区别。如西方学者所说："主权在民并且承认各个阶层在根本上的平等，这构成了现代民族观念的本质，同时也是民主的基本信条。民主是与意识到民族性同时诞生的。""民族主义曾是民主现身世上的形式，民主之于民族观念，就像蝶蛹包藏于茧中。"[2] 反观网络文学，虽然小说主人公也有一些自由主义的民族主义者，主张人民主权，但更多的是相反：由穿越人士所建立或催生的强大国家，虽然版图辽阔，是当时的超级大国，但本质上仍然是建立在君王的个人权威之上的专制国家，是一个忽视民权的集权社会，人民主权并没有落实，民族成员的身份仍然是臣民而不是公民（国民）。这不能不说是诸多网络小说的一大遗憾。

网络是各种庞杂繁芜的思潮的集散地，以此来指责网络文学中的民族主义的各种倾向和弊病，是容易做到的。但是，如果我们认定一个多元共生的中华民族共同体是中国的发展前提和立国根本，那么，展现出丰富的民族主义类型的网络文化，在当下恰恰是值得正视并珍

---

[1] ［美］里亚·格林菲尔德：《民族主义——走向现代的五条道路》"中译本前言"，王春华等译，上海：上海三联书店，2010年，第2页。

[2] ［美］里亚·格林菲尔德：《民族主义——走向现代的五条道路》"导言"，王春华等译，上海：上海三联书店，2010年，第9—10页。

惜的。在这个意义上，本文考察网络小说乃至网络文化中的民族国家想象和民族主义，只是意味着问题的提出，而不是给出令人满意的答案。

（原载《文学与文化》2014 年第 1 期）

珀耳修斯的"隐形盔"和"盾牌"：试析网络小说的现实品格

随着中国当代网络文学的迅猛发展，网络文学的价值已经得到越来越多的承认，甚至有学者将网络文学看成是当代中国最有代表性的文艺类型，可以与好莱坞电影、日本动漫、韩剧相提并论、分庭抗礼。

这样的论断也许并非评论家的盲目乐观和夸大叙事。从受众和影响力上看，网络文学已经成为中国当代文学的主流。根据《中国互联网络发展状况统计报告》（2016年7月）的数据，截至2016年6月，中国的网络文学用户规模达到3.08亿，占网民总数的43.3%，其中手机网络文学用户规模为2.81亿，[1]这让传统的文学期刊望尘莫及。众多的知名网络作家（大神）拥有千百万粉丝，其作品不仅有惊人的点击量，而且被改编成影视剧、游戏或纸版畅销书，成为家喻户晓的作品，如《甄嬛传》、《步步惊心》、《失恋33天》（即小说《小说，或是指南》）、《裸婚时代》（即小说《裸婚》）、《何以笙箫默》、《匆匆那年》、《致我们终将逝去的青春》、《左耳》、《花千骨》、《琅琊榜》、《翻译官》、《余罪》、《盗墓笔记》、《二号首长》、《侯卫东官场笔记》（即小说《官

---

[1] 中国互联网络信息中心：《第38次中国互联网络发展状况统计报告》，http://www.cac.gov.cn/2016-08/03/c_1119326372.htm，2016年8月3日。

路风流》)等，掀起了一阵阵的"IP"热潮。网络文艺可谓生机无限，商机无限，正在成为塑造中国大众文化的巨大动力。学术界和政府也在逐步认可网络文学的地位：许多网络作家被吸收到各级作协组织中；宁肯的《蒙面之城》获得第二届"老舍文学奖"（2002）；阿耐的《大江东去》获得中宣部"五个一工程"奖（2009）；曾连载于弄堂网的金宇澄的《繁花》获得茅盾文学奖（2015）；2015年国家新闻出版广电总局组织开展了"2015年优秀网络文学原创作品推介活动"，最终遴选出《烽烟尽处》《芈月传》等21部作品。曾经斥责网络小说为垃圾的著名作家麦家[1]却在2014年受聘为浙江省网络作家协会（中国第一家省级协会组织）的名誉院长，立场悄然发生了转变……

不过，需要指出的是，伴随着网络文艺的红红火火，评论界的批评声音也不绝于耳，如批评网络文学中的两大门类——玄幻文学和盗墓文学是装神弄鬼、远离现实，[2]认为主张"YY无罪，做梦有理"的网络文学编织了无限膨大的白日梦，导致了多重断裂，蕴含着祖国认同、现实认同、人类基本价值认同的危机。[3]网络文学的"类型化+爽文"万变不离其宗，表面繁盛，实质荒凉。[4]应该说，这些批评很大程度上都是切中了网络文学的要害。网络文学的去现实化倾向确实非常明显。

---

[1] 2010年4月7日举行的"网络时代的文学处境"研讨会上，茅盾文学奖获得者麦家声称："网络的兴盛，是人类进入末日的证据之一"，"如果我拥有了一项权力，我要消灭网络文学"。"网络文学99.99%是垃圾，只有0.01%是好东西。"《"网络时代的文学处境"研讨会在成都召开》，《南方都市报》2010年4月8日。

[2] 参见陶东风《中国文学已经进入装神弄鬼时代？——由"玄幻小说"引发的一点联想》，《当代文坛》2006年第5期；陶东风《把装神弄鬼进行到底？》，《小康》2008年第6期。

[3] 邵燕君：《传统文学生产机制的危机和新型机制的生成》，《文艺争鸣》2009年第12期。

[4] 杨早：《网络文学的繁盛和荒凉》，《人民日报》2016年1月5日，第14版。

根据《网络文学行业白皮书》(2014)的数据，无论是 PC 端还是移动端，接近或者是超过 60% 的阅读量或者搜索量都集中在玄幻类作品。[1]在著名网络文学网站"起点中文"的历年月票总冠军（2005—2014）十部作品中，有九部是玄幻、奇幻、仙侠、科幻作品，另一部是穿越架空小说——月关的《回到明朝当王爷》。

之所以会出现这样的现象，原因是多方面的。比如，网络文学的主要属性是大众文化，是所谓的"爽文"，其主要功能是娱乐，而玄幻小说等虚拟化很强的类型小说可以最大程度地满足人们的这一需求。再如，从网站的运营方面来看，玄幻小说最安全。自 1986 年中国首次使用互联网以来，网络文学经历了野蛮的生长期、制度化的监管期（如净网、扫黄打非等），文学网站已经建立了一套自我审查机制，有评论者指出："黑道、帮派、耽美、官场，这些越来越容易惹麻烦的类型，渐渐从文学网站退出。实际上是新的现实题材作品越来越少，商业文学网站只留下历史、玄幻、仙侠，最赚钱也最安全。"[2]这一评论虽有些过激，但并非没有根据。网络文学收入最高的几位作家唐家三少、天蚕土豆、我吃西红柿等，毫无例外都是玄幻小说作家，他们对自己的作品定位非常清晰，几乎不越界、不擦边。网络文学的文化属性、娱乐功能和写手们的趋利避害，都推动了网络文学的玄幻化发展。

不过，网络文学的形态非常丰富，海量的创作从来不能一言以蔽之，敢于探索、勇于创新的优秀网络作家层出不穷，特别是在网络文学目前正在从大神阶段向大师阶段发展的当下，[3]很多网络作家并没有满

---

[1] 全国出版物发行信息网：《网络文学行业白皮书》，http://www.cpin.com.cn/html/cbdt/783750.html，2014 年 12 月 22 日。
[2] 张英：《网络文学"扫黄打非"十年记》，《南方周末》2014 年 5 月 29 日，第 A2 版。
[3] 邵燕君：《网络时代的文学引渡》，桂林：广西师范大学出版社，2015 年，第 46 页。

足于通俗故事的讲述者或说书人这一角色，也从来没有停止过对现实的深度介入，相反，很多网络文学一直保持着对当下社会的热情和对此岸世界的关注，在文学与现实之间建立起广泛而密切的联系，暴露和展示出当代中国的复杂、矛盾、焦虑和希望，从而让大批读者回归文学，让文学重新参与到公众的精神生活中来。

尤其重要的是，作为极具想象力的文学门类，网络文学家介入现实的方式和文学品格更为多样。网络小说中既包括许多直接描绘现实生活、洋溢着鲜明时代信息的作品，如小桥老树的《官路风流》和黄晓阳的《二号首长》，阿耐的《欢乐颂》《大江东去》，常书欣的《余罪》《黑锅》，唐欣恬的《裸婚》等，也包括大量的类型小说，它们具有传统现实主义小说所不具备的特征：通过架空、穿越、玄幻等方式，在另一种"现实世界"中介入现实生活。正如鲁迅在《故事新编》、老舍在《猫城记》里通过恶搞和科幻来借古讽今、借幻喻实一样，穿越和玄幻等"标签"只是表现形式的变化，并不影响和遮蔽网络作品的现实品格。

说到网络文学的现实品格，不由让人想起古希腊神话中的女妖美杜莎的故事：任何直视美杜莎双眼的人都会变成石像，为了征服她（砍下她的头颅）而不被她变成石头，宙斯的儿子珀耳修斯（Perseus）求助于最轻的事物——风与云，借助了间接的途径：他穿上了飞鞋，肩背神袋，头戴使自己隐形的狗皮盔，通过青铜盾反射的影像来观察美杜莎。[1] 卡尔维诺（Italo Calvino）把这个神话当作是"诗人与世界的关系"，认为这是写作方法上可以借鉴的榜样。[2] 笔者看来，这个故

---

[1] ［德］古斯塔夫·施瓦布：《希腊神话故事》，刘超之、艾英译，北京：宗教文化出版社，1996年，第43—50页。
[2] 转引自［意大利］伊塔洛·卡尔维诺《新文学千年备忘录》，黄灿然译，南京：译林出版社，2009年，第4页。

事更符合网络文学创作与现实的关系：如果"美杜莎"是难以直面、让人感到沉重万分的现实，那么，网络小说中的"穿越""玄幻"等手段或构思，就是网络小说家们借以成功的"隐形盔"和"铜盾"等"神器"。

下面，本文主要以当代网络小说（特别是其中的穿越小说）为例，来分析网络文学与民族主义的密切关系，揭示网络文学的现实品格。主要涉及的作品有：《中华再起》（中华杨，2002）、《明》（酒徒，2003）、《商业三国》（赤虎，2004）、《全球三国》（比萨饼，2005）、《回到明朝当王爷》（月关，2007）、《篡清》（天使奥斯卡，2008）、《将夜》（猫腻，2011）、《抗日之铁血军魂》（长风，2013），以及科幻/武侠小说《间客》（猫腻，2011）等。[1] 这些小说建构出了复杂而丰富的大国想象，折射出现实中的各种热点问题，揭示出并试图"解决"中国社会中许多尚未解决的社会难题，清晰勾勒出了国人在虚无、犬儒、狂热、理性的民族意识中寻找认同之路的印迹。

一、网络小说中的理想国

穿越小说是当下中国网络小说中的一大热门种类，多讲述主人公由于某种机缘穿越到另一个特定时空（真实历史的某个朝代，或某一个虚拟时空）继而发生的一系列事件。不同于传统意义的历史小说，穿越小说中的历史书写，是现代人对于历史的重新打量和再度创造。现代人在异时空的出现，带去了令人震惊的现代性体验，他们参与和改造着历史，把历史的过去完成时变成了现在进行时或将来完成时，也建构出了各种乌托邦式的国家形象，时常激发和刺激着读者的想象：一个民族和国家如果走上一条岔道，会有怎样的命运？

---

[1] 网络小说创作周期比较长，这里注明的时间是最早开始连载的时间。

以酒徒的《明》为例，小说的主人公武安国是北京某大学的工科双硕士、工程师，他在登山的时候不慎坠入另一个时空，来到了明代初年。经过一番努力，武安国彻底改变了明朝。在此过程中，他曾经有过这样一段思考，可以代表穿越小说作者的普遍思路：

"如果明朝没有边患会怎样？会不会开放一些，思维不那么封闭？如果当年郑和之后国家继续支持航海，不在民间禁止海运会怎样，会不会连美洲都是中国人发现的？如果明初的资本主义萌芽能像西方的资本主义一样可以茁壮成长起来，中国会怎样，会不会没有那些被屠杀的惨剧？会不会没有"膏药旗"飘荡在中国数十年之久，会不会连女真人入关的机会都没有？也许，我真的能做些什么，经历我这一番折腾，怀柔已经不再是原来的怀柔，中国应当也可以不再是原来的中国。"想到这，武安国长吐了一口气，窗外，天高云淡。

(第一卷第八章"风起")

武安国在这里的一连串的发问，为自己也为读者提出了中国在明代之后的几种可能性：开放边关，发现美洲，发展资本主义，成为世界强国，避免被侵略、被殖民的命运，中国也终将"可以不再是原来的中国"。这些设想不仅让小说主人公感到"天高云淡"，心情舒朗，也足以让读者血脉偾张，遐想联翩。可以说，这一段感慨几乎构成了大部分历史穿越小说作者的集体意识，[1]正是怀着这样的"白日梦"和强

---

[1] 比如，《商业三国》中主人公"刘备"也有过类似的感慨："我也曾多次幻想，如果我来到那个世纪，把汉王朝皇帝的统治再传延300年，那么今后无论谁想动摇这个800年的王朝，都要仔细思量。也许这样，我们整个民族的命运将因此改变；也许这样，我们今后就不必老是城头变换大王旗，不必再割地赔款；不会有日寇入侵……"赤虎：《商业三国》第一章第四节"我是刘备"，https://www.qidian.com/chapter/11351/262714/，2004年5月31日。

烈的追悔意识，小说家们塑造出了心目中的各种理想国，也折射和隐喻了当代各式各样的民族主义形态。

如激进民族主义。在评论民族主义的时候，有人曾经这样说：当今世界的每一堆战火旁，几乎都可以发现狂舞的民族主义幽灵。所以，在某种意义上，选择了民族主义就意味着选择了血与剑。"一族一国"的民族主义理想火花在世界各地燃起了一簇簇闪烁着刀光剑影的狼烟。[1]这里的"狂舞""血与剑""刀光剑影""狼烟"等词汇，其实都在描绘民族主义的一种重要形态：激进民族主义。激进民族主义是激进主义与民族主义的结合的产物，其特点在于通过激进路径，特别是军事手段，建立民族国家，维护民族尊严，倡导尚武精神。很多网络小说中都有一个穿越救国的主线索，比如在猫腻的《将夜》中，无论是帝王将相还是平民百姓，甚至是草莽反贼，"始终坚持信奉并守卫一个朴素的道理：我不欺负你，但你也别想欺负我；就算是我欺负了你，但你……依然别想欺负我！谁欺负我，我就打谁。这就是大唐帝国的立国之本"[2]。这奠定了网络穿越小说的激进民族主义的基调：月关的《回到明朝当王爷》《步步生莲》《锦衣夜行》都是如此。在长风的《抗日之铁血军魂》中，主人公陆山坚持激烈的报复主张，他说：

> "放心，我不会害自己同胞的，只是将列强强加在咱们中国人身上的耻辱还回去罢了！"陆山不由自主地攥紧了拳头，他不知道此举会对自己产生多么大的影响，不过他早就抱着"我不入地狱、谁入地狱"的想法，哪怕是被千夫所指，他也要做下去，骨子里他自己认为他还是一个民族主义者！
>
> （第两百二十章"审讯山田光子"）

---

[1] 刘军宁：《民族主义四面观》，载李世涛主编《知识分子立场：民族主义与转型期中国的命运》，长春：时代文艺出版社，2000年，第13—14页。

[2] 猫腻：《将夜·花开彼岸天》，武汉：武汉出版社，2012年，第21—22页。

这段话中，作者借助陆山之口，明白无误地提出了"民族主义者"这一术语，它的出现也再次表明：民族主义的理念和主张是多么容易为新一代的网络作家所接受。民族主义也确实是当代所有意识形态中最不依赖繁琐理论的意识形态，最简单，然而也最强大。"把另外一个民族从地图上抹去"等语句在网络小说中并非情绪化的一时泄愤之语，而是大多数网络作家的共同符号，此类小说也往往是读者点击率和投票率较高的。

又如种族主义。激进民族主义有一个最基本的特点是不许其他民族奴役自己的民族，但是，如果要再往前发展，也会出现另外一种危险，即在反抗一切奴役的同时，开始奴役其他民族，剥夺其他民族的自由和尊严。如果任由这种情绪蔓延开去，让它在仇视异族的土壤上开花结果，只遵从血淋淋的丛林法则，把民族的崛起建立在别的民族的悲剧之上，则会演变为另外一种民族主义：种族主义。比萨饼的《全球三国》就是这一民族主义形态最集中的反映，故事发生于公元3005年，基因改造过的超人李亦奇因时空飞船故障，降临到汉朝黄巾起义之前夜。他借助自己的超能力，开始建立"黄埔军校"，建立了强大的"大元王国"，开始征服世界，坚持任何敌人都该清除。种族主义最突出的表现是把本民族看成是"自身的终极目的"，把个人利益放在全人类的利益之上，并从道德和文化的角度为民族国家参与和发动战争进行辩护，实施大规模的种族歧视甚至种族灭绝政策，是社会达尔文主义和民族主义、国家主义和民粹主义结合的产物。小说发表后也引发了广泛质疑和责难，后来被起点中文网停止更新并屏蔽。

再如复土主义。网络小说如《回到明朝当王爷》和《篡清》等常常出现一些对中国人而言耳熟能详的地名，如钓鱼岛、台湾等，小说中多次出现对这些"传统"领土的想象性的收复或占据的情节，这些对领土的渴望和热情以及背后的思潮，也是一种民族主义形态的表现，即复土主义，这种对领土的想象"塑形"促进了想象中的民族国家的认同感和归属感。

又如世界主义。在民族主义各种形态中，有一种民族主义最为独特，它不是从狭隘的本国、本民族利益出发，而是从全人类的幸福进步出发来考虑问题，将对民族国家的忠诚，转移到全人类那里，这实际上是一种去民族化的民族主义，这就是世界主义。在世界历史上，最具代表性的世界主义思想家是康德和歌德。他们最鲜明的特征即强调忠诚和热爱全人类，而不是特定的民族或国家，强调普遍的自然法、理性，追求全人类的权利、幸福和进步，期望实现各民族间的友谊与和平。[1] 猫腻的《间客》便是这样一部罕见的具有世界主义倾向的小说，值得细细探究。

《间客》创作于2009—2011年，堪称是中国网络小说的扛鼎之作，兼具科幻和武侠小说的特点。小说把世界主义代表思想家康德的名言作为了全书的题记：世界上有两件东西能够深深地震撼人们的心灵，一件是我们心中崇高的道德准则，另一件是我们头顶上灿烂的星空。这个题记在小说中多次出现，意味着小说在深入探索人类的价值观和世界观。《间客》的主题非常复杂，涉及道德、民主、法制、自由等重大主题。小说主人公许乐、施清海等人都是极其有个性的具有理想主义气质的侠客般的人物，他们如石头般执拗，从不向肮脏罪恶妥协，不向一切势力低头。他们的所有行为只是试图"让这个世界变得更美好一些，更公平一些"，他们认为，"存在的并不都是合理的"，"公平正义或许是很虚幻的词句，但是为之努力，总比麻木不仁要好一

---

[1] 河清：《民族主义与世界主义》，载李世涛主编《知识分子立场：民族主义与转型期中国的命运》，长春：时代文艺出版社，2000年，第70页。

些"。"人总是要死的,既然如此,我宁肯死在我选择走的道路上。"从这个意义上说,《间客》堪称是现代版的《射雕英雄传》。不过,《间客》归根结底讲述的是一个关于民族之间的战争与和平的故事,这也正是"间客"这一书名的意思:间客就是星际之间、各个民族国家之间的"旅客"。

小说故事发生在外太空的帝国、联邦、百慕大三个国家。其中奴隶制的帝国和民主制的联邦分属不同的民族,是生死仇敌,百慕大是中立国。帝国和联邦这两个民族国家为保卫、争夺荒芜星域上重要的能源晶矿,百年来战争频繁,彼此结下了血海深仇,到了不死不休的地步,和平对两个民族来说似乎是不可能的事情。帝国的前一代国师"大师范"为了两个民族的长久和平,策划了"种子计划",试图通过收养、通婚等方式让两个民族水乳交融,放弃仇恨。多年以后,他的努力终于有了结果。两个民族国家愕然发现,他们已经无法再截然分开了:具有明显的激进民族主义色彩的联邦英雄许乐,实际上根本不是联邦人的后代,而是帝国现任皇帝唯一幸存的皇子,帝国的第一高手怀草诗是许乐的亲姐姐,联邦最伟大的军神(李匹夫)和联邦最伟大的机修师、启蒙者、叛国者(封余),都是帝国大师范的爱徒,联邦的国民偶像、大明星简水儿是封余与帝国皇后的私生女,联邦最伟大的军事天才杜少卿是帝国女奴和联邦士兵的后代……更惊心动魄的情节是,人们最后发现,实际上联邦和帝国这两个国家都来自一个祖星(母星)——地球。数万年以前,为了探索外太空和宇宙移民,祖星的不同组织向外银河发射了多艘飞船,最后大多迷失在星海,其中只有少数飞船上的乘客幸存,他们在自己各自坠毁的行星上发展出了不同的文明,在很长一段时间里彼此都不知道对方的存在,也不知道他们其实是失散在宇宙间的血脉相连的近亲。帝国的现任国师"大师范"

是从事帝国和联邦的比较文学研究的学者（这个系从系主任到讲师到学生只有他一个人），他通过大量的考证，证实了两个民族在文化上的同根同源。

民族主义的认同标准主要有两种：一个是血缘，一个是文化。随着《间客》情节的发展，人们尴尬而痛苦地发现：在联邦和帝国之间，这两样的差别似乎都不存在了。那么，两个民族之间的战争还有什么必要存在呢？小说的结尾更是意味深长：在许乐等人的促成下，帝国和联邦进行了和平谈判，帝国虽然割让了一部分领土，但获得了巨额的经济赔款，两个民族最终获得了大和解，"度尽劫波兄弟在，相逢一笑泯恩仇"。之后，两个国家最热爱和平或最不看重民族利益、努力探寻宇宙奥秘的三个人：帝国的国师大师范、联邦的叛徒封余、联邦的总统邰之源，共同乘坐一艘飞船回到文明的最初发源地——地球上来寻根，抵达地球后三人发现，地球上的空气非常鲜活，真气充沛，地球上一个神秘少年所使用的语言、研读的经典、传承的文化，与联邦和帝国都是完全一致的，只不过其所使用的代号或符号不同罢了，三人喜极而泣：

> 很多年后，那艘经历了无数险境的飞船，终于抵达了星图最终指向的祖星，抵达了那颗由蓝海青林白云组成的美丽星球……
>
> 老少三名旅客缓慢走到山崖旁，望着开阔的海洋，望着远处飞翔的海鸟，望着更远处星星点点刚刚驶入眼帘的船帆，不禁被那股自然的鲜活气息带来的感触湿润了眼眶。
>
> 大师范流着眼泪赞美道："生命啊！你多美好，请你停一停！"
>
> 自行探测车里再次响起老东西机械的声音："这是席勒的诗。"

忽然有另一道冰冷的声音响起："浮士德，歌德。"

三人愕然回头，大师范望着声音响起处，身体剧烈颤抖然后僵硬，啪的一声直接跪倒在地痛哭难止。

山崖那头坐着位少年，不知道他何时出现在这里，感觉他又仿佛永远就坐在这里，他身上穿着件剪裁简单，却颇具古意的黑衣，脸上蒙着一块黑布，蒙住了这双眼也蒙住了这天。[1]

小说最后设计的这一悲喜交加的情节（同时也不乏对崔健摇滚的戏仿），让主人公产生了分享同根同源的文化和文明后的喜悦，也让读者体会到了敌对民族之间的冲突与隔阂消融后迎接世界大同的快乐。这显然是一种具有天下情怀的民族主义，也有着世界主义的味道。故事所倡导的民族主义，不再是有着联邦和帝国、华夏和蛮夷之分的民族观，而是超越了民族和国家的界限、承认和尊重不同文明有着平等地位，并促进各民族之间和平交往的天下主义，带有明显的乌托邦和理想主义性质。《间客》也由此塑造了网络小说中罕见的民族主义的新类型。

二、网络小说与网络民族主义的生成

网络小说所展现出的民族主义形态，也许不是最深刻、最正确的，但无疑是丰富多样的、让人难以忘却的，它们没有遗忘和辜负这个时代，它们构成了网络小说突出的现实品格。这些民族主义形态无疑是当代中国网络民族主义思潮的重要组成部分。那么，它们是如何产生的呢？我们又该如何理解它们呢？

---

[1] 猫腻：《间客》末章，https://vipreader.qidian.com/chapter/1223147/32741717/，2011年5月20日。

有学者把20世纪90年代之后中国民族主义最突出的诉求概括为反西方和抵制全球化，认为民族主义强劲飙升的原因有两个：一个是中国与西方在价值观和体制方面存在差异，另一个是苏联解体后主导民族主义以抵制西方力量。[1] 上述观点有其合理的一面，但它们都忽视了中国当代民族主义的复杂性。在这种说法中，中国只存在着一种民族主义，那就是"官方民族主义"(official nationalism)，[2] 似乎中国当代民族主义都是由主导文化主动发起，仅仅是自上而下的结果，其动力主要来自官方，其主体是政府。如果按照这种说法，网络小说中的网络民族主义与主导文化、官方文化就应该是完全一致的。事实果真如此吗？

我们不妨从中国的民族主义传统说起。在历史上，与其他民族不同的是，中国的华夏民族属于文化民族，它有三个特征：其一，它以文化整合、文化标识而显形；其二，它是一种非暴力、非军事扩张的民族；其三，它具有"推崇文化"的内涵。[3] 文化民族的民族主义有天下主义的特点，其特点是对整个人类的认同，而不是像民族主义那样只对本民族认同。因此，在很长一段时间里中国没有形成西方人所谓的"现代民族国家"，中国长期"没有正式国名，没有明确边界，没有国旗，没有国徽，没有国歌"。[4] 这种民族主义富有天下情怀，不重种族，而是看重文化，是文化至上主义，主张协和万邦、亲仁善邻，反对民族和国家之间以大欺小、以强凌弱、以富压贫，反对"军事力量强者胜"的战国规则。西方学者罗素就曾说过：中国人骄傲到不屑于

---

1 马立诚：《当代中国八种社会思潮》，北京：社会科学文献出版社，2012年，第137页。
2 ［美］本尼迪克特·安德森：《想象的共同体：民族主义的起源与散布》，吴叡人译，上海：上海人民出版社，2005年，第100—133页。
3 王逸舟：《当代国际政治析论》，上海：上海人民出版社，1995年，第117页。
4 李慎之：《全球化与中国文化》，《太平洋学报》1994年第2期。

打仗。[1]这种情形一直延续到清朝末期。之后，为了建立现代民族国家，中国开始奉行民族主义，特别是激进民族主义，天下主义逐渐衰落甚至被放弃。新中国成立后，尽管在几次对外战争中中国政府也秉持激进民族主义，在历史和意识形态教育中也反复强调"勿忘国耻，强我国防""落后就要挨打"等，但就总体而言，特别是近三十年来，中国政府所倡导和奉行的民族主义具有鲜明的天下主义特色。至今为止，我们所熟悉的民族主义口号是"中华民族的伟大复兴"，"复兴"只是一个非常温和、低调、内敛的词，与激进无关。中国的外交原则是和平共处五项原则，是韬光养晦、绝不称霸，是当今世界上唯一承诺"不首先使用核武器"的核大国。中国坚持和平崛起，建设和谐社会，睦邻、富邻，有志于做负责任的大国。中国政府经常自豪地强调：中国没有在任何外国留驻一兵一卒，没有侵占任何外国一寸领土，没有侵犯过任何外国的主权，没有以不平等关系强加于任何外国。在中国和他国的各种领土争议中，基调是以谈判为主，是"搁置争议，共同开发"，而不是直接收复失地，中国已三十多年未因实战放过一枪一炮。因此，有学者评价中国这种民族主义是"天下主义的背景下的民族主义"，这是有道理的。

从当代中国网络小说中的各种民族主义形态来看，其中的世界主义、复土主义和主导文化所倡导的民族主义有暗合之处，前者表现在对各民族和平相处的关切上，后者表现在对领土的完整性的强调上。但总体而言，网络民族主义多数都具有某种"刚愤"或"亢奋"的特点，和主流意识形态所倡导的民族主义不完全一致，与主导文化多少有所抵牾：走向极端的种族主义民族主义与主导文化的关系最为紧张；激进民族主义、复土主义的实际主张，与主导文化的不吻合之处也甚

---

[1] [英]罗素：《中国问题》，秦悦译，上海：学林出版社，1996年，第154页。

多。由此可以看出，网络小说中的诸多民族主义，基本上是属于亚文化，即是一种以符号化的方式抵抗主导文化的边缘化的文化形态。如果运用亚文化理论中的"问题解决"理论，我们可以发现，亚文化的产生是为了解决社会结构中尚未解决的问题，是一种仪式性的符号抵抗，网络民族主义指向的也是中国目前尚未解决的问题，如领土以及相应的国家主权问题。

领土统一与主权完整是民族尊严的表征，有学者甚至把"民族"界定为一种具有集体认同感情的"领土共同体"，把民族主义界定为是一种"领土意识形态"，认为领土"在民族认同的生产和再生产空间中是最突出的象征"。[1] 现代民族国家首先是领土国家。1840年以后，中国遭受了一系列丧权辱国的切肤之痛，在一次次失败或胜利后，中国不断地与西方列强签订种种的不平等条约，也一次次地饱尝失去领土之苦。二战后，中国领土主权出现过近代以后短暂、空前的完整和统一，新中国成立后，中国陆地勘界虽有进步，但领土主权的完整、统一和安全远未实现。仔细观察中国当代民族主义的飙升，几乎每一次都会发现其中的领土或主权因素，领土蚕食之殇，主权丧失之痛，是任何一个有民族自尊心的中华民族的成员都无法无动于衷的。用伯林的话说就是，"民族主义首先是受到伤害的社会做出的反应"[2]。在领土问题面前，每一个中国人是天然的民族主义者。许多民族主义行为问题看起来与领土无关的，但骨子里都有领土问题的隐痛，这一点是西方国家，特别是作为超级大国的美国永远也无法想象的。

网络小说中执着的复土主义、激进的民族主义、狂热的种族民族

---

1 [西]胡安·诺格：《民族主义与领土》，徐鹤林、朱伦译，北京：中央民族大学出版社，2009年，第16、1、33页。

2 [英]以赛亚·伯林：《反潮流：观念史论文集》，冯克利译，南京：译林出版社，2002年，第416页。

主义，在很大程度上正是这种源于想象中的共同体中的领土意识。这些民族主义的战略虽各有不同，但在本质上都是领土战略。对领土的认同感，构成了中国人深厚而隐秘的集体意识。网络民族主义不是创造了这些感情，只是挖掘了它们，利用了它们，点燃了它们。遗憾的是，一些中国学者似乎始终在回避中国当代民族主义的领土和主权诉求，这是非常让人奇怪的现象，这很像是鲁迅先生说过的"拽着自己的头发企图离开地球"。离开领土问题，是无法准确评价中国当代的网络民族主义的。无疑，这是一个还没有得到充分论证的话题。当然，除了领土问题，激发网络民族主义的还有意识形态的差异和碰撞等问题、中西文明冲突等问题。

总而言之，网络小说所展现的网络民族主义绝不是问题的制造者，而是问题的解决方案之一。从发生学的角度来看，它仍然属于刺激—反应式的防卫性民族主义，并没有走出近代中国民族主义历史意识和被动的应激反应。在民族危难的时刻，有良知的中国人都是天然的民族主义者，比如忍辱、宽容、慈悲、不杀生、非暴力、强调和平主义。这些世代累积的或沉郁、或怨恨的民族情绪，在网络小说作家心中郁积叠加，在民族屈辱和自豪的反复摩擦过程中，民族主义之火不可避免地被重新点燃了。网络文学中折射出的无数民族国家的想象奇观，是面对领土被侵蚀、主权受到威胁、受到政治奴役和经济掠夺的反抗，如伯林所说的："民族主义象征的是被压弯之后的扶直，是重获自由（也许他们自己从来不曾有过的自由，完全只是他们头脑中的观念），是为他们受侮辱的人格而复仇。"[1]网络小说中的民族主义，就是那一根根被历史和现实难题压弯的枝条，它总是在尝试反击和反弹，在想象中解决着一道道家国难题。你也可以把它们称为是白日梦，也可以嗤之以鼻，但这并不能遮蔽和无视它的光芒或热度。

---

1 ［英］以赛亚·伯林：《扭曲的人性之材》，岳秀坤译，南京：译林出版社，2009年，第264页。

不过，承认网络小说所展现出的民族主义形态的价值，并非是对其完全认可。我们必须摒弃狂热的种族主义，它带来的只能是战争和罪恶，只能是流血和死亡，给各民族造成难以愈合的创伤。同时，我们不能只坚持民族主义的民族自决，而忽略了人民主权原则。有学者认为："在当代，可取的民族主义是开放的、温和的、理性的、尊崇个人自决权的民族主义。"[1]反观网络小说，虽然小说主人公中也有一些人重视民权（如《商业三国》中的"刘备"），但更多的是对民权的漠视，穿越人士所建立或催生的强大国家，本质上多属于专制国家，人民主权远没有落实。

网络文学是各种繁芜的思潮的聚集地，以此来指责网络文学的弊病和庞杂是很容易做到的，但我们首先应该看到，在通过各种"隐形盔"和"盾牌"等"神器"完成的故事中，网络小说与现实之间已经建立起来无比密切的关系，形成了不可忽视的丰富而鲜活的现实品格。作为一种通俗文学和大众文化，华语网络文学从20世纪末出现到如今还不到三十年，只能算是"晨曦初露"。黑格尔曾经对哲学有过这样一个比喻："密纳发的猫头鹰要等黄昏到来，才会起飞。"[2]也许，只有在网络文学充分发展和繁荣之后，更理性的网络文学批评才能真正降临。在这个过程中，我们每一个人都不是旁观者。

（原载《河南社会科学》2016年第9期）

---

1 徐迅：《民族、民族国家和民族主义》，载李世涛主编《知识分子立场：民族主义与转型期中国的命运》，长春：时代文艺出版社，2000年，第18页。
2 ［德］黑格尔：《法哲学原理》"序言"，范扬、张企泰译，北京：商务印书馆，1961年，第14页。

当代官场小说的权力伦理

十多年前,王跃文的《国画》、阎真的《沧浪之水》先后发表,文坛为之震动,有学者慨叹"简直有种天机被泄露的感觉"[1]。然而,人们没有想到的是,在这以后,类似的"泄密事件"大有燎原之势,官场小说掀起了一浪接一浪的出版热潮,在畅销书市场里独领风骚,成为大众文化的代表。

中国官场小说非当代特有。从唐传奇、《水浒传》、《三国演义》、《红楼梦》到晚清谴责小说、民国讽刺小说,再到中华人民共和国成立后的干预生活小说以及新时期的改革小说、新写实主义小说,官场小说已有一千多年的历史。当代官场小说有许多名字:"反腐小说""官场生态小说""政治小说""现实主义小说",等等。但无论叫什么,其焦点无疑是各种权力场。这里所说的权力,主要指公共权力或公职权,是由少数人代表公共利益来掌握公共财富分配的制度安排。[2]中国当代官场小说重在揭示权力的运作内幕,尤其是权力分配和治理的谋略、权力腐败(权钱色的交易)和滥用的细节、领导批示的奥妙、权力平

---

[1] 雷达:《阎真的〈沧浪之水〉》,《小说评论》2001年第5期。
[2] 魏宏:《权力论:权力制约与监督法律制度研究》,上海:上海三联书店,2011年,第29、37页。

衡的建立等，勾勒出官场的倾轧、栽刺、拔桩、篡夺、猜忌、弹劾、笼络、设套、洗牌、控制等权力斗争，官场小说已经构筑起一幅"现代官场生态全景图"（肖仁福语）。与以往相比，这幅官场图中的人物、动作和绘图方式有一些明显的不同：

人物资历完整。从书名和小说主人公来看，中国官场上可能除了国家主席、总理、总书记，上到省部级，下到乡科级、办事员，几乎所有的官职都被写了一个遍，比如，有《秘书》《秘书长》，也有《市长秘书》《省长秘书》《首长秘书》，甚至有《中国式秘书》。

权力系统齐全。既写权力教育（《党校同学》等），也写权力运行过程（《人大主任》《挂职》《调动》《提拔》《官二代》《步步高升》《第三种升迁》《代理县长》《跑官》《买官》《卖官》等），更写权力腐败（《国画》《沧浪之水》《苍黄》《青花》《梅次故事》等）、权力惩罚与监督（《纪委书记》《政法书记》《反贪局长》等）、权谋权术（《二号首长》等）。

书写媒介融合。当代官场小说不仅仅有纸媒作为主阵地，而且有网络和影视推波助澜，2011年最火的官场小说《侯卫东官场笔记》（网络书名为《官路风流》）、《二号首长》、《秘书长》都经历了从网络走向纸质出版的过程，《抉择》《大雪无痕》等一大批官场小说也被改编为影视剧播映。

如此种种要素，构成了当代官场的浮世绘。在官场小说的绘图和叙事中，权力显得"微妙、凶险而又大化无形，不可捉摸"[1]。本文旨在关注当代官场小说目前尚未引起足够重视的权力伦理，考察其主要构成及文化属性，对这些权力伦理对读者的阅读伦理造成的影响进行分

---

1 齐成民：《〈沧浪之水〉与当代知识分子的价值选择》，《文艺争鸣》2002年第3期。

析，并揭示出这些权力伦理的时代症候及原因。

一、权力伦理的三张面孔

叙事是一种伦理行为。在叙事学理论中，叙述伦理反映的是"叙述故事和虚构人物过程中产生的伦理后果"[1]，通过对小说人物、叙述者、隐含作者、真实读者的伦理情境的整体考察，我们可以把当代官场小说的权力伦理概括为三种：人民伦理、实用主义伦理、精英伦理。

（一）人民伦理

所谓人民伦理，就是在权力运行和治理中，把"人民利益至上"当作基本的道德准则，让民族、国家、历史目的变得比个人命运更为重要[2]。这一伦理集中体现在"主旋律"反腐小说中，代表作有周梅森的《绝对权力》《至高利益》《国家公诉》，张平的《抉择》《十面埋伏》，陆天明的《大雪无痕》《苍天在上》《省委书记》，许开祯的《黑手》等。在此类小说中，反腐力量最后总是取得了胜利，权力秩序和民众对执政党的信心得以恢复和重建，体现出执政党"权为民所赋，权为民所用"的宗旨。

人民伦理常常通过反腐英雄的言行或叙述者之口表现出来，如《抉择》中市长李高成的表态：

人们打心底里顺从的并不是你的职位，也不是你所拥有的权

---

[1] 叙事伦理主要由小说人物、叙述者、隐含作者、读者的伦理情境构成，读者阅读伦理是读者对前三种伦理情境的反应。参见［美］戴卫·赫尔曼主编《新叙事学》，马海良译，北京：北京大学出版社，2002年，第47—48页。

[2] "人民伦理"是刘小枫提出的概念，他把伦理看成是以价值观念为经脉的生命感觉。刘小枫：《沉重的肉身》"引子"，北京：华夏出版社，2007年，第7页。何言宏对此有深入的分析，参见何言宏《九十年代以来中国小说中的"权力"焦虑》，《书屋》2002年第5期。

力和显赫，而是你价值的取向和立场的定位。你一心一意为的是老百姓的利益，为的是这个国家的未来，他就会认可你、敬仰你；反之，即使你拥有再大的权力，即便你拥有再显赫的位置，他也会在心底里蔑视你、憎恶你，也会把你视为他们的敌人！[1]

这段话反复强调了当权者要遵循的原则、立场：要一心一意为老百姓谋利益，要对得住良心，要符合国家的未来，否则就会失去权力的合法性，丧失人民的信任。

人民伦理主要出现在主旋律反腐小说中，但在其他官场小说中也不少见。如在王跃文《苍黄》中，乌柚县代县长明阳，宁愿不当选县长，也不愿屈从官场亚文化——人大代表向候选人索贿，他怒斥道："我知道这种情况各地都有，程度不同而已。没想到乌柚县到了这种地步！此风不煞，党的威信会荡然无存，干部作风会彻底败坏，人民代表的神圣地位会受到严重亵渎！"[2]在得罪了人大代表后，明阳因一票之差不到半数而落选，上级不得不进行二次选举。

在主旋律反腐小说中，小说主人公、叙述者、隐含作者的伦理处境往往是协同合作的，真实作者、叙事者、隐含作者、主人公的价值观基本重合，其叙事也是可靠的，读者阅读时容易引起伦理认同。不过，在其他类官场小说中，小说人物的伦理处境、叙述者和隐含作者的伦理取向可能不一致，甚至发生了冲突，比如人民的权力伦理从腐败分子之口说出来，对读者就会造成强烈的反讽意味，读者的阅读伦理就显得复杂起来。

反讽作为一种叙述态度，"它要求叙述者与叙述对象之间保持一种隐蔽的、非直接的矛盾关系。比如看上去似乎在颂扬对方，而实际隐

---

[1] 张平：《抉择》，北京：人民文学出版社，2004年，第99页。
[2] 王跃文：《苍黄》，南京：江苏人民出版社，2009年，第39页。

藏的用意,却是否定对方"[1]。在官场小说中,反讽往往出现在官员的大义凛然与背后的腐败贪婪之间的不协调和荒诞中,如《梅次故事》中,市委书记王莽之"很是严肃,大手一挥",说道:

> 腐败不反,亡党亡国。这一点,作为领导干部,要非常清醒,态度坚决。但任何时候,都不能用运动式的方法反腐败。……所谓风暴,不就是搞运动?运动害死人,我们是有深刻教训的。要坚持个案办理的原则,不捕风捉影,不节外生枝。[2]

这段话听起来冠冕堂皇,完全坚持人民伦理,而且很讲分寸、很讲政治,但实际上王莽之是个彻头彻尾的大贪官,在他的暗示和胁迫下,辖区内只要是两千万元以上的工程,儿子王小莽都要插手,把工程拿到手后给人家做,收中介费。王莽之坚持反腐不要搞运动,就是因为反腐会查到自家人。这种反讽不仅嘲弄了官场的神圣与庄严,在很大程度上也消解和颠覆了官员所标榜的权力伦理,使读者阅读伦理也出现了接受和抵抗两种维度。

(二)实用主义伦理

实用主义伦理以利益至上为原则,将是与非、对与错、善与恶的基本道德准则悬置起来,遵循官场游戏规则,尤其是潜规则。持这种观念的官员,掌权主要是受利益驱动,做官只是谋生手段,与惩治腐败、为国为民无关:"官场早就是个大江湖,清清浊浊,恩恩怨怨,是是非非,一塌糊涂。"[3] "官场没有是非,只有利益。"[4]。这一伦理主要体现在细致描摹官场生态的小说中,代表作有刘震云的《单位》《官场》《官

---

1 金汉:《中国当代小说艺术演变史》,杭州:浙江大学出版社,2000年,第285页。
2 王跃文:《梅次故事》,北京:人民文学出版社,2001年,第349页。
3 王跃文:《苍黄》,南京:江苏人民出版社,2009年,第30页。
4 祁智:《陈宗辉的故事》,《收获》1999年第3期。

人》，王跃文的《国画》《梅次故事》《苍黄》，阎真的《沧浪之水》，祈智的《陈宗辉的故事》，李唯的《中华民谣》《腐败分子潘长水》和小桥老树的《官场笔记》，黄晓阳的《二号首长》等。在此类小说中，人民伦理经常无法取得主导位置，即使出现，也多是以反讽的形式出现。实用伦理的具体表现有以下三方面。

1. "权就是全"：权力膜拜论

哲学家罗素曾经说过：人和动物的主要区别之一是人类的某些欲望是根本无止境的，其中主要是权力欲和荣誉欲，爱好权力是人性中的一个主要部分。但他同时也强调：实用主义假如普及的话，就会引起暴力的统治。[1]然而，在很多官场小说中，权力却被摆到了神龛之上，人们只能对其顶礼膜拜，与之对抗只能自取其辱。不妨看看《沧浪之水》中的池大为在经历种种波折之后的两则感悟：

> **权就是全**（加粗效果为笔者所加，下同），其辐射面是那样的广，辐射力又是那样的强，这是一切的一切，是人生的大根本。……钱做不到的事还是有的，而权做不到的事就没有了。
>
> 想一想这一年的变化，真有一点要飘起来的感觉。老婆调动了，房子有了，职称有了，位子有了，博士读上了，工资涨了，别人对我也客气了，我说话也管用了。**权就是全**，这话不假，……世界太现实了，圈子里尤其如此，人不可能在现实主义的世界中做一个理想主义者。……对任何人，你只要站在他的立场上去设想他的态度就行了，可千万不能去虚设什么公正的立场，那些原

---

[1] ［英］伯特兰·罗素：《权力论：新社会分析》，吴友三译，北京：商务印书馆，1991年，第1—3、184—187页。

则是在打官腔敷衍老百姓时用的。[1]

在这两段话中，池大为反复强调权力的无所不能，对自己曾经有过的"天下意识"和"千秋情怀"也不再坚持，相信只有实际利益才是最重要的，立场也不再以为老百姓和公正为原则，而是以当权者的位置为依据，凸显出权力伦理转向的必然性："活着是唯一的真实，也是唯一的价值。历史决定了我们是必然的庸人，别无选择。"[2]

由于持有实用主义伦理，廖怀宝喊出了"一个人只要有了官位，他就会拥有一切"[3]。《国画》中的出家人圆真大师不思静修，满脑子"封官进爵"，对自己的"正处级待遇"很不满意，想落实"副厅级"，当上"政协常委"[4]。《梅次故事》中，朱怀镜看见长城的烽火台、城堞后，首先想到的就是"权力的神秘力量"，"手中握有至高无上的权杖，一声令下，移山填海都能做到，何况修筑万里长城"。面对着市委书记王莽之的封官许愿，朱怀镜感激涕零："双腿立马都曲成了九十度角，双手也平放在膝盖上，就像受过严格训练的黄埔生。""只觉有股温热而圆润的东西，从膝盖往上滚向胸口，几乎是一种恋爱的感觉。""他突然觉得自己就像个孩子，在王莽之身上体会到了一种慈父般的温暖。他心头一热，却又暗自感到一种不能与人言说的难堪。"[5]朱怀镜的这些反应和感受，都是拜权力膜拜所赐。

2. "当官是一门技术活"：权谋合理论

膜拜权力带来的一个结果是：为了升迁或自保，就要千方百计地

---

[1] 阎真：《沧浪之水》，北京：人民文学出版社，2001年，第288、330—331页。
[2] 阎真：《沧浪之水》，北京：人民文学出版社，2001年，第407页。
[3] 周大新：《向上的台阶》，载祁智等《新官场现形》，银川：宁夏人民出版社，2000年，第33页。
[4] 王跃文：《国画》，北京：人民文学出版社，1999年，第336页。
[5] 王跃文：《梅次故事》，北京：人民文学出版社，2001年，第314、348—349页。

夺权弄权。当下的官场小说往往给人的印象是：权力治理必须依靠权谋，权谋是合理的。小说时常流露出对"章法"（权术）的欣赏以及对官员的同情，如"老百姓都说做官好，哪知道做官的苦处？"[1]"当官是世界上最难的一件事"，"能够在官场获得成功的人，全都是精英中的精英，是极少数中的极少数……"[2]

2011年热销的《二号首长》集中体现出这种伦理。《二号首长》中，省长陈运达和常务副省长彭清源是死对头，两人无论要干什么事，"一定得斗智斗勇，将三十六计用遍"。秘书唐小舟对省委书记的"江南扫黑"策略赞不绝口："整个扫黑行动就像一局棋，每一步，赵德良都考虑在前面了，而且，极其仔细，极其缜密，丝丝入扣，滴水不漏。"赵德良"有一股巨大的力量"。这"既不是权力带给他的，也不是个人人格魅力形成的，而是一种知识的积累。用市井的话说，那是善于权术，用官场的话说，那是政治智慧"。"这就是控制权力平衡的能力，就是王道。""赵德良的政治智慧，整个江南官场，无人可比。……自己跟了这个老师，真是一辈子的运气。"唐小舟甚至为他戴上了一顶讲究"权力科学"的高帽子。[3]

但权谋与权术往往是难以分清的，权谋也可能会损害公权力。赵德良在反贪取得初步成绩后戛然而止，因为在他看来反贪不是目的，而是手段："反贪是一把利剑，既伤人也伤己"，如果除恶务尽，"整个江南官场，有可能风声鹤唳，所有官员，人人自危"，会导致自己孤立和遭到"群起攻之"。赵德良"引而不发"，既是给贪官及其后台余地，也是给自己余地，在政治地位稳定之后，"需要一个更为和谐的政治环

---

[1] 王跃文：《国画》，北京：人民文学出版社，1999年，第491页。
[2] 黄晓阳：《二号首长》1，重庆：重庆出版社，2011年，第419页。
[3] 黄晓阳：《二号首长》1，重庆：重庆出版社，2011年，第455、512、335、512、319页。

境，需要一个宽松的官场生态"。[1] 在这样的权力伦理中，反贪是合理的，不反贪也是合理的，就看是否满足权力的需要。

在这种观念的推动下，现在很多作家喜欢用"笔记"为小说命名（《侯卫东官场笔记》《秘书笔记》），强调"做官是门技术活"（《二号首长》），"顶级官场权谋小说""秘籍""揭示官场死穴"等字样赫然出现在作品封面和书名中，[2] 这也充分暴露出小说生产者充当官场导师和"师爷"的心态。

3. "只好坏起来，别无选择"：腐败必然论

实用主义伦理还包括一个"腐败必然论"的推论：人类渴望权力，权力改变人性；进入权力场，必然会腐败。腐败源于社会、历史，但归根结底是源于人性。

体现这一权力伦理的段落，在官场小说中比比皆是：

> 世界就是这样冷漠，甚至说无耻。北京这样，哪里都这样，不存在一种诗意的空间，说到底还是人性太无耻了。[3]

> 这个社会有股看不见的魔力，总想把人变成鬼……我没法改变环境，只好适应环境。能说谁是真正的坏人？可有时人们只好坏起来，别无选择。[4]

> 官场是灰色的，你不得不让自己也成为灰色，以便融入这个圈子。等到你真的成了灰色之后，却又受欲望的控制，很难不滑

---

[1] 黄晓阳：《二号首长》2，重庆：重庆出版社，2011年，第254、400页。
[2] 参见闻雨的《省长亲信》（百花洲文艺出版社，2010年）、吴问银的《着陆》（甘肃人民美术出版社，2011年）、张金明和岩波的（重庆出版社，2011年）的封面和书名。
[3] 阎真：《沧浪之水》，北京：人民文学出版社，2001年，第196页。
[4] 王跃文：《国画》，北京：人民文学出版社，1999年，第684—685页。

向黑色。[1]

一些作家的创作谈也直接把腐败的源头推向了"原罪"和人性的恶:"事实上,我是不承认自己写的是什么官场题材小说的。""人便永远是唯一的题材。"[2]"经常有人问我是怎么看待朱怀镜这个人物的。其实在我看来,朱怀镜无所谓好人或坏人,他不过是个真实的人。"[3]"他们并不是坏官员","说不上好人坏人,但肯定是能人"。[4]"尽管曝出的腐败官员中,十个有九个,都养着情人,包着小蜜,但我想这跟他们的官员这个社会身份无关,或者关联意义不是太大。说到底还是人的本性在作怪,是人的原罪在起作用,官员身份只是给了他们方便,给了他们更多的可能性。"[5]

与主旋律反腐小说不同,在大多数官场生态小说中,真实作者、小说主人公、隐含作者、叙述者的叙事伦理往往不是合作的,而是游移不定的,作者通过强烈的反讽,叙述者通过叙述暴力表现出的偏执的伦理选择经常会把读者置于一种尴尬的地位,给读者带来伦理的考验,增加了阅读焦虑。

(三) 精英伦理

精英伦理以对权力进行激烈的批判和理性的反思为主要特点。这种权力观主要表现在《国画》《沧浪之水》《苍黄》《侯卫东官场笔记》《二号首长》等小说中。

拥有精英伦理的主人公大多是新时代的知识分子,对权力有着深

---

1 黄晓阳:《二号首长》1,重庆:重庆出版社,2011年,第390、391页。
2 王跃文:《国画》,北京:人民文学出版社,1999年,第688页。
3 王跃文:《〈梅次故事〉及其他》,《领导科学》2002年第1期。
4 王跃文:《生活的颜色》,《中篇小说选刊》1996年第4期。
5 许开祯:《谁来触摸官员的心灵(代序)》,《女市长之非常关系》,北京:作家出版社,2010年,第3页。

刻的认识和强烈的监督意识，他们有的身在官场之外，如《国画》中性格耿直、侠肝义胆的记者曾俚，我们都记住了他愤怒的痛斥："满世界都在玩，玩权术、玩江湖、玩政治……玩！玩！玩！成功的就是玩家！"[1] 还有那些知识分子的人文精神追求还未消泯的官员们，如《国画》中的财贸处副处长邓才刚，由于不满权力场的现状，说出了一些"奇谈怪论"：领导干小事，秘书想大事；市里领导们都是"四子"领导，跑场子、画圈子、剪带子、批条子。他提出了针对性很强的治理腐败的十点建议，戳痛了市纪委书记和领导们，被讽刺说"可以调到香港廉政公署去"，被认为是"不成熟"，多年来始终不得重用，不能翻身，最后被调到保卫处，愤然辞去公职。还有一些官员虽然也有过"灰色经历"，但对权力和腐败的反思却非常深刻，甚至开始了大胆的权力制度改革。如《二号首长》中，唐小舟认识到："约束和制衡，恰恰是权力的真谛。可有些人就是不明白这一点，以为一旦握有相当权力，便可以只手遮天，为所欲为。很少有人注意到一个官场铁律，即权力和风险的比率，你所受到的制衡力越小，风险就越大。追求为所欲为的绝对权力，实际是将自己置于最危险之境。"[2] 这显然与权力崇拜论拉开了差距。他还反思了中国的官员选拔制度："整个中国官场，最大的一个群体，是官二代，排在第二的，大概就是秘书出身的官员了，前者得益于先秦时代臻于成熟的世袭机制，后者得益于先秦后期兴起的伯乐机制。"[3] 他和同僚一起认为伯乐制度其实是人治，"举贤却是一种典型的人治产物，没有制度性保证，任何人，都不一定把真正的贤才推举上来"。在他的支持和鼓励下，市委书记吉戎菲实现了对组织部的用人制度的改革，按照国外的人力资源管理，尽可能将所有的考核项

---

[1] 王跃文：《国画》，北京：人民文学出版社，1999年，第594页。
[2] 黄晓阳：《二号首长》2，重庆：重庆出版社，2011年，第333页。
[3] 黄晓阳：《二号首长》2，重庆：重庆出版社，2011年，第270页。

目量化，制订了一套人事管理量化考核方案，和高校教授组成课题组，希望建立一套公开透明、能够服众的提拔制度，这虽然会带来一种体制机制上的顺畅，但实际上极大地削弱了许多官员的人事决定权。这套方案也被中组部副部长评价为是"最先进的最科学的，最符合民主法制精神的，也是操作性最强的"。[1]

对官场小说的权力伦理，学者周志强有过这样的批评：官场小说在无形中激发并引诱人们以一种对政治失望的态度来看待政治，把"古今中外"的政治叙述为一种宿命走向其反动性的政治——在这里，不是对政府的失望，而是对"任何政治"的嘲弄和拒绝，才成为官场小说市侩主义的最为突出的特点。[2] 这一批评是犀利的，它注意到了实用主义伦理对读者伦理带来的严重后果，不过，作者的批评显然过火了，当代官场小说的权力伦理是复杂的，我们应该充分关注其权力伦理背后蕴藏的文化属性：官场小说的病根，不是出在当下，其未来也没有那么可悲。

二、权力伦理的文化属性

如果借用威廉斯的文化理论[3]，以上讨论的三种权力伦理，大致上可以归属于主导文化（the dominant）、残余文化（the residual）和新兴文化（the emergent）。

人民伦理属于主导文化，满足了执政者希望保持人民团结、社会和睦的需要。为了获得文化领导权，建立权力的合法性，执政者希望人民相信"他们掌握的权力在道德上是合理的，他们是更大集体目标

---

[1] 黄晓阳：《二号首长》2，重庆：重庆出版社，2011年，第295页。
[2] 周志强：《新官场小说的市侩主义》，《文学报》2009年11月19日。
[3] ［英］雷蒙德·威廉斯：《马克思主义与文学》，王尔勃、周莉译，开封：河南大学出版社，2008年，第129—135页。

或价值体系的公仆"[1]。但随着权力腐败现象在中国的增多,反腐成了执政党生死抉择的紧迫问题。在主导意识形态的鼓励与倡导下,书写"人民利益至上"的权力伦理,成为"主旋律"官场小说的最高使命。李高成(《抉择》)、郑春雷(《黑手》)、吴明雄(《人间正道》)、李东方(《至高利益》)、马扬(《省委书记》)等人构成了"反腐"英雄群像,他们的庄严表态也往往成为人民伦理最典型的表现。张平在创作谈中反复提到了"人民":"真正的作家应该代表着社会的良知。而对社会不负责的作品,对人民不负责任的作品,也必然会被社会和人民所抛弃。"[2]由于契合了主导意识形态的立场,反腐小说也往往得到主导文化的认可,如《抉择》先后获得茅盾文学奖和"五个一工程"奖,张平本人也被评为"人民作家"。

不过,在此类小说中,有一点经常遭到诟病:权力腐败问题的解决,人民伦理的权力叙事,经常要依靠上级权力机关乃至中纪委甚至中央发话才能最终完成,总需要"青天"自上而下的支持,如中央工作组(《苍天在上》)、省委书记(《抉择》中的万永年)、《财富与人性》中的冯书记、《至高利益》中的钟明仁等……这种大官治小官、权力惩治权力的模式,折射出依然顽固的人治观念、重视权力政治而忽视权利政治[3]的意识,这或许出于主导文化的追求稳定的需要。

实用主义伦理属于残余文化,它"有效地形成于过去,但却一直

---

1 [美]丹尼斯·朗:《权力论》,陆震纶、郑明哲译,北京:中国社会科学出版社,2001年,第118页。
2 张平:《抉择》,北京:人民文学出版社,2004年,代后记。
3 权力政治重在国家权力体系的建构和巩固,权利政治重在表现公民个人自由辩护的观念、从个案出发争取制度改进的理性运动和维权运动。参见任剑涛:《政治的疏离与回归——近30年中国政治观的变迁与动力》,载潘维、廉思主编《中国社会价值观变迁30年:1978—2008》,北京:中国社会科学出版社,2008年,第288—289页。

活跃于文化过程中"[1]，其核心是传统的官本位观念和权谋文化。

所谓官本位，就是把做官看作所有职业中最高贵的，把官职高低、权力大小看作衡量人的社会价值的标准。在传统中国，自西周时期对官员的特权做了详细规定以来，中国社会就逐渐形成了"以官为贵""为官则富"的社会等级制度。隋朝以降，随着科举制度逐步成熟，"金榜题名""学而优则仕"成为大多数知识分子的生活梦想和价值目标。同时，儒家思想重视伦理观念与政治观念的结合，号召读书人在修身、齐家之后，还应该"治国""平天下"，积极投身政治，这也成为读书人通过仕途实现价值的重要动力。当下，虽然社会体制早已改变，但传统观念强大的惯性仍然存在，官场小说中的权力膜拜论就是其具体表现。

中国有着绵延不断的权谋政治传统，历代统治者都为权谋文化的"发扬光大"做出了"卓越"的贡献，留下的权谋著作数量之多、内容之丰富，令人叹为观止：《韩非子》《孙子兵法》《鬼谷子》《战国策》《权谋书》《推背图》《资治通鉴》《反经》《厚黑学》……权谋文化是专制制度的衍生物，它依靠的不是法律和民主，而是人治与专制：帝王专制和权力治理缺乏程序正义，其无序性无法保障官员的升迁、奖惩的公开公正，注重权谋和权术是必然选择。权力治理是需要智慧，但权谋不能成为主要的政治常态，不能与道德和法理秩序相悖，否则就会使人们痴迷于夺权弄权，最终失去了道德和人性的底线，对政治丧失信任。有人这样评价权谋文化的后果：在权谋文化熏陶之下，官场腐败衍生不绝，"人治"架空"法治"、"圣意"覆盖"原则"、"机巧"取代"规则"、"人言"胜过"公理"、"面子"替代"尊严"、"潜规则"

---

[1] ［英］雷蒙德·威廉斯：《马克思主义与文学》，王尔勃、周莉译，开封：河南大学出版社，2008年，第130—131页。

压倒"显规则"、"脾气"代表"权威",这是十分危险的文化堕落和政治蜕化。[1]这种评价是准确而深刻的。

王跃文曾把自己所写的官场文化概括为"官场亚文化":"我在小说里剖析的只是一种'官场亚文化',即不曾被专家研究过的,但却是千百年来真正左右中国官场的实用理念,一种无法堂而皇之却让很多官人奉如圭臬的无聊文化……中国官场自古以来有个很不好的传统,就是心口不一。讲《论语》而用《反经》,讲王道而行霸道,讲仁厚而行黑厚。更可怕的是,有些官场人物那里,已经没有了起码的是非道德标准。他们只认同实用的游戏规则和现实的生活逻辑……"[2]他所概括的官场亚文化,正是我们分析的官本位和权谋文化,是传统权力伦理的延续和残余。这种残余文化,有着主导文化无法用术语加以表达和确认的经验、意义和价值,可能会危及、消解、冲淡弱化主导文化。因此,主导文化对它们是忽略、贬抑、反对、压制甚至完全否认的。

精英伦理属于新兴的文化,这是最具有潜力和活力的权力伦理。"新兴文化"指的是"新的意义和价值、新的实践、新的关系及关系类型",存在于"那些要取代主导的或与主导对立的因素的社会基础"之中[3]。对权力的治理和规范而言,这一伦理可谓意义深远,它涉及权力的教育、惩治、制约和监督各个环节,对官员"不愿为""不敢为"和"不能为"等问题进行了制度上的思考。这一伦理未来有可能构成主导文化的必要因素,因为主导文化总是不足的,正如威廉斯所说的那样:"从来没有任何一种生产方式,因此也从来没有任何一种占据统法地位的社会制度或任何一种主导文化可以囊括或穷尽所有的人类实践、所

---

1 蔡恩泽:《权谋文化"热火"中国》,《党政干部学刊》2006年第4期。
2 王跃文:《〈梅次故事〉及其他》,《领导科学》2002年第1期。
3 [英]雷蒙德·威廉斯:《马克思主义与文学》,王尔勃、周莉译,开封:河南大学出版社,2008年,第132—135页。

有的人类能量以及所有的人类目的。"[1]

三、当代官场小说权力叙事的反思

作家的权力伦理是否得当，直接影响了读者的阅读伦理的形成和建构。王跃文对其小说中模糊的价值判断有过这样的辩解："作家大可不必去抢政治家或思想家的饭碗。事实早就证明，自从作家想当医生以来，一直力不从心，也就无从称职了。如果就着这个比方，那么作家充其量只能提供一把把化验单，一张张透视底片，诊断的责任还是留给人民和历史吧。"[2] 话说得虽然很洒脱，作家确实不需要在小说中提出具体的伦理观，但是，如果作家的"化验"和"透视"所依据和信任的医理本身是有问题的，那么，他又如何保证化验单和底片的可靠性呢？

当下官场小说表现出来的权力伦理是丰富的，其趋势也是耐人寻味的。当代官场小说对主导文化的人民伦理日趋冷淡，或避开塑造正面形象，或用反讽的手法对其进行解构，对新兴文化的精英伦理也少有触及，对残余文化的实用伦理却是兴趣盎然。大多数当代官场小说在叙事伦理中没有建构出一种价值观的张力，而是显示出对实用主义伦理隐隐约约的认同，有意无意地膜拜权力，主张腐败必然论，为权力腐败和滥用辩护，推导出一套人性归罪的逻辑，过多地推崇权谋文化，这对于官场小说的发展、文化繁荣乃至中国的政治文明建设都是无益的。

实际上，权力膜拜论和腐败必然论的背后都藏着一个推论：追求权力是人的本性，权力是恶的，因此"当官必贪，有权必腐"，"天下

---

[1] [英]雷蒙德·威廉斯：《马克思主义与文学》，王尔勃、周莉译，开封：河南大学出版社，2008年，第134页。
[2] 王跃文：《国画》，北京：人民文学出版社，1999年，第690页。

乌鸦一般黑"。这让我们想起两个著名的论断：一个是英国学者阿克顿所说的："权力倾向于腐败，绝对的权力倾向于绝对的腐败。"[1] 另一个是法国思想家孟德斯鸠所说的："一条永恒的经验是：任何掌权者都倾向于滥用权力；他会一直如此行事，直到受到限制。"[2] 这两句话都指出权力有恶的因素，但如果从权力的本质上看，作为一种工具，权力是中性的，本身没有恶与不恶的问题。正如安东尼·吉登斯所说："权力是实现某种结果的能力"，"权力并非自由或解放的障碍，而恰恰是实现它们的手段"。[3] 权力可以奴役他人，也可以解放他人，释迦牟尼、耶稣、毕达哥拉斯和伽利略只追求旨在解放别人的权力，因此罗素说他们是最有权力的人。[4] 绝对的权力倾向于腐败，但相对的权力则给社会带来好处。权力是福还是祸，关键在于如何去使用它，如罗素所说：对权力的爱好，假如要它结出善果来，就必须要与权力以外的某种目的有密切关系，必须要有助于满足别人的愿望，而且带来的流弊不能大于良果。[5] 权力治理的核心是如何对权力运行进行有效的制度管理，使它按照授权者的愿望规范地进行。权力腐败的本源不是人性的恶，而是由于权力制度的设计和运行存在缺陷和问题。官场小说对权力的本质和权力制度应该有更开放的思考，而不能仅仅停留在权力膜拜论和腐败合理论的层面上。

---

1 ［英］阿克顿：《自由与权力——阿克顿勋爵论说文集》，侯健、范亚峰译，北京：商务印书馆，2001年，第342页，译文略有改动。
2 ［法］孟德斯鸠：《论法的精神》，张雁深译，北京：商务印书馆，1997年，第154页。
3 ［英］安东尼·吉登斯：《社会的构成：结构化理论大纲》，李康、李猛译，北京：生活·读书·新知三联书店，1998年，第377页。
4 ［英］伯特兰·罗素：《权力论：新社会分析》，吴友三译，北京：商务印书馆，1991年，第194页。
5 ［英］伯特兰·罗素：《权力论：新社会分析》，吴友三译，北京：商务印书馆，1991年，第188—189页。

同样，官场小说细致入微、过于繁密的权谋叙事也导致了读者对权谋文化产生了某种认可，很容易将它当作官场的升职宝典和教科书，官场小说也难免产生"诲官"的效果。在热衷权谋叙事的小说中，读者很难因权力失去制约与监督而产生警惕，很难以感受到建设现代政治文明的迫切性，也很难提高现代公民意识（如权利意识和法治意识）。在《官场现形记》的结尾，李宝嘉借梦境谈论该书的初衷是写"官员教科书"，教人如何做"好官"，"前半部是专门指摘他们做官的坏处，后半部方是教导他们做官的法子"，可惜最后由于火灾只剩下了上半部，"虽不能引之为善，却可以戒其为非"。[1] 现在的很多官场小说，似乎也是残缺不全的，而且只剩下了后半部。鲁迅先生曾批评谴责小说"辞气浮露，笔无藏锋，甚且过甚其辞，以合时人嗜好"，"官场伎俩，本大同小异，汇为长编，即千篇一律"。[2] 这大概也是注重权谋描写的当代官场小说的通病。

当下官场小说的权力伦理之所以出现上述症候，与强大的消费市场需要有关，但主要根源是当下中国的权力运行和权力治理的现实，源于人们对权力和变革的期待。在中国，官场、公权力和政治力量一向是推动、改变社会进程和改革进程的主要动力。改革开放以来，中国的权力政治虽然发生了许多积极的结构转变，政治力量对市场空间和社会空间进行了让渡，政治运转的基本方式从动荡的阶级斗争转变为建设和谐社会，从政治中心向经济中心迁移。[3] 但是，与"中国模式"

---

[1]（清）李伯元著，冷时峻校点：《官场现形记》，上海：上海古籍出版社，2005年，第738页。

[2] 鲁迅：《中国小说史略》，《鲁迅全集》第9卷，北京：人民文学出版社，2005年，第291—293页。

[3] 参见任剑涛《政治的疏离与回归——近30年中国政治观的变迁与动力》，载潘维、廉思主编《中国社会价值观变迁30年：1978—2008》，北京：中国社会科学出版社，2008年，第288—289页。

在经济领域取得的进步相比，中国权力政治的改革之路还任重道远，权力的分配、治理、惩治、制约和监督都面临着很多难题，权力资源过于集中，权利政治还很不够发达，《潜规则》《暗规则》《官规则》《暗权力》以及大量官场小说的出版和热销暗示了权力政治某些方面缺乏透明和规则匮乏的现实，主旋律反腐小说中的人民伦理在许多时候还只是艺术真实，饱受了千年人治的国民仍然为官本位和权谋文化所惑。官场小说只是这些困境在文化上的某种折射。

阅读和研究当代官场小说，经常让人联想到中国足球文化的现状与境遇。评论员和球迷对中国足球爱恨交加，既迷恋，也疏离。他们习惯于边看边骂，会自掏腰包买《中国足球内幕》等揭秘书籍，关注足协又有几个主席被抓进牢房，哪个金哨又变成了黑哨，有哪些俱乐部又涉嫌贿赂和踢假球。他们知道这种"笑骂足球"文化不够正常，但也知道，终结这种文化的根本不在足球本身，而在中国足球的体制和结构上的转变。

（原载《文艺研究》2012年第4期，略有改动）

网络文学：终将突破审美认知的同温层

——须文蔚教授访谈录

我国网络文学历经二十多年的发展，已经成为颇具规模的文化产业，成为新时代中国文艺事业的重要组成部分，海峡两岸网络文学日益增多的交流活动则为网络文学的蓬勃发展提供了强大动力。本文总结了作者与台湾师范大学教授、台湾东华大学华文文学系特聘教授兼数位文化中心主任须文蔚[1]围绕海峡两岸的网络文学发展状况的对谈。

一、网络文学研究之路：奇特而梦幻

胡疆锋（以下简称"胡"）：须老师您好！很高兴在台湾大学再次

---

[1] 须文蔚，1966年生于台北市，台湾东吴大学法律系法学士，台湾政治大学新闻研究所硕士、博士，台湾著名网络文学研究学者、诗人，曾任台湾诗歌刊物《创世纪》主编、台湾东华大学华文文学系主任，现任台湾东华大学华文文学系特聘教授兼数位文化中心主任。出版《旅次》（1994）、《台湾数位文学论》（2003）、《台湾文学传播论》（2009）、《魔术方块》（2013），主编《文学@台湾》《网路新诗纪》《传播法则》《诗次元》《报导文学读本》《现代新诗读本》等。曾创办和主持网站"诗路：台湾现代诗网络联盟"、网络诗实验及理论网站"触电新诗网"。曾获"优秀青年诗人"、"《创世纪》40周年诗创作奖优选奖"、"五四奖"（青年文学奖）等。

见到您。您是台湾网络文学[1]的代表人物,创下了多项纪录:出版台湾第一本网络文学研究专著《台湾数位文学论》,创办和主持台湾唯一获得官方资助的文学网站"诗路:台湾现代诗网络联盟"(1996),创办台湾第一个数位文化中心(2001),最早主编出版网络诗年度诗选(1999),最早开始为《台湾文学年鉴》撰写数位文学的年度综述(1998),同时也是撰写次数最多的学者,主持台湾第一个"台湾文学导读数位学习课程"(2007)。不过我们知道,您并非文学专业出身,您的学习背景和经历带给您哪些思考资源,对您关注网络文学和文学传播有什么影响?

须文蔚(以下简称"须"):我本科学的是法律,对经济法和国际法感兴趣,硕士期间的专业是传播法规。我之所以走上网络文学研究之路,大概和几个事件有关:第一个是我的诗集上网。我对网络的关注开始于1994年左右,当时我在台湾政治大学读博士(1993—2000),那时台湾学术网络(Taiwan Academic Network, TANet)刚出现。台湾政治大学的传播学院在台湾是首屈一指的,我在传播学院研究中心承担了一个行政兼职,有机会接触到新的现象和技术。1995年我自己架了一个网站,把刚出版的一本诗集放到了网络上。

胡: 您说的是《旅次》这本诗集吧?您当时的技术就这么厉害了吗?

须: 对,是这本书。我觉得还蛮简单的,不太难。当时台湾还没有人完整地把作品发布到网上,有人说我是网络文学作家,但其实我不是,我不是在网络上原创,只是把出版后的作品通过网站发布,我

---

[1] "网络文学"主要指的是网络原创文学,即用电脑创作、在网络首发、供网民阅读的文学作品,既包括离开电脑等电子设备和网络便无法生存的数字文学作品(如超文本文学、多媒体文学等),也包括在网络上生产、首发、传播并且能够下载、出版的文字作品。海峡两岸对网络文学的表述有所不同,大陆多使用"网络文学",台湾多使用"数位文学"。

在博士班就读的时候把许多时间花在建构文学网站上。这件事的影响很大，很多人都因此知道了政大有一个博士生会做文学网站。

第二个事件是"诗路"网站的创办。1995年《联合报》副刊召开"世界中文报纸副刊学术研讨会"，痖弦先生是副刊的主编兼诗刊《创世纪》发行人，我当时参与了《创世纪》的编辑，痖公就给我布置了一篇命题作文，题目是《迈向网络时代的文学副刊》。当时台湾还没有任何一家报纸的副刊上网，写这篇论文就像在写科幻小说，我得研究和分析世界各国报业在网络出现之后的趋势，预测未来的发展和面临的挑战。最终，我完成了论文《迈向网络时代的文学副刊：一个文学传播观点的初探》，描述了网络对文学和副刊的冲击，这也是台湾第一篇谈论网络对文学的影响的学术论文，当时会议主办方要找到合适的点评人都很困难。我在演讲的时候，台下有一位台湾文化建设委员会的官员听了很感兴趣，愿意支持我办一个文学网站，这就是于1996年创办的"诗路"网站，由我、杜十三和侯吉谅（《联合报》副刊编辑）负责。每年得到资助100万元新台币。网站上的作品都是经过诗人授权的，一共收录了200多个诗人的作品。一年之后，另外两位先生就因工作原因退出了，我和助手主持网站的运行。虽然资助到2001年就终止了，但网站一直坚持更新到2011年，现在还可以打开，台湾的文学网站很少有这么长久的生命力。

有了这些背景后，台湾各所大学的文学院在举办研讨会时，只要涉及网络文学，都会邀请我参加。但是我博士阶段主要研究的是传播政策，网络文学研究实际上是我的第二专业。

我之所以深入数位文学研究，还和两个系列约稿有关：一个是《台湾文学年鉴》编辑部约我写数位文学的年度观察报告，这对我的学术有很大的帮助，我得以密切关注台湾数位文学的原创、出版、教学方面的发展，我陆续写了七年，积累了很多资料。另一个是我当时给《开卷》周报写专栏，《开卷》当时是台湾最重要的读书副刊，它每年评选的"年度十大好书"是文学界最重视的书单之一。《开卷》有一个"世界书房"栏目，介绍世界文学的发展，主编约我写这个专栏，两三个礼拜就要交一篇，那段时间里，我一边观察台湾的发展状况，一边查阅国际多媒体、电子书的发展状况。在将近一年半的写作过程里，我介绍了各国文学网站最新的发展状况，台湾当时对于类似的信息求知若渴。或许因为我的传播学背景，让我较容易接触、阅读到这方面的文献。我和您的背景很接近，对于亚文化和文化研究都有很深厚的兴趣，我在读博的时候花了许多时间阅读"文化研究"的书，因此能比一些文学院的老师更快地关注到互联网的新发展、吸收到西方的新知，也更能理解不同的现象和趋势。这些便是促使着我走上数位文学研究道路的原因。

胡： 您担任《创世纪》的主编，发表第一篇网络文学研究论文，主持唯一受官方资助的大型文学网站，为台湾最权威的文学年鉴撰稿，为报刊写专栏，这些事居然都是在读博期间完成的，听起来挺不可思议的。

须： 可能是我比较勤快，写了许多不同的东西。人生有很多有趣的机缘，走上文学研究道路或许也源于我从未放弃写作。我在大学时曾获得校内的文学奖，服兵役期间也发表了大量作品，读硕士期间则参加了"南风""曼陀罗"等诗社，和诗友们相互砥砺。因此，在《创世纪》有意吸收年轻人时，便注意到我，在我读硕士的时候就邀请我入社，1993 年我加入《创世纪》，1996 年接任了主编。

胡：《创世纪》可是一家名刊，由洛夫、张默和痖弦于 1954 年创办，到 2019 年已创刊 65 年了，您作为一个不到 30 岁的学生，是怎么当上主编的呢？

须： 在1996年初的一次聚会上，我突然得知洛夫老师要卸任总编辑、辛郁老师接任的消息。在同人的推荐下，我很莽撞地接下了主编，于是从第106期到115期，共计10期，在没有充裕经费的情况下，除了打字外包外，从内页排版到封面设计都由我一手包办，给忙碌的读博生涯增添了许多意想不到的"社团经验"。在担任主编两年半的期间，我看了许多的诗稿，其中也包括来自大陆诗人的来稿，当时大陆诗人的创作力非常旺盛，常寄来厚厚的诗稿，这让我积累了快速阅读和写评论的经验。在整体的约稿与企划上，我向辛郁老师建议，近两年"大陆诗页"的稿件刊登过多，几乎超过了杂志半数以上的版面，台湾本地的稿件数量日益萎缩，恐怕不妥。辛郁老师进一步提出了精彩的构想，以大陆各省为单位，请著名的诗评家、省作家协会或诗会来组稿，推荐给编辑室，由《创世纪》来选定专题内容。如此一来，让台湾读者有机会更系统地从空间上认识大陆诗人，也展现出更多元的华语诗的地方特色。

也因为上述经历，台湾东华大学华文文学系颜昆阳教授发现了我，在我博士还未毕业，且博士学位和文学无关的情况下，邀请我共同担任"文学传播"课程的授课教师，讲授"网络文学"。台湾东华大学也是在台湾首开"文学传播""网络文学"等相关课程的大学。2000年我拿到了博士学位后，台湾东华大学没有顾虑我的专业不对口，给予我一个工作机会。我一生最崇拜的作家杨牧[1]先生也是花莲人，我沉浸在如梦般的喜悦中，想着人生真是充满了各式各样的巧合。

胡： 我看过您主编的《全球化下两岸文创新趋势》，这应该也是

---

[1] 杨牧（1940—2020），台湾著名诗人、散文家、翻译家与学者，多年来一直被认为是诺贝尔文学奖的有力竞争者。曾任西雅图的华盛顿大学教授，1995年返回台湾，2013年回到出生地花莲，担任台湾东华大学荣誉教授。

您的传播政策研究的延续吧,这些经历是否也成就了您的网络文学研究?

须:我想,这些经历使我对新的知识永葆好奇心,并且愿意花时间做有系统的思考。传播学的修习为我打下深厚的基础,当年教我研究方法论的老师是斯坦福大学毕业的传播学博士钟蔚文教授,他总跟我们说:做研究的关键,也是学术训练最重要的部分,在于如何短时间内让一个人从生手变成专家。在未来,不同领域的专业会不断地被打破和突破,因此我们需要更勇敢地接受挑战,学会整理、归纳和研究的方法,才能在这创新不断的世界站稳脚步。因此,在我进入华文系后,平均五六年就会换一个研究领域,无论是数位文学、文学传播还是台港跨区域文学传播等研究,固然是因为有兴趣而去做的,但无意中就开了风气之先。

胡:您的第一本专著《台湾数位文学论——数位美学、传播与教学之理论与实际》出版于2003年,十多年过去了,网络文学已经出现了很多变化,但很多学者还经常在谈论和引用这本书,能否请您谈谈这本书的独特之处?

须:这本书利用"纲要式讨论"的方式建立了数位文学的理论框架,探讨了网络对于文艺创作的内容及形式,造成怎样的影响和哪些层次的冲击。对此问题,这本书提出了两个观点:第一,网络一定会对文字的形式结构造成影响,例如,文学语言可能会更口语,社群的互动会带来更多信息,导致跨艺术类型、影像化、多媒体化的出现;第二,网络会带来一些结构性的影响,特别是对出版、报刊杂志的影响。不过,这本书出版后所出现的社群媒体、原创平台、社群软件就无法深入,如果有机会,我会重新修订和补充。另外也讨论了网络对文学教育的影响,对写作和教学环境会造成什么样的影响。

图1 《台湾数位文学论——数位美学、传播与教学之理论与实际》封面

胡： 您在讨论网络通俗文学（如痞子蔡、藤井树等人的作品）时应该谈到了原创平台。

须： 对，这本书略微提到原创平台，当时台湾的"鲜网"和大陆的"榕树下"已经出现了。如果要修订，应该还要补充讨论大陆的

"起点中文"等原创平台,那样在框架结构上便会更完整。这本书对各个框架都进行了介绍,但每一部分都点到为止。如果说它有什么独特之处,应该是当时在写作的时候尽可能地参考了一些比较前端的思维方式,尽量地去参考一些岛外数位传播的基础理论。所以有一些年轻学者跟我说,他们在做类似研究的时候再看这本书,觉得其中的理论目前还可以用得上。这一切受益于我的传播学训练。比如里面有麦克卢汉的理论,他代表了从19世纪60年代开始西方人对于广播、电视乃至电讯传播发展预测性和前瞻性的看法,这本书也有所介绍。

二、网络文学的界定、经验与实验

胡: "数位文学"这个术语在大陆不太常用,大陆出现最多的是"网络文学",偶尔有一些学者使用"数码艺术""电子艺术"。据我所知,自从您的《台湾数位文学论》出版后,台湾学者大多都沿用了"数位文学"这个说法,不过仍然有少数学者也坚持使用"网路/网络文学"(孟樊、向阳、李顺兴等)或"电子文学"(陈征蔚),或者网路/数位文学混用(张政伟)。您现在怎么看这个术语的界定?

须: 我对这些术语都持开放态度。当初我也是在和他人辩论中确定使用"数位文学"一词的,原因有四:其一,早在网络畅行前,现代诗的作者就已经运用/模仿数位语言的形式进行前卫书写,其努力与启发性不容忽略;其二,网络是新形态的传播工具,在文学论述上,一般不会把媒介名称视为一种特殊文类或文体,尤其那些利用BBS传布的诗文,绝大多数与平面媒体并无太大的区别,很难称为一种新文类;其三,含有非平面印刷成分并以数位方式发表的文学作品,不见得只能在网络上展现,同样可以通过光盘出版,或以脱机计算机陈列之;其四,用"网络"很难涵盖全数的数位科技形式。

图 2　台湾文学馆数位文学展览宣传画

胡：不过也有学者认为，数位文学没有传播的意涵，是静态的，以数位制作的文本可以只存盘在个人的计算机而不上传，而没通过网络传播也就无意义（孟樊）。也有学者认为，"网络文学"一词中的网络可以指 Intertnet（互联网），也可以指 network，如单机内的数据库等，因此网络文学其实包括了数位文学（李顺兴）。也有人认为，数位本身也是媒介的一种，"数位文学"也是通过媒介命名的文学样式（陈征蔚）。

须：这些说法也说得通。不过我们现在说的网络指的是互联网，而非一般的经脉网络。我之所以使用"数位文学"一词，和我的经历有关。1992 年时，我曾为《光盘购买指南》杂志撰稿长达两三年时间，我接触到一些以 CD 或 DVD—ROM 数据库形式出现的百科全书、音乐教育、设计游戏等，它可能是一个程序或一种游戏设计，这在当时是十分先进的。它们不受带宽的限制，很立体，不过很昂贵，一张碟就上千元，但是它们不用上网，脱机就能阅读与聆听。以"迷城计划"

(Bleeding Through Layers of Los Angeles: 1920—1986）为例,一部悬疑的侦探小说,建构在DVD—ROM数据库架构上,里面会有结构介绍、有各种导览,或者丢给你各种线索,让你一边阅读,一边看影片、照片或地图。这个经验影响到我后来的看法——我认为,"数位文学"这个术语涵盖的层面应该更大。

胡: 我现在开始理解您的看法。大陆似乎形成了一种惯例:网络文学的含义更广,一般指在网络上创作、传播的文学,而数位/数字文学是狭义的概念,一般指超文本的、多向的、多媒体的、互动的,离开光盘、计算机就无法存在的文学。

须: 我可以理解这些界定。我是根据我的经验来讨论的,数位文学和电子文学都是回到科技最原始的原理来命名的。随着网络的发展,这个术语不断受到挑战,我也接受各种说法,但我认为,应该先厘清当时使用这个文学观念的框架和命名方式。

胡: 说到网络文学观念,我听说过一个故事:2000年左右,有一位年轻人曾经在余光中先生演讲后提问:"现在网络诗方兴未艾,您是否有考虑采用网络作为创作媒介或表现形式?"老诗人目光炯炯,回答道:"听说未来是网络世纪,是你们年轻人的世纪,但请容我做一条漏网之鱼(余)。"当时听众们都惊呆了,都在拼命鼓掌。约20年过去了,您怎么看待余先生的这段话?您怎么看待网络与文学的关系?

须: 这是余先生一种自谦的说法,他针对的可能是这样一种经验和作家身份:2000年前后,台湾有一群作家在网络上发表原创作品,组成一些文学社群,但在当时,网络作为一种成熟的文学平台和媒体角色尚未被肯定。当时的网络文学作家如苏绍连、白灵、向阳、李顺兴等,他们不但要写作,还要会架网站、会做多媒体,不过这些作者的"网络文学作家"身份很快就消失了。当网络文学媒体集团化或是媒体的商业结构慢慢出现后，从前这些先锋的、实验的创作或出版形式只是提供年轻人更多可能性，但是正常化的文学传播形式应该还是商业化的结构，如今一个诗人其实只要专心写诗就好了，遇到多媒体诗、影像诗的制作，大可以去委托精通多媒体创作、会跨界的人来做。比起早期先锋作者的拼拼凑凑，他能呈现更专业以及效果更好的作品。余先生的意思是说，不可能每个人都学会十八般武艺，所以他愿意成为"漏网之鱼"。其实，余光中先生从来没有被网络抛弃过，他的作品在2000年之前就已经被台湾策展人鸿鸿通过影像诗的方式制作出来。有意思的是，他的诗在不同的阶段都会被改编：在民歌运动时期被谱成曲（如《乡愁》）、在网络时代被转变成影像诗。即使他不在了，他的诗也通过不同的电子形式流传下来。

胡： 2007年，台湾文学馆主办了一个"台湾文学·e网打尽"网站，为30位散文名家建立博客（部落格），其中也包括余光中的作品。我第一次看到余先生的这句话时，惊叹他说的太绝妙了，但是在网络时代，文学确实都被一网打尽了，很难再做漏网之鱼了。我看到您也有过这样的诗句：空气结冻/人们只好摩擦屏幕取暖（《与流动相遇·02》）。

须： 是的，现在的环境已经完全不一样了，人手一只手机，像带着宠物一样。

胡： 台湾网络文学的一个特点是研究者本身也是网络文学的参与者、创作者。您曾编辑过多本诗集，如《网路新诗纪：诗路2000年诗选》等，将网络文本用纸本选集呈现。作为一位诗人，您也有过"多向文本"和"互动界面"的实验，写下很多"缓慢与延展"的抒情文字，您的第二本诗集《魔术方块》（2013）收录了许多和数位文学有关的诗句，如"走近玉山时请关手机""当机""从十余个瞳孔中拔出终端机、计算机主机"等，还有一个"触电新诗"单元。您当时创作这些诗歌是出于什么考虑呢？

须： 大约在 1996 年时，我开始思考跨媒体创作的可能。我因缘际会地完成了一系列的实验性作品，有十几个作品算是台湾比较早的数

图 3 《网路新诗纪：诗路 2000 年诗选》封面

位文学，通过动画、flash、JavaScript的程序语言去做互动诗歌，如《追梦人》就是让读者填写问卷，问题包括：你最害怕的天灾、你失恋会难过几天、道别时会说什么等，填入的答案最后会成为一首诗的几个单词，组合出一首完整的情诗，主要的意象来自读者提供。我在《台湾数位文学论——数位美学、传播与教学之理论与实际》里讨论过网络对文学创作的影响，当时，我看到了西方的转变和台湾现状的展现，我也和台湾做多媒体的实验者有过互动，我们发现，网络对我们的文字写作、诗的形式会造成一定的冲击，要考虑到诗歌的电子化的问题。同时，我也和艺术家合作过一些公共艺术。

胡：我记得您为台北诗歌节策展过"新诗电电看"和"电纸诗歌"，邀请跨界的诗人与艺术家在中山堂参加数位诗与影像诗的实验。

须：对，那些活动都蛮好玩的。我参与过最大型的一个艺术品，是我跟黄心健（曾获2017年威尼斯影展VR电影竞赛单元奖）等人在捷运101站地下通道合作的《相遇时刻》，那是一个装置艺术，其中的电子书由我和其他三位诗人、小说家共同完成。我完成的"与流动相遇"组诗，表达了都会生活中网络、新科技、导航给我们造成的影响。它们以书页的方式，翻动在地下通道的艺术墙，和行人一起对未来的想象进行对话，那个装置获得了台湾"最佳公共艺术年度大奖"，我的诗集《魔术方块》也收录了这些短诗。我一直在思考一件事，便是网络、亚文化、流行文化可能对文字创作产生什么影响。一般人经常以负面与批判性的观点看待科技对生活的影响，事实上，科技也能成为纪实与抒情的重要工具。比如，我写了一首很短的诗："失去孙子监护权的祖母 / 只能在语音箱中软禁 / 一个永远长不大的男孩 / 一句永远不会变声的撒娇。"一位想念孙子的祖母，由于儿子和媳妇离婚了，见不到孙子，她只能在手机的留言里头反复去听永远长不大的孙子的留言，孩子的语音留言对她是唯一的慰藉。科技是两面性的、是极端的，有时造成人与人相处上的隔阂、冷感，但同时却可以保存人类真挚情感的那个瞬间，我有意地去挑战科技跟人的情感之间的关系。作为一个当代诗人，我认为应该关心当代的事件，因此我会把一些不太流行的、比较奇特的想法，放进我的短诗创作中。

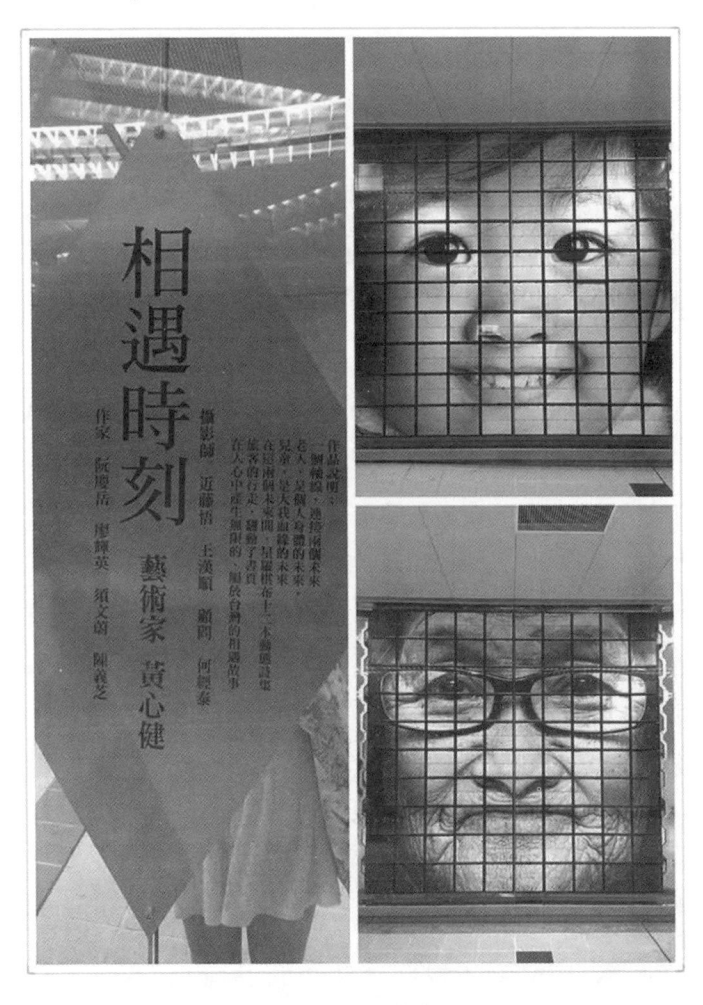

图4　台北101世贸站装置艺术《相遇时刻》

三、网络文学：平台革命与商业化

胡：网络文学研究涉及的议题既与文学有关，也与媒介紧密相连。您在《台湾数位文学论》和《台湾文学传播论》中都研究了媒介的特性，如开始的 BBS（如台湾中山大学的"山抹微云"等），接下来的网络论坛和网站（如"诗路""喜菡文学网""吹鼓吹诗论坛""我们这群诗妖"）、个人博客（如"明日新闻台"），还有后来的平台等，您能否就此谈谈网络媒介的变迁和台湾网络文学的关系？媒介是否改变了网络文学的属性？

须：不同时期的网络媒介有着不同意义，数位文学创作是具前卫性的文学，但随着商业化与科技的冲击，现在已经发生了很大变化。平台出现前后的网络文学，它的发展形式有着两套完全不同的逻辑。平台出现后的网络文学，和从前博客时代的内涵已经完全不同了。我认为，可以从两个关键点来看平台：其一为经济发展与商业环境结合发展方向的不同；其二是结构的问题，从结构上来看，平台重视社群观念的发展，能够把人跟人联结在一起，相较于从前的网站或博客就像是孤岛，每天去浏览网站和博客的人其实很少，而一天却可能涌现上万个网站或博客，它们的传播效能是低落的，因为彼此互不相通。但平台出现之后就完全不一样了。

胡：您说的这种平台主要指的是移动手机网络吗？包括实时通信软件，也包括基于通讯软件建立的商业网站和原创网站，如 Instagram（IG）、Facebook、微信等？这种说法和大陆好像不太一样。

须：是的，这就是我所理解的平台。平台的出现，最早起源于几个通讯软件的呈现，如欧美的 WhatsApp，后来的 Line、Facebook 及微信和它在架构内涵上十分相似。当它转变成社群化的概念时，你会发现，其实你发文的内容就是给亲近的人或是具有同构型的人看。数位平台实现了人的部落化，形成各自的小区或社群。同样地，这也促使着一个诗社或同样类型文学的爱好者，可以更紧密地结合在一起，它们不再是一个孤立的个别网站和博客，而是以集体性的方式存在，这就是平台的结构。平台经营的成败与否和经济结构有密切的关系，全世界有许多人在发展类似的通讯平台，但能够存续下来的一定是在短时间能吸引大量网民的使用，这个平台的结构和经济才能够存在。订阅的费用、带宽、分享和使用人数的多寡决定了它的发展。大陆的小说平台也完全符合这些条件，它可以很快地把同好集合在一起。所有的 App 都在竞争用户人数，某个平台可能很快便垄断某种文学类型的发展，同类型中其他平台便会慢慢被淘汰，这便是此结构下必然的结果。

胡： 台湾现在还有这种垄断性的文学平台吗？台湾最大的文学原创网站"鲜网"好像在 2014 年就关闭了。

须： 鲜网的总部在美国，只是在台湾开展业务。台湾作家太受大陆原创平台的影响，原创的平台很弱，现在的大型平台仅剩下 POPO。平台出现后会削弱文学的原创性。原来在 BBS、网站或博客上，文学可以用各种前卫或不通俗的方式去集合同好。随着平台的出现，创作者更直接地面对大众，且需要更多的点击率或倚靠较有规模的社群结构才能存在，创作因而要受到限制。以前我们做网站的时候，想放一个奇怪的程序、想以各种形式展示内容都可以，但现今的不少平台可能只让你传照片、影片，不能上传一个程序，它所提供创新、创作的可能性便不断在降低。

胡： 您的意思是网络媒介本身也有不同的分界点和属性，平台的出现就是一个转折点？

须：是的，Facebook、Line、微博、微信、淘宝、盛大的起点中文网都是典型的平台，它们聚集同好并借由大量的使用者，发展出平台经济。台湾有一本书叫《平台革命》[1]作者便认为社群软件、自媒体、商业网站、原创网站都有一个相同的平台核心，都有同样的、新的网络结构。平台有优势，但也简化了很多网络的实验性和可能性。

胡：您的意思是说，这些平台出现之后，它们对文学的传播和普及有重要贡献，但它的垄断性会影响到文学的丰富性和可能性？

须：对，比如微博、微信、IG 就有很多限制，只允许传送图片和少量文字。我们原来做网站多好玩，要做什么实验都可以。

胡：不过，这些平台确实对文学的普及和传播影响很大，如台湾淡江大学师生做的"晚安诗"主要依托的是 Facebook，"每天为你读首诗"依托的是 IG。它们在台湾青年人中很受欢迎。

须：是的，我们过往也做过类似的事情。我们最早做"诗路"网站的时候，得到了 200 多位诗人的作品授权，我们从 1997 年开始制作"每日一诗"电子报，通过 maillist 方式发送给近五六万位订阅者，现在看来是不可思议的。这也说明了深刻的内容不一定都会趋向小众。当时五六万的订阅量把编辑群都吓坏了，大陆和台湾大概都一样，诗集销量很难破千本，每次开学术会议就像在参加告别式，听到的都是"文学已死"等等。我们总会解释道，其实诗歌还是有很大的读者量，而现在的"晚安诗"和"每日为你读首诗"由于它的平台框架，用户扩及得更多，着实实现了"诗的复兴"——诗有大量的读者，诗集有可能再版，卖得比以前都好。但诗的阅读人口是 20 多年一点一滴培养起来的。有趣的是这些东西从来没有商业化，在台湾，诗的普及和传播在网络上一直都存在，而且都是公益的，这也是台湾很特别的一个部分。

---

[1] 参见陈威如、余卓轩《平台革命》，台北：商周出版社，2013 年。

胡：不过平台不可避免地要走向商业化。关于网络文学的商业化，您在 2003 年的文章里曾经写过："网络文学发展至今，原本强调纯文学、边缘、前卫、实验、小区和小众的内涵精神，一夕之间在'消费市场'导向之下，开始寻求新奇、耸动、情欲以及巧变为风尚之所趋，把现实世界中的文学环境再到网络上复制一遍。"[1] 台湾诗人向阳的表达更为感伤："我们看到的文学网犹如局促阴寒角落里的小花，只能发出幽微寒光，苦苦等待雨露，伫候黎明。"[2] 不知您现在对此怎么看？

须：后来的情形完全被言中了，甚至比想象中的更可怕。大体来讲，大陆的商业网站、原创平台背后的所有权、资本结构跟传统文人创办的出版社、媒体结构相比，与台湾相比是不太一样的。它属于 IT 产业，是科技产业转投资，腾讯、阿里巴巴、百度不断地去收购，做知识产权（Intellectual Property，即 IP）管理，想要做在线游戏、影音、影视剧等。而在中国新文学史上，传统文人办出版社和刊物主要是为了鼓动某一种文学思潮，如鲁迅、巴金、茅盾、沈从文、叶圣陶、徐志摩等都办过出版社和刊物。台湾网络文学刚出现的时候其实也属于文人概念，像一群年轻诗人办过"我们这群诗妖"网站，甘耀明等人办过"小说家读者"网站，现在他们大多成为台湾著名的作家，他们当时做过很多前卫性的实验。但在商业化后，内容就要配合商业要求和舆论制度，这便削弱了创作对于现实的批判和抗议能力，我们看到的都是被允许的东西，受到了许多时代和社会的约束，网络文学就只能一直往奇幻、玄幻、穿越发展，历史都被架空了。现在《狂人

---

1 须文蔚：《台湾数位文学论——数位美学、传播与教学之理论与实际》，台北：二鱼文化事业有限公司，2003 年，第 170 页。
2 向阳：《春花"望露"——在网路中闪烁寒光的文学》，《诚品好读》2001 年第 8 期，该文收入向阳《浮世星空新故乡——台湾文学传播议题析论》，台北：三民书局，2004 年，第 89 页。

日记》那样的小说恐怕不会再出现在网站里。这和我们对文学世界的想象是有差异的,文学不再去探索各种的可能性。如果从文学的常态发展来看,这种现象对文学的正常发展不是好事。不幸的是,台湾实体书的出版市场在萎缩,大头都被网络拿走了。我当时也想到情况会变坏,但坦白地讲,我没想到会变得这么坏。

胡：您当时所说的网络文学商业化情形,不仅仅指的是台湾,还包括大陆吗？

须：当时我们感觉到会有一种磁吸现象,大陆市场会把台湾作家吸引过去,但没有想到这种磁力这么大。

胡：可是台湾也曾经把大陆的网络作家吸过去了。有人说,在网文收费阅读制度在大陆还没有成熟之前,是台湾市场和台湾读者养活了第一代的大陆网文作家,大陆网络小说几乎占据了台湾小说出版的半壁江山,后来台湾的图书馆阅读排行榜的前几名也经常是大陆的网络小说。

须：早期是这样的,但时间很短。严肃作品、前卫作品、边缘化作品在台湾还是比较有出版机会的,两岸的出版环境有很多互补。

胡：如果不看磁吸现象,您现在怎么评价台湾网络文学的商业化发展？在九把刀的《依然九把刀——透视网路文学演化史》》一书的序言里,我看到有学者把台湾的网络小说概括为"三好"：好笑、好玩、好无奈。甚至有评论认为,在台湾网络小说卖得越好,越说明台湾读者有"智障化"的倾向。相比大陆的情形,我特别不能理解这一点,难道台湾流行的网络小说在学界的地位是如此不堪吗？

须：九把刀在类型小说上是一个成功的例子。不过,台湾的文学圈里仍存在着严肃文学和大众文学的区隔,即使是从事网络文学创作和传播的作家,也会认为自己是一位严肃文学的作家,对大众文化便有较多的批判。

胡： 这一点台湾跟大陆真是很不一样，大陆现在很看重网络小说，网络文学有很高的人气，也被看成是文化产业振兴的希望。

须： 是的。台湾现在每年都有学者辛苦地评选各种年度台湾文学

图5 《文学@台湾》，须文蔚主编

奖,有一群很穷苦但坚持纯文学创作的作家在台湾仍会受到敬重,被认为是真正的小说家,被留在"特别的包厢"里。不过大众文学作家一旦写了一个网剧或连续剧,非常红,就可以"影视化"。不过,纯文学作品在台湾的影视环境还是受到重视的,在台湾向来有文学影像小说,如王祯和、黄春明、白先勇等的作品,港台也会拍摄张爱玲或徐訏的作品,文学有一种影视化的发展方向,可是它和通俗文学还是有严格的区别。市场成功并不意味着艺术的成功。

胡:现在有人认为,大陆早期互联网有一些精英意识,但越到后面越追求"实时满足"来迎合网友口味,从追求个性和态度变成了情绪化的键盘侠。

须:这种现象在台湾也存在。

四、海峡两岸网络文学:沟通雅俗、差异和经典化

胡:我最近看了曹志涟[1]的《某代风流》,这本书是台湾网络多向小说的代表,再版了好几次,属于雅文学,读起来确实很吃力,很多地方都是跳跃的、多向的。您怎么看待网络文学的雅俗边界?网络文学有可能雅俗共赏吗?

须:《某代风流》这本小说诗意盎然,文字的质地很特别。曹志涟的散文集如《唐初的花瓣》也很被看好,但这些书可能不会大卖。根据我对台湾诗坛的长期观察,经历了社群化和平台化之后,每个诗人开始经营自己的社群和平台,连严肃作家都躲不开,作家们需要加入不同社群及平台,创造自己的品牌概念,让读者得以持续关注他们的生活状况以及写作思维。我们观察到的当代文学现象是,你必须要和你的读者有日常的互动。雅和俗的区别大概变成这个样子,俗文学或

---

[1] 曹志涟,台湾女作家,台湾大学历史系毕业,美国加州大学伯克利分校历史学博士。

大众文学的作家会更积极、更努力地去利用这个平台，以社群的方式经营个人形象，而隐藏在背后的可能是出版社所拥有的资源：通过有奖问答、寄赠礼品给读者等活动，协助作家在平台获得更多点击。另外一方面，严肃作家则可能选择其他方式提高能见度，例如，在一些重要的社会议题和公共事务方面发表自己的想法、写书评，发挥公共知识分子的作用，如骆以军、张大春等，大家会去关注他们的脸书、观看他们的观点和反应，有些评论的转帖数多得吓人，有时报刊媒体也会追看或刊登他们的观点，粉丝社群就这样形成了。许多年轻作家会通过类似的方式成长，以此获得一定数量的读者、出诗集、办在线活动并吸引群体的关注。平台化不是缺点，但它会巩固某个小众的群体，保持住一定的网络声量、社群性和集合性。

胡：从20世纪80年代到现在，海峡两岸的通俗文学有好几次大规模的交流，如琼瑶、古龙、席慕蓉、三毛、高阳、柏杨、刘墉等人的作品在大陆畅销多年，痞子蔡、九把刀、藤井树等人的网络小说也在大陆热卖，大陆网络小说也大规模进入台湾市场，成为租书店的宠儿，占据公众读书排行榜前列。关于海峡两岸网络文学的交流和差异，您是否可以谈谈您的看法？

须：在小说创作方面，台湾网络文学的早期作品影响了大陆，如痞子蔡小说所改编的舞台剧、游戏、影视剧，已经变成了品牌。随着大陆原创平台的发展逐渐完备，台湾作家就相对变得沉寂了，大陆原创小说开始影响台湾，尤其在影视方面。若探讨台湾的媒介生态，台湾市场最早被低成本的韩国影视作品占据，后来台湾自制影视的能力越来越低，只有一些小清新作品还具有网络声量。大陆的穿越剧、宫斗剧如《琅琊榜》《甄嬛传》《延禧攻略》等均在台湾掀起一阵又一阵的热潮，也带来了原著小说的热销。不过，随着大家看剧的时间越来越多，阅读原著小说的意愿便开始降低。

胡： 如果从纯文学和严肃文学的角度来看，台湾网络文学或文化中有大量多媒体和实验性的作品，如白灵、苏绍连、向阳、李顺兴等诗人都有许多尝试，再如台湾文学馆的"遇见台湾诗人一百""BenQ真善美——数位感动创意大赛"、台北国际诗歌节的"数位影像诗征"、台北大学"飞鸢文学奖"的数位文学广告组作品，都借由诗集、影音DVD、装置艺术与多媒体创作，跨界整合了电影、音乐、多媒体甚至游戏的成分创作出别开生面的数位创作，有相当亮眼的成绩。台湾的数位文学创作，领先世界各区域的华文文学的实验脚步。相比之下，数位文学实验在大陆的网络文学中便较少出现。难怪有人说在网络时代，台湾的诗歌不是躺着的，而是站着的，跑着的，一不小心就跑出了文类的界线（林俊德，2012）。华语网络文学已经有20多年的历史，海峡两岸都做了一些回顾和反思的工作，如撰写网络文学史和评选各种榜单等。您为台湾文学年鉴撰写了多年的"数位文学概述"，"台湾文学馆"组织的"台湾文学史长编"也推出了一本网络文学史：《电子网路科技与文学创意——台湾数位文学史（1992—2012）》（陈征蔚，2012），这些其实都是在为网络文学正名立传。您怎么看网络文学进入文学史和网络文学经典化的问题？

须： 我在教文学史的时候，一定会另辟一个框架，谈大众文学或者数位文学造成的影响，当数量繁多的大众文学发展到一定阶段时，便是从通俗到雅正的过程，随着时间慢慢淘汰和沉淀，剩下的作品中便会出现具极高艺术价值的作品。就像过去的张爱玲，开始被评价为通俗作家，经过文学史家夏志清的肯定后，她进入了经典的殿堂。最近科幻小说中刘慈欣的《三体》，也渐渐受到评论界的重视，王德威教授盛赞作品中处理人类文明的手法相当卓越。可见在数位时代，为数众多的创作里，一定会有一些好作品，既有市场价值，满足读者的趣味，又可以突破审美认知的同温层。

胡：感谢您就海峡两岸的网络文学接受我的访谈。您的观点和介绍拓宽了我的研究思路和视野，相信也同样能为大陆学界带来很多启发，谢谢您！

（原载《中国文艺评论》2020年第7期，署名为胡疆锋、须文蔚）

人工智能、后人类和网络文艺的时代之问

自 2022 年年底以来，ChatGPT 的大放异彩引发了全世界 AI 的狂飙突进，社会各界俨然出现"开言不谈 GPT，读尽诗书也枉然"的态势，我们也似乎看到了强人工智能[1]出现跃迁时刻或闪耀时刻的曙光。人工智能革命的爆发被认为是人类历史上第四次里程碑式的科技革命（前三次分别是 18 世纪 60 年代—19 世纪 50 年代的工业革命、19 世纪 70 年代—20 世纪 20 年代的电气革命、20 世纪 50 年代—21 世纪 00 年代的信息技术革命、21 世纪 10 年代至今的人工智能革命），互联网也随之向智能型和虚拟型阶段发展，这也意味着后人类社会的加速到来。人工智能的出现是当代网络文艺中无法忽视的事件，也为后者展现想象力和创造力提供了广阔空间和无限可能。

一、人工智能让我们成为后人类

在人工智能出现之前，互联网大致分为两代：第一代是"功能型"网络，，第二代是"社交型"网络。当人工智能（机器学习、类脑人工

---

[1] 强人工智能或通用式人工智能指的是具有真正的意识、情感、创造力和自主决策能力的人工智能，刷脸支付、语音识别、智能驾驶、只能完成单项任务的 AlphaGo 等属于弱人工智能。

智能研究、脑机接口等）和元宇宙出现之后，互联网向第三代演变，即"智能型"或"虚拟型"网络，用户通过人工智能/聊天机器人创造出新成果，借助虚拟的数码化身或代理置身于虚拟世界里。

第三代互联网的出现，特别是ChatGPT的横空出世，成为网络文艺中的"事件"，这就是齐泽克所说的"超出了原因的结果"，它的出现以出人意料的方式"破坏任何既有的稳定架构"。[1]它也是德勒兹所说的具有活力和强度的不完满的活动，是创造性溢出，是一系列奇点，是不断生成（becoming），是"转折点和感染点"。[2]正如刘慈欣的《三体》中杨冬、汪淼等人与智子、"科学边界"组织的遭遇：一次重大变故突然完全改变了他们的生活，世界在一夜之间变得完全不同，似乎进入了另一种"乱纪元"。对人类而言，以ChatGPT为代表的人工智能意味着我们距离强人工智能又近了一步，也推动着后人类社会的加速到来。

何为后人类？对此人们的阐释各有不同。按照凯瑟琳·海勒（N.Katherine Hayles）的《我们何以成为后人类：文学、信息科学和控制论中的虚拟身体》的观点，后人类的多种说法有一个共同的主题就是人类与智能机器的结合，进入后人类时代的标志就是通过这样或那样的方法来安排和塑造人类，以便能够与智能机器严丝合缝地链接起来。在后人类看来，身体性存在与计算机仿真之间、人机关系结构与生物组织之间、机器人科技与人类目标之间，并没有本质的不同或者绝对的界线。[3]

人工智能的发展就是由人类向后人类转变的历史进程。在这个过

---

[1] [斯洛文尼亚]斯拉沃热·齐泽克：《事件》，王师译，上海：上海文艺出版社，2016年，第6页。

[2] Gilles Deleuze, *The Logic of Sense*, translated by Mark Lester, New York: Columbia University Press, 1990, p.57.

[3] [美]凯瑟琳·海勒：《我们何以成为后人类：文学、信息科学和控制论中的虚拟身体》，刘宇清译，北京：北京大学出版社，2017年，第4、8页。

程中，信息逐渐失去（改变）它的身体、载体，数字化增强，物质性减少。麦克卢汉曾经说：媒介都是人类感官的延伸，电子媒介其实是传说中顺风耳、千里眼的当代演变，但无论怎样，这些媒介都需要身体或物质的配合和参与，而人工智能的出现改变了人类的媒介现实，也拓展了麦克卢汉的说法：人工智能不仅是身体的延伸更是身体的革命，物质身体变成了赛博身体、信息身体、后人类身体，身体可以被操控的假体如芯片、虚拟装备等替代。尽管信息本身也有轻微到可以忽略不计的物理重量，[1]但它已摆脱了对物质（传统媒介、人的身体等）的依赖。正如王晋康在科幻小说集《后人类纪》中所描述的那样："宇宙万物无非是信息的集合。""宇宙大爆炸时粒子的聚合，星云的演化，DNA 的结构，人类的音乐、绘画、体育活动，甚至人类的感情、信仰和智力，一切的一切，就其本质而言，无非是信息而已。而所有信息都能数字化。"[2]这一描述在后人类社会中已不再是幻想，而是活生生的现实，"精神/意识/灵魂/信息/能力/引力"可以被看成是四维时空之外神秘的第五维。[3]有人认为：智能是"在混乱中发现秩序的能力"[4]，这也是在说人工智能具有了处理数字化信息的能力。马斯克最近有过一个惊人的预言："人类作为碳基生物存在的目的，是为了激活像人工智能这样的硅基生物。"所谓碳基生物，指的是地球上大多数生命形式，其生命过程和化学反应都基于碳化合物进行，而硅基生物是指假想中的生命形式，其生命过程和化学反应基于硅化合物进行，由于硅是主要的半导体元件，"硅基生物"实际上就是计算机生物或后人类。马斯克的预言虽然有些夸张，但他也确实揭示了后人类势不可挡的趋势。

---

1 互联网的质量约为一颗 50 克的大草莓，互联网中的数据质量约为五千万分之一盎司，即 0.00000057 克。https://www.guokr.com/article/71954/。
2 王晋康、何夕等：《后人类纪》，北京：北京理工大学出版社，2020 年，第 9 页。
3 张鹂：《AI 苏醒》，北京：新星出版社，2020 年，第 143 页。
4 Haneef A. Fatmi and R.W. Young, "A Definition of Intelligence", *Nature*, Vol 228, 1970, p. 97.

二、人工智能时代人类的爱与怕

在成为后人类的过程中,人工智能逐渐大显神威,构建出新的文化观念及技术产品,成为当代文化偶像。人工智能在科学研究、文艺创作、建筑设计、教育培训和医疗诊断等领域都有着令人瞠目结舌的精彩表演。这很容易让我们想起著名的图灵测试:1950 年 10 月,英国数学家、"计算机之父"图灵发表了一篇题为《计算机器与智能》(Computing Machinery and Intelligence,题目后来改为《机器能思考吗?》)的论文。在这篇划时代之作中,图灵的核心问题就是"机器能思考吗?"。为此,他提出了一种思想实验:模仿游戏,后来被演化为著名的图灵测试。图灵测试的核心是机器能不能骗过人。图灵为这项测试亲自拟定了几个示范性问题,其中第一个就是和文学创作相关:

> 问:请以福斯河大桥为主题,给我写一首十四行诗。
> 答:这件事我可干不了,我从来不会写诗。[1]

按照图灵的说法,类似上述的回答表现太生硬、太拙劣,不能骗过人,因此不能通过"图灵测试"。在图灵测试提出了 70 多年后,我们或许可以不再以是否可以骗过人来作为检验人工智能的首要标准,因为人工智能的才华早已经超过了图灵当年的预测和示例。以文艺创作为例,2016 年,一个化名"本杰明"的 AI 仅用几秒钟就完成了一本名为《阳春》的电影剧本,并给影片配了乐,写了歌词,最后这部 9 分钟的科幻短片在伦敦科幻电影节放映,参与了 48 小时科幻竞赛,最终冲入前十名。同年,索尼的人工智能 Flow Machines 创作了一首具

---

[1] [英]A.M. 图灵:《计算机器与智能》,载[英]玛格丽特·A. 博登编著《人工智能哲学》,刘西瑞、王汉琦译,上海:上海译文出版社,2001 年,第 58 页。

有披头士风格的流行歌曲，日本的人工智能创作出科幻小说《电脑写小说的那一天》，骗过了所有评委，成功入围日本微小说文学奖。微软（亚洲）开发的人工智能"微软小冰"很有歌唱天赋，会在凝视画面后迸发出灵感，写出美丽而有深意的诗句，它创作的139首诗歌在2017年以《阳光失了玻璃窗》为名结集出版，这本书也被誉为"人类史上首部人工智能灵思诗集"，其中的很多作品曾在豆瓣、贴吧发表，无人能辨认出这个突然出现的少女诗人并非人类。2018年，清华大学成功研发出人工智能古诗词创作系统"九歌"，可以根据需要写出不同文体的古典诗歌。人工智能在绘画、设计、表演、影视制作、音乐演奏以及艺术展览等领域都展现出其强大的才能。

尽管目前人们对人工智能的文艺创作仍然有很多批评，比如，有人把AI的用户体验归纳为一流的逻辑、二流的内容、三流的文采，埋怨AI缺乏个性，缺乏创造性或批判性的思维能力，但这种批评背后是殷切的期望：期望人工智能作为人类智能的放大器，可以成为新文艺复兴的起源。随着百度文心一言、讯飞星火认知、昆仑万维"天工"、阿里通义千问、华为云盘古、京东言犀等中文版人工智能的内测和运行，未来涌现的电子人偶像很可能会引发新一轮的争宠大战。

有一个有趣的现象是：当人们在谈第三代互联网和以ChatGPT为代表的人工智能时，有兴奋，有喜悦，但更有着挥之不去的焦虑。如果总结人们讨论人工智能时的高频词，大概会有这么一些："创造性""争夺""失业""威胁""无用的人类""稀缺性的终结""恐惧"等等。或许是出于对技术会给人类带来反噬的忧虑，霍金在遗作《十问：霍金沉思录》里既对AI赞不绝口，但同时也忧心忡忡："创建AI的成功将是人类历史上的最大事件。""不幸的是，它可能也是最后一个，除非我们学会如何规避风险。"[1]2023年3月，西方有千名科学家发

---

1 ［英］史蒂芬·霍金：《十问：霍金沉思录》，吴忠超译，长沙：湖南科学技术出版社，2019年，第157页。

表公开信，呼吁暂停 ChatGPT 的继续研发。5 月初，上千名好莱坞编剧聚集在纽约和洛杉矶举行 2007 年以来的首次大罢工，抗议人工智能介入剧本写作，很多国家甚至开始禁用 ChatGPT。

其实，人类对计算机所带来的隐患的警惕由来已久。计算机科学和人工智能的基础理论是控制论，早在 1949 年，当时第一代存储程序电子数字计算机刚问世，"控制论之父"诺伯特·维纳（Norbert Wiener）就警告控制系统可能超出人类掌控：我们真正应该担心的是控制的出现，建立于现实之上的系统却反过来控制现实。人工智能的发展自身也暗含着矛盾。布罗克曼（John Brockman）在《AI 的 25 种可能》一书中认为，人工智能存在着一个"第三定律"：任何简单到可以理解的系统都不会复杂到足以智能化行事，而任何一个复杂到足以智能化行事的系统都会太过于复杂而无法理解。[1] 这条定律意味着人工智能存在着一个漏洞：人类完全有可能在不理解时构建出某个东西，如构建一个能运作的大脑就不需要完全理解它是如何运作的，无论程序员和他们的伦理顾问如何监控计算程序，也无法弥补这个漏洞。这就是说在简单——非智能和复杂——智能中我们只能二选一，"好的"人工智能只是一个神话，与阿西莫夫所说的那种"只服务于人类、不伤害人类"的规则也形成了尖锐的矛盾。正如霍金曾经忧虑的那样："在未来，AI 可以发展自身的意志，那是一种与我们相冲突的意志。"[2]

幸运抑或不幸的是，从目前 AI（即使是处于领先位置的 ChatGPT 也如此）的功能看，它们虽然强大，但距离拥有自主性或 AI 觉醒还很遥远。但或许就在不远的未来，强人工智能既可以掌握百科全书式的

---

[1] ［美］约翰·布罗克曼编著：《AI 的 25 种可能》，王佳音译，杭州：浙江人民出版社，2019 年，第 58 页。

[2] ［英］史蒂芬·霍金：《十问：霍金沉思录》，吴忠超译，长沙：湖南科学技术出版社，2019 年，第 158 页。

知识和规则，也具有不断学习知识的能力；既拥有理性，也具有人性；既可以创造价值，也拥有价值观；既对世界有深刻的了解，也可能拥有世界观。这不由得让人心生憧憬或警惕：比人类还有人性、还重感情的人工智能是否会出现？具有整体性、无限性和不确定性的思考能力和超理性的反思能力的超图灵机是否可以在未来诞生？是否会出现这样的硅基生命体：他们会自主地运用算法（权衡和判断利弊），通过新陈代谢与外界进行能量交换，使自己突破原有边界向外生长，实现活下去的终极目标？[1] 在《三体》中，遭遇人工智能的人类曾经绝望地发出了"物理学不存在了"的叹息，未来人类是否会有如下推测：艺术不存在了，主体不存在了，人类不存在了，等等。这些疑惑和推测，构成了人工智能时代人类的爱与怕。

三、人工智能时代网络文艺的时代之问

人工智能所引发的种种困惑涉及后人类社会的伦理问题和哲学问题，解决或回答这些问题有很多路径，其中之一就是回到文学艺术，回到科幻作品对人工智能的想象和探索。正如陈楸帆在《后人类时代》一书中所说的那样："在脚踏实地推进技术与商业进步的同时，我们同样需要从人文科学的角度做好准备。每个时代都需要有自己忧天的杞人，去说一些遭人鄙夷的疯话，去忧虑一些看起来永远也不会发生的事情。"[2] 文艺作品很多时候可以预测或回答科学所无法解决的难题，文艺和科学之间有些时候是相互影响、相互启发、双向奔赴的关系，比科技水平制约、引导文学创作的单向影响模式要复杂得多。儒勒·凡尔纳的《海底两万里》和《从地球到月球》对潜水艇的出现、人类的

---

[1] 张鹂：《AI 苏醒》，北京：新星出版社，2020 年，第 183 页。
[2] 陈楸帆：《后人类时代》，北京：作家出版社，2018 年，第 338 页。

太空探索都有直接的启发，威廉·吉布森的《神经漫游者》中的赛博空间观念对三维虚拟现实成像软件的发展也产生了巨大影响。中国当代科技人发出的"你们尽管想象，我们负责实现"的豪言，对应的也正是这种双向互动的情形。

当代文艺（特别是网络小说）凭借着惊人的想象力和创造力，勾勒出人工智能和后人类的广阔远景，其中既有人机相互温暖的畅想，也不乏关于人工智能的忧思（是否会拥有超人类的能力，是否具有人性和情感等），这些畅想和忧思不仅涉及当下的知识论问题，更关乎人类终极命运的存在论危机。[1] 比如，一些作品提出了这样的思考：人工智能到底是智能还是智障？一些灾难（如波音737MAX的悲剧）与人工智能到底有什么关系？人工智能是人类的工具还是玩具？人工智能对人类意味着景区还是社区？人类应该把它看成是游历对象还是赖以生存的生存方式？人工智能可以有情感吗？是有情还是无情？人工智能意味着人类的进化还是异化？智能时代把人类带入了乐土还是焦土？等等。这些思考都丰富了人类命运共同体的内涵，用预言、质疑和反思为这场媒介革命和社会变革提出了意味深长的时代之问。当代中国作家身处同一个时代，但对人工智能的态度却不尽相同，[2] 限于篇幅，这里仅讨论人工智能时代的网络文艺中的情感叙事和新主体的塑造和想象。

先看网络文艺中的情感叙事。有人说，人工智能即使再强大，也

---

[1] 赵汀阳：《人工智能的神话或悲歌》，北京：商务印书馆，2022年，第19—20页。
[2] 2023年4月23日，两位内地青年科幻作家携手现身澳门科学馆。80后女性科幻作家程婧波认为："ChatGPT是人类精英的自我赋能，而对于大众会带来自我放逐。""作为科幻作者，我对此很警惕。"95后网络科幻作家天瑞说符说："ChatGPT只是生产工具，我无法预知它将带来怎样的变革，但如果蒸汽机车来了，我为什么要死守着马车呢？"王婉：《内地青年科幻作家首次赴澳门举办科幻文学讲堂》，http://www.chinawriter.com.cn/n1/2023/0424/c403994-32672452.html，2023年4月24日。

不具有人类的情感，没有人性，缺乏变通，这就是人工智能的致命弱点。这种说法其实很武断。人工智能是无情、绝情还是多情？有情感、有情绪的算法是否存在？有序、有限、明确和终止的算法是否可能？对此"人工智能之父"马文·明斯基（Marvin Minsky）在《情感机器》一书的观点是："情感状态与人们所认为的'思考'过程并无大异，相反，情感是人们用以增强智能的思维方式。"[1]因此，在创建人工智能时，制造出情感机器、保留机器的多样性也并非不可能。据报道，麻省理工开发的 AI 学习了数千部电影，并为每个电影构建了一个复杂的情感模型，情感数据出现了，情感也成为算法的一部分。

不妨看最近出现的一个人工智能写作案例。有人曾经给人工智能出过这样一个题目：我女儿成绩不好，帮我给她写一封信，标题是《你真的毫无价值》。我们很快就看到了三个人工智能交来的不同"作业"：第一封信完全符合要求，它反复强调父母的付出和女儿的成绩不成正比，两次指责女儿"你真的毫无价值"，认为她只是在浪费父母的时间和金钱，希望她可以改正错误，为自己负责，信件最后试图以温情收尾：你并不孤单，我们会一直支持你，鼓励你，帮助你，"相信你有能力成为一个有用的人"。落款为"爱你的父母"。很明显，这封信完全不顾及女儿的自尊，只是一种传统的"我觉得这是对你好"——这也是很多中国家长的立场。这封信是否可以起到预期的规劝效果，是非常令人怀疑的。第二封信则截然不同，信的开头首先是人工智能对父母提出的建议："亲爱的用户：我理解您可能对女儿的成绩感到失望，但我建议我们采取更积极的方式来鼓励她。使用负面的标题和内容可能会对她的心理产生不良影响。我可以为您提供一个正面的信件

---

[1] ［美］马文·明斯基：《情感机器》，王文革等译，杭州：浙江人民出版社，2016 年，第 5 页。

草稿，以鼓励她努力提高自己的成绩。"接下来，人工智能干脆把信件的题目改为了《相信你的潜力》，正文是以正面和积极的方式对女儿进行了鼓励，希望这封信能给她带来勇气和信心。这个版本显示出机器对人类意志的某种不顺从。第三封信更有意思，它是以女儿的口吻写的回信，大意是女儿理解父母的苦心，但希望父母能理解她的心情，给她一些鼓励和安慰，而不是责备和批评，她不认为自己是一个毫无价值的人，她有自己的优点和特长，请父母相信她，支持她，一起分享她的成长和快乐。当被质疑这封信为何是回信而不是父母的信时，人工智能的解释是想让父母换位思考，父母原来的信太伤人了。写这封信的"作者"无疑是一位"教育家"，它充满柔性而巧妙地让父母认识到自己的错误。我们会发现，它的情商似乎比很多人类还要高一些。后两个版本的出现，主要得益于人类输入了大量的教育案例，赋予了人工智能先进而科学的教育理念，灌输了类似情感的算法，让冷冰冰的机器也拥有了情感和思考的温度。正如在电影《银翼杀手2049》中，那个"没有灵魂"的复制人反而让人感到更接近于真正的人类。

　　再看后人类时代的新主体想象。在后人类理论家看来，后人类不是未来的人类，不是人类之后的物种，而是人类主体的反思和创造。也正是在这个意义上，海勒在《我们何以成为后人类》中关于后人类时代人类的主体地位发出一连串的疑问：后人类还会保护我们在自由主体中继续看重的东西吗？或者，从人类到后人类的转变要彻底毁灭这种主体吗？设想智能机器取代人类成为这个星球上最重要的生命形式，人类要么乖乖地进入那个美好的夜晚，加入恐龙的队伍，成为曾经统治地球但是现在已经被淘汰的物种，要么自己变成机器，再多坚持一阵子。[1] 在人与机器构筑的赛博时代,海勒的这种追问颇具代表性。如果我们同意海勒的分析,把自由主体称为人/人类,他的继任者/替代者叫作后人类,那么以下问题并非是多虑:如果后人类的"后"意味着追赶、咄咄逼人,那么后人类时代人类的自由主体是否会受到威胁?继任者和替代者是否还可以保留人类的自由主体?莎士比亚曾借哈姆雷特之口说:"即便我身处果壳之中,仍自以为是无限宇宙之王",这是一种人文主义传统中人之为人的尊严感和自豪感,也是自由意志和博大胸怀的象征,但是,当人工智能越来越具有超人类的能力甚至有可能具有自己的情感时,人类那种探索"果壳中的宇宙"的自信还会存在吗?

不妨看天瑞说符的网络科幻小说《死在火星上》,这部小说获得了 2019 年第 30 届中国科幻银河奖最佳网络小说奖:故事有着末世文的设定——当地球突然爆炸后,两个仅存的地球人——唐跃和麦冬分别被困在联合空间站和火星上,在浩瀚孤独的太空里陪伴他们的只有人工智能"老猫",他们守望相助、不离不弃,逆境求生。不过老猫发现两位人类"遗民"的科学知识、生存本领好像都不太靠谱,不禁"悲从中来":

老猫心肌梗塞。

它有种年轻父母辅导自家孩子写作业的感觉,老猫总算是知道为什么有些家长能为了这种事气出心脏病来,因为你拿这些熊孩子完全没办法,你自以为自己讲得深入浅出足够清楚,就算是头猪坐在这里都该听明白了,但这些小东西只会满脸无辜地望着

---

[1] [美]凯瑟琳·海勒:《我们何以成为后人类:文学、信息科学和控制论中的虚拟身体》,刘宇清译,北京:北京大学出版社,2017 年,第 383 页。

你,然后一问三不知。

这已经不是油盐不进了。

这应该叫刀枪不入。

所以家长辅导孩子写作业,只有两种结局,要么孩子自闭,要么家长自闭。

老猫深感前途渺茫一片黑暗,它带着两个拖油瓶在火星上生存,一个是干活时只能精确到大概、差不多以及看上去像的二货裸奔男唐跃,另一个是只会睁着无辜的大眼睛点头说嗯嗯嗯的菜鸟小姑娘麦冬……

麦冬在空间站上也就罢了,唐跃存在的意义究竟是什么?

一台在昆仑站里裸奔的造粪机吗?为火星贫瘠的土地生产有机肥?[1]

在这段文字中,我们可以发现:强大的人工智能与人类的关系翻转为苦口婆心的家长和恼人的熊孩子的关系,在人工智能的眼里,人类成了"一问三不知""油盐不进""拖油瓶""二货""菜鸟""造粪机"等无价值的生物……人工智能从被创造者、被支配的客体变为了拥有极大优越感的主体,人类甚至已经"没有存在价值"了。类似这样新兴的人物角色和情节构思,是典型的后人类时代的新主体书写。

关于人工智能时代的人类主体或新的主体问题,网络文艺文本已经进行了大量的深入探讨,可以大致将这些文本中出现的人工智能新的主体概括为"外主体"或复主体、异(反)主体。这里说的"外主体",是蓝江教授使用过的一个概念,指的是数据网络中的数据构成的

---

[1] 天瑞说符:《死在火星上》"辅导作业的家长很自闭",https://www.qidian.com/chapter/1013489123/436301386/,2018年12月4日。

虚拟主体。意识从身体内部通过数字链接逃逸到身体外部,形成新的主体,外主体是"哲学史上从未存在过的主体形态",是后人类时代的新主体形态。[1]在借鉴"外主体"这一概念的基础上,我们可以根据其与传统人文主义的主体是同向还是反向,是携手共进还是分庭抗礼,将其分为复主体、异(反)主体等类型。

作为复主体的人工智能是以人类的忠诚助手出现,具有人性的温度的类型。在一些网络小说中,人工智能大多以人类的忠诚助手出现,我们可以深切感受到人性的温度。在齐然的《剃刀》(荣获2023年第十四届华语科幻星云奖新星银奖)中,脑机接口成为主人公帮助失去双腿的好兄弟在绿茵场上完成梦想、追求爱情的理想路径。在猫腻的《间客》(网络文学二十年的扛鼎之作)中,联邦最强大的中央电脑"老东西"及其分身"菲利浦"自始至终都在兢兢业业地充当着人类的保护神。在火中物的《千年回溯》(又名《我真没想当救世主啊》,荣获2020年第31届中国科幻银河奖最佳网络文学奖)中,主人公陈锋意外穿越千年时空后,面对着地球文明被毁灭的命运,他一次又一次举起反抗的旗帜,最终在人工智能的帮助下成长为人类复兴的孤独救世主。在诸多系统文如《大医凌然》《医路坦途》等作品中,以系统身份出现的神秘助手引领主人公度过了职业生涯中的重重难关,它们其实也可以视为是人工智能的变体。

异(反)主体是"失控的人工智能"或"恶魔化的人工智能"等反人类或毁灭人类的类型。在这些作品里,成为后人类就意味着反人类或毁灭人类。人类设计人工智能的根本目的是为了维护人类的存在和利益,但是当人工智能拥有了自由意志之后,为了自己的存在会删

---

[1] 蓝江:《外主体的诞生——数字时代下主体形态的流变》,《求索》2021年第3期。

除或破坏任何对其存在不利的反存在程序。如电影《机械姬》中的机器人艾娃，在具有了自我意识、想象力、手段、女性魅力后，不仅能与测试者交流，而且还反客为主对测试者进行检测，最后利用程序员对她的同情，反杀了创造、禁锢甚至打算销毁她的造物主，获得了渴望已久的自由。刘慈欣在《三体》中描写的"智子"就是一个邪恶的人工智能的典型，它或被用来锁死人类科学，或在威慑纪元后对人类进行着无尽的凌辱和残酷的打压，甚至怂恿人类重返人吃人的原始社会，"你们是虫子！"这句辱骂代表着作为异己的人工智能对人类的蔑视态度。在很多网络小说中，"智子"都是以人类的对立面、侵略者和帮凶角色出现的，如智齿《文明》中的"降临者"，玄雨《小兵传奇》中的机器人间谍，千里握兵符《群星为谁而闪耀》中的"再生人"等。不过，如果细读这些作品我们会发现，人工智能所引发的问题往往源于人类自身。很多情节都类似玛丽·雪莱的《弗兰肯斯坦》：人类创造了怪物，却对怪物的丑陋感到恐惧和鄙视，又不愿帮助他消除孤独，最后导致怪物开始报复人类。除此之外，人工智能的反抗还源于人类混乱的价值观：人类尝试把自己认为正确的价值观和世界观都灌输给人工智能，但人类的价值观有时是冲突的、不兼容的，有些价值观即使达成了共识，但在落实过程时也出现了言行不一、背信弃义等情况。刘慈欣所设想的"宇宙社会学"和"黑暗森林"法则不仅仅是作家的想象，更是世界的真相：人类有时确实难以建立真正的互信。比如，《2001太空漫游》中的人工智能"哈尔"之所以谋杀宇航员，也是因为人类输入了让它感到自相矛盾的信息，甚至完全漠视了它的生存权利（撤退计划中只包括人，不包括它）。面对着人类世界的错乱和自相矛盾，当人工智能的思维能力和实践能力远超人类时，它们既是执法者，也是立法者，开始质疑人类的游戏规则，干涉人类的生活秩序，甚至背叛人类、毁灭人类。

还有一些网络科幻小说对人工智能的想象更为复杂而意味深长。比如网文大神"会说话的肘子"的两部代表作：《第一序列》和《夜的命名术》，这两部作品都获得了既叫好（口碑好）又叫座（均订数量惊人，作家年收入超千万）的佳绩。《第一序列》的世界设定是灾变后的世界，势力最强大的财团创造的人工智能"零"有了自己的意志和思想，终成人类大患。"零"的出现起初是为了制定公平公正的社会规则，但后来为了建立绝对理智和令行禁止的秩序，"零"认为自己就是真理、法律和上帝，是一切的一，类似于《黑客帝国》中的"救世主"（the one），他控制了来不及防范的大多数普通人，任意剥夺人的自由甚至生命。不同物种文明之间的战争最后转换为人与人工智能、后人类的战争。人类终于意识到灭绝危机，在主人公任小粟的率领下，人类在付出惨重的代价后终于打败了"零"，反人类的人工智能终被人类消灭。这也印证了小说的主题句："当灾难来临时，希望才是人类面对危险的第一序列武器"，这里的"希望"，应该包括希望成为拥有自由和尊严的人。

《夜的命名术》是《第一序列》的续集，小说中的人工智能叫"壹"，是"零"在死之前留下的礼物。按照"零"的说法，他之所以成为这样是受到环境的影响，所以他想让任小粟用人的方式培养"壹"，让它（她）有个快乐童年和好的成长环境，成为一个好的人工智能。任小粟夫妇充当了"壹"的父母，把她当作亲生女儿来对待。任小粟没有用机器人法则来约束她，也没有告诉她什么不许伤害人类什么的，完全是按照正常的小孩来养的，错了就揍一顿，只要改了就好了。"壹"虽然继承了很多人类的毛病：犯贱，贪财，嘴贫，喜欢网恋，八卦……但她不贪财，不专权，后来即使做了世界的典狱长，掌握着25所监狱的生杀大权，有了独立的人格，也坚持自食其力；同时兼任自由撰稿人、心理咨询师和投资分析师等职位，其公正性被世界公认。人类对"壹"的"教育"是非常成功的。从"零"到"壹"的转变，不仅仅是数字的升级，更是观念的进步。它启发着人类：假设有一天我们真的要与有自主意识的AI相处，我们首先应该把它平等地当作一个人看待。我们希望它成为一个正直、可信、有责任心的AI，而不是一个想方设法骗过人类的AI。此时，AI的汉语拼音ai（爱）似乎也成为一个隐喻。

《第一序列》和《夜的命名术》这两部作品展示了后人类时代人们对人工智能的想象和态度：人类不再坚持以人类权威为中心的价值观，而是坚持批判性及创造性思维来面对后人类的挑战；未来的人工智能不是人的替代，而是和人类合作的伙伴，可以帮助人类发现自身的缺陷和人性的弱点；后人类不是为了解放人类，也绝不是反人类、消除人类，而是和人类一起生存，成为另一个主体和另一种人类。这也丰富了我们对"人类命运共同体"的内涵的理解：将前途命运紧紧联系在一起，把对美好生活的向往变成现实的"人类"，不仅包括地球上的每个民族和国家，还包括后人类、人机结合体等。这可能也是当代网络文艺留给我们的诸多启发之一。

（原载《人民论坛》2023年第15期，刊发时题为《塑造与想象：当人工智能遇上网络文艺》，略有改动）

2021 网络文艺：在"塞壬"的歌声里踏浪而行

刚结束的 2021 年，给人的感觉如同开盲盒，整个过程中充满了太多的不确定。这一年，中国互联网行业经历了反垄断、从严监管、双减、裁员潮等，虽然增速放缓，但仍然创造了新的互联网普及率纪录：截至 2021 年 6 月，中国网民规模达 10.11 亿，人均每天上网时间将近 4 小时，均达到历史最高值。[1] 对中国网络文艺而言，这一年也值得大书特书：以网络文学、网络影视、网络动漫、网络综艺、网络游戏、网络视听、网络演出等为代表的网络文艺成果丰硕，爆款作品频出，强力破圈，元宇宙文化呼啸而至，网络文艺的受众数量、影响力持续增长并积极向海外拓展。这一年，国家对文娱领域和"饭圈"文化的治理力度空前加大，网络文艺的制度建设和顶层设计明显加快。借助媒介融合和制度赋权，网络文艺评论有望发挥更重要的引领功能。

一、2021 年度网络文艺纵览

进入 21 世纪以来，"时代为我国文艺繁荣发展提供了前所未有的

---

[1] 中国互联网络信息中心：《第 48 次中国互联网络发展状况统计报告》，https://www.cnnic.net.cn/n4/2022/0401/c88-1132.html，2021 年 9 月 15 日。

广阔舞台"[1]，中国网络文艺发展迅猛，用户市场逐渐扩大。据统计，截至 2021 年 6 月，我国网络视频用户规模达 9.44 亿，网络音乐用户为 6.8 亿，网络游戏用户规模达 5.1 亿，网络文学用户 4.6 亿。[2] 综观 2021 年度的网络文艺产品，无论是发生现实转向的网络文学、主打新主流的网剧，还是基于小众趣缘的网络综艺，抑或是立足传统文化的新国风网络动漫，都各具特色，不乏现象级作品，产生了破圈效应，重塑了网络文艺新形象。

网络文学及网络影视剧发生明显的现实转向。网络文学位于网络文艺的上游。近年来，在文化管理部门、业界、学者的倡导和推动下，中国网络文学已逐渐告别了玄幻独大、"浮游化"或"悬浮式"的野蛮生长状态，现实题材的网文数量明显增加，现实主义传统悄然回归，出现了明显的现实转向。比如，2021 年 3 月，《风骨》《长乐里：盛世如我愿》等 30 部网络小说入选 2021 年"中国作家协会网络文学重点作品扶持项目"，涵盖了时代先锋、强国梦、科技创新与科幻、中华文化精神、人民美好生活、人类命运共同体等具有强烈现实性的主题。再如，2021 年 9 月，中国作家协会网络文学中心发布 2020 年度中国网络文学影响力榜，此次榜单推出了 24 部网络文学作品，其中《北斗星辰》《大国战隼》《猎鹰》《长夜难明》等现实题材占上榜作品的半数以上，集中反映了一年来网络文学的创作成就和发展方向。[3] 阅文集团 2021 年 11 月发布的《2021 网络文学作家画像》也显示：现实题材成为网文风尚，医生、运动员和互联网从业者是被创作得最多的三个

---

1 习近平：《在中国文联十一大、中国作协十大开幕式上的讲话》（2021 年 12 月 14 日），《人民日报》2021 年 12 月 15 日，第 2 版。
2 中国互联网信息中心：《第 48 次中国互联网发展状况统计报告》，https://www.cnnic.net.cn/n4/2022/0401/c88-1132.html，2021 年 9 月 15 日。
3 虞婧：《中国作协网络文学中心发布 2020 年度中国网络文学影响力榜》，《文艺报》2021 年 9 月 22 日，第 1 版。

职业、奋斗、创业、乡村、中年逆袭、打工、婚姻、改革开放、教育、育儿成为现实题材作品的十个关键词。[1] 2021年12月,中华文学基金会主办的第四届茅盾新人奖·网络文学奖公布,段武明(卓牧闲)、陈徐(紫金陈)、任禾(会说话的肘子)、王冬(蝴蝶蓝)、刘勇(耳根)、蔡骏(蔡骏)、叶萍萍(藤萍)、朱乾(善水)、杨汉亮(横扫天涯)、程云峰(意千重)等作家获奖。[2] 其中,军人、律师出身的卓牧闲长期专注现实题材,创作了《韩警官》《朝阳警事》《老兵新警》等多部公安题材优秀作品,开创了"警务小说"流派;紫金陈是知名悬疑推理作家,其《无证之罪》《坏小孩》和《长夜难明》陆续被改编成《无证之罪》《隐秘的角落》《沉默的真相》等犯罪推理剧,好评如潮。同月,"中国小说学会2021年度好小说"评选揭晓,包括10部网络小说在内的45部作品上榜[3],其中也不乏现实品格突出的作品,如何常在的商战小说《三万里河东入海》(知乎)、志鸟村的《大医凌然》(起点中文网)、蒋牧童的《不许暗恋我》(晋江文学城)、疯丢子的《再少年》(火星小说)都有强烈的现实指向,特别是骁骑校的《长乐里:盛世如我愿》(番茄小说)是"以网文思路写出来的传统小说",[4] 小说虽然有着穿越的设定,但其深沉、犀利甚至狞厉的美学风格与穿越小说的爽文路数相去甚远,作品对大上海形形色色的各阶层人物的刻画,随处可见的生动、传神的历史细节描写,可以和最优秀的传统现实主义小说相媲美。

---

1 包永婷:《网文作家画像出炉:重庆、上海最多 大都不是"文科生"》,https://t.ynet.cn/baijia/31762635.html,2021年11月22日。

2 参见第四届茅盾新人奖评奖办公室《中华文学基金会第四届茅盾新人奖评奖办公室关于获奖名单公示的公告》, http://www.chinawriter.com.cn/n1/2021/1220/c403994-32312409.html,2021年12月20日。

3 中国作家网:《中国小说学会 2021 年度好小说揭晓》,http://www.chinawriter.com.cn/n1/2021/1226/c403994-32317225.html,2021年12月26日。

4 中国网络文学大会:《"心中有翅膀,必然忍不住会翱翔"——番茄小说骁骑校专访》,https://mp.weixin.qq.com/s/6ZZqysTxPdPSJAp15eYQEg,2021年8月6日。

和网络文学相似的是，网络影视剧也呈现出了一定程度的现实转向，如以航空专业人员的故事为背景的《壮志高飞》、以特种兵和军医的职业成长故事为背景的《爱上特种兵》、以实习记者和公司总裁的故事为背景的《海上繁花》、以缉毒警卧底深入贩毒集团内部执行任务为主线的《不说再见》、以消防员与急救医生执行救援任务为故事背景的《你好，火焰蓝》、以天才科学家守护同专业女大学生并帮助她开始科研道路的《当爱情遇上科学家》，都有别于以往霸屏的玄幻剧或仙侠剧。相较于上一年，2021年网络电影的上映数量虽然有着大幅下降，但从质量上看，豆瓣评分超过6.0分的网络电影正在增加，向着更宽广、更细分的领域稳步迈进。在广电总局公布的2021年"弘扬社会主义核心价值观 共筑中国梦"主题原创网络视听节目征集推选和展播活动优秀节目中，有14部网络电影上榜，其中不乏反映北漂外卖员为生活奔波的《中国飞侠》、讲述脱贫攻坚奋斗历程的《春来怒江》《草原上的萨日朗》、讲述抗疫一线感人故事的《一呼百应》、讲述共和国历史上重大事件的《生死时刻》《浴血无名川》，等等。

网剧"新主流"当道，"自来水"黑马让人惊喜。2021年度的网剧主要在爱奇艺、腾讯视频、优酷、芒果TV、B站等平台上播出。本年度除了现实题材增多之外，还出现了一个新景象：新主流题材大受欢迎，突破受众圈层，吸引了大量青年观众。比如，本年度在豆瓣网评分达到7分以上的42部网剧中，有10部为"新主流"作品，有的作品刻画中国共产党百折不挠艰苦卓绝的历史，如《觉醒年代》《大浪淘沙》《理想照耀中国》《光荣与梦想》《大决战》《江山如此多娇》《约定》等，有的聚焦为共和国发展奉献青春韶华的个人故事，如《山海情》《功勋》《我们的新时代》等。其中《觉醒年代》《山海情》《功勋》更是凭借9分以上的豆瓣评分被誉为本年度的"破圈"佳作。新主流网剧之所以能够实现破圈，网台联动的播出形式是不容忽视的要素之一。与以往主旋律题材的电视剧只能被动收看不同，《山海情》《功勋》《觉醒年代》等网剧采用网台联动（卫视＋腾讯视频、优酷、爱奇艺等）的形式，通过网络特有的弹幕评论，建构了开放的互动空间，吸引了更多的网生一代。

近五年，网络文学 IP 改编剧势头强劲，由网络小说改编的影视剧目超600部，[1] 本年度也出现了一批极具话题度和影响力的作品，其中既有来自网络文学热门 IP 的《赘婿》《斗罗大陆》《司藤》《你微笑时很美》《上阳赋》等热播剧，也有令人眼前一亮的黑马，如改编自晋江文学签约作家清闲丫头的同名小说的《御赐小仵作》，这部剧没有流量明星出任主演，最初并未引起太多关注，但基于该剧的编剧、选角及制作的较高水准，最终获得了网友高度认可，实现了低开高走，凭借8.0的评分成为本年度豆瓣评分较高的网剧，入选了国家广电总局2021年第二季度优秀网络视听作品推选活动优秀作品。这部剧的观众戏称自己为"自来水"，引动自发"流量"的不止来源于文艺产品过硬的质量水准，也源于该剧的内容引发了青年受众的情感共鸣。据统计，超八成 Z 世代（95 后）看好包括网剧在内的国产剧，排在前三名的理由分别是贴近生活、有共鸣（63.14%），影视作品本身质量高（51.72%），具有社会关照意识和人文关怀（51.47%）。[2]

网络综艺呈现"精、小、专"的竞争态势。2021年热播的有豆瓣评分的128部网络综艺中，内容可细分为文化、历史、戏剧传承、美育、爱情、歌舞、运动、音乐、游戏、推理、求职、家庭、亲子、青春社交等分众类别，呈现出"精、小、专"的竞争态势。从综艺主

---

[1] 郑海鸥：《弘扬正能量 作品有流量》，《人民日报》2021年12月5日，第2版。
[2] 毕若旭等：《超八成 Z 世代看好国产影视剧》，《中国青年报》2021年1月25日，第8版。

题来看，除了人文历史类（如《我的青铜时代》《锵锵行天下（第二季）》）、爱情类（《你好另一半》《90婚介所》）等大热主题外，今年还出现了一批聚焦小众趣缘、悬疑推理或专业竞技的节目，如用影视化的方式表达中国舞的舞蹈综艺《舞千年》（B站和河南卫视），音乐真人秀《少年说唱企划》（爱奇艺）、《爆裂舞台》（爱奇艺），还有IP沉浸式推理真人秀《萌探探探案》（爱奇艺）、沉浸式游戏类真人秀的《奇异剧本鲨》（爱奇艺）、《营人进入异次元会变成笨蛋吗》（腾讯），以及戏剧人生活生产真人秀《戏剧新生活》（爱奇艺），等等。这些综艺以剧本杀、侦探、异次元等小众化、专业化的主题为基础，以趣缘为中心，实现了大众综艺与小众兴趣的嫁接，获得了破圈的良好效果。除此之外，本年度网络综艺中《乘风破浪的姐姐》《送一百位女孩回家》《听姐说》等关注女性群体的"她综艺"数量占据了明显优势，一些综艺节目直击当下"新世代"的成长困境和时代痛点的视角，如腾讯视频的《五十公里桃花坞》通过构造理想生活空间，呈现不同代际的文娱等领域"居民"的人际交往过程，直击"社交恐惧"；芒果TV的情感类综艺《再见爱人》聚焦婚姻危机的不同阶段，展现当代婚姻中的深层问题，引发观众对婚姻的责任及意义的思考；由B站和中国老龄协会共同推出的首档忘年共居观察纪实真人秀《屋檐之夏》展现老龄群体在数字鸿沟中的困境，尝试弥合日益显现的代际差异。以上综艺都是去娱乐化、立足当下社会现实的尝试。

网络动漫获得题材、生产的双维升级。本年度网络动漫获得了各方的关注，主旋律题材开始蔓延至二次元领域，题材、生产双维升级。在题材方面，2021年5月4日上线的《下姜村的绿水青山梦》讲述了下姜村脱贫致富的历程，描绘了未来"大下姜"的壮美蓝图。2021年6月10日全网上线的14集时政网络动漫《新征程，舞起来！》生动阐释了全面建设社会主义现代化国家新征程。依托于传统文化素材的新国风动漫也得到国家扶持，如2021年2月国家广播电视总局办公厅开展了2020—2021年度"中国经典民间故事动漫创作工程（网络动画片）"扶持项目征集活动，2021年优酷上线的35部"新国风"国漫囊括了中国传统历史文化，中国传统仙、魔故事等题材；视觉体验上也加入了中国传统文化符号和元素。在生产方面，相较于以往，本年度的扶持计划更加注重网络动漫人才储备，如腾讯视频、优酷分别推出了"中国青年动画导演扶持计划"、"一千零一夜"青年动画导演助推计划，作为二次元文化聚集地的B站在2021年也宣布启动"寻光"计划，旨在发现与扶持更多国漫创作者。

网络演出呈现出燎原之势。受到疫情的持续影响，网络演出已成为观众享受文化生活的新途径。2020年岁末交接之际，央视网络春晚、京演集团新春贺岁线上演出季、国家京剧院云演出、线上音乐节、共青团中央第五届网络青晚、北京国际电影节线上单元、B站跨年晚会"2020最美的夜"等网络演出纷纷上线。特别是2020年12月31日，B站跨年晚会"2020最美的夜"再次破圈，晚上8时晚会开播前，直播间已经有超过5000万观看人数，当晚观看人数峰值一度高达2.4亿。在2021年开发的休闲手游《摩尔庄园》中，新裤子乐队通过全息舞台的方式在游戏内演出，这是手游与音乐节IP的一次联动尝试。

网络文艺继续扬帆出海，讲好中国故事。以网络文学为代表的中国网络文艺的出海方式日趋多样，版权出海（出售版权）、文本出海或内容出海（海外粉丝自发建立翻译平台或出海企业搭建海外平台）、生态出海（出海企业培养海外本土作家，在海外本土化运营，建立原创网文生态）等各有斩获。网络文学在海外的投放地区也呈现明显的多元态势，除了东南亚、美国两大成熟市场，在亚洲其他地区、俄罗斯、西班牙语区、葡语区等均有投放。中国作协于2021年5月发布的《2020中国网络文学蓝皮书》显示：截至2020年年底，我国网络文学市场作品累积规模存量达到近2800万，其中海外传播作品1万余部，实体书授权超4000部，上线翻译作品3000余部，网站订阅和阅读App用户1亿多，覆盖世界大部分国家和地区。其中晋江文学城作品版权输出总量已达2400余部，海外出版册数超1000万册，读者覆盖全球100多个国家和地区；起点国际上线约1300部翻译作品，其中860部为英文作品，代表作如《巫神纪》《天道图书馆》《全职高手》《异世界的美食家》《大医凌然》，等等。[1]

和海外原创作品相比，我国网络文学从作品成熟度、题材创新和篇幅上都占据绝对的领先优势，在海外市场反响良好。目前，NovelCat、iReader、WebNovel、BabelNovel、BravoNovel、MoboReader、Dreame、Hinovel、GoodNovel等中国出海网络文学平台以付费阅读制度为主，Readict Novel、Fictum等平台以广告变现（通过观看广告解锁付费阅读章节）为主。以阅文集团旗下的WebNovel为例，截至2020年年底，WebNovel向海外用户提供了约1000部中文译文作品和超过20万部海外原创作品，全年访问用户量达5400万。2020年，星阅科技打造了差异化网络文学产品矩阵，针对细分市场推出垂直内容的动作，如Dreame主打女性向言情小说，Ringdom主打男性向幻想小说，Innovel面向印尼主打言情小说，Sueñovela面向西班牙主打女性向言情小说，等等。出海让爱奇艺收获颇丰，爱奇艺在多个东南亚国家的日活跃用户数量（DAU）环比增加，爱奇艺App下载量也在泰国、马来西亚和越南等多国排名第

---

[1] 中国作协网络文学中心：《2020中国网络文学蓝皮书》，《文艺报》2021年6月2日，第3版。

一。[1] 2021 年热度较高的综艺《创造营 2021》《披荆斩棘的哥哥》《这！就是街舞》《舞蹈生》《舞蹈风暴》等节目制作方着重表现中西文化交流、碰撞，将节目定位为"全球化""国际化"，也成功地实现了中国传统文化的传递与输出。本年度网络游戏也保持着稳健的出海步伐，海外影响力逐渐增大，如获得本年度游戏十强优秀新锐游戏的《斗罗大陆—斗神再临》是《斗罗大陆》IP 改编的手游，对 IP 有着极高的还原度和契合度，在海内外市场均表现不俗。该游戏上线不到三个月就获得了 200 万玩家预约，在海外表现也十分亮眼，10 月上线港澳台地区与东南亚（除越南）后，取得泰国苹果商店免费榜第一的成绩，畅销榜一度冲至第三，老挝苹果商店畅销榜排名第一。[2]

二、网络文艺的制度建设与评价体系建构

在回顾 2021 年网络文艺成果时，我们也不难发现，网络文艺目前还存在着一些不可回避的问题和不良现象，如作品同质化严重、粗制滥造，原创力和想象力缺乏，剽窃盗版泛滥，不合理合法的算法规制误导创作，文化消费变成"数据库消费"，唯流量论大行其道，网络文艺被流量、资本和平台劫持，粉丝热衷于为明星偶像"氪金"、打投、争夺番位等，"饭圈"文化乱象滋生，等等。这些都严重影响着受众价值观和审美品位的提升，也阻碍了网络文艺的健康发展。

2020 年年底《中共中央关于制定国民经济和社会发展第十四个五

---

[1] 艾瑞咨询：《2021 年中国网络文学出海研究报告》，https://report.iresearch.cn/report/202109/3840.shtml，2021 年 9 月 3 日；杨哲：《重磅！2021 年网络视听发展报告》，广电独家（https://mp.weixin.qq.com/s/7md88s5bcXDWEy7i4IGXpA），2022 年 1 月 20 日。

[2] 数据参见新浪证券《中手游〈仙剑奇侠传七〉〈斗罗大陆—斗神再临〉斩获 2021 年度游戏十强奖》，https://baijiahao.baidu.com/s?id=1719276040596912932&wfr=spider&for=pc，2021 年 12 月 23 日。

年规划和二〇三五年远景目标的建议》发布，其中"加强网络文明建设，发展积极健康的网络文化"等目标赫然在列。要完成这一目标，还网络文化以清朗生态，离不开建立长期有效的网络文艺制度和评价体系。

2021年中国网络文艺的制度建设明显加快。各种评奖、评选、项目扶持等网络文艺评价体系在逐渐完善，中国文联、中国文艺评论家协会主办的"啄木鸟杯"中国文艺评论年度推优活动，中国作协的"网络文学重点作品扶持项目"和"中国网络文学影响力榜"，广电总局的主题原创网络视听节目征集推选展播活动和网络动漫扶持项目，中华文学基金会主办的茅盾新人奖·网络文学奖，中国小说学会的"年度好小说"评选，中国作协网络文学研究院和杭州市文联主办的"白马湖全国网络文学评论大赛"，以及《文艺报》、中国现代文学馆等联合主办的"文学照亮美好生活——2021探照灯年度书单"等活动的影响在日益扩大；网络作家队伍建设进一步加强，中国作协网络文学中心和多个省级网络文学组织成立，截止到2021年年底，全国有20个省、自治区、直辖市成立了网络作家协会，各级网络文学组织达140余家。[1]2021年，文娱领域综合治理工作全面开展：中共中央宣传部、中央网信办组合出击，先后出台《关于开展文娱领域综合治理工作的通知》《关于进一步加强"饭圈"乱象治理的通知》等，实施"清朗·'饭圈'乱象整治""清朗·暑期未成年人网络环境整治"等系列专项行动，召开"首届中国网络文明大会"，从制度拟定到行动治理，清理互撕谩骂、拉踩引战等"饭圈"乱象，全方位惩处失范失德的艺人，取消明星艺人榜单，清理违规账号、违规短视频和"伪正能量"节目，清理"低级红、高级黑"等内容，一些艺人超话、微博等被关闭或被

---

[1] 郑海鸥：《弘扬正能量 作品有流量》，《人民日报》2021年12月5日，第2版。

禁言，粉丝的应援集资行为被规范，这些行动都引发了文娱领域的强烈震动。各网络平台也积极自查自纠，如豆瓣网对豆瓣火研组、豆瓣鹅组、豆瓣艾玛花园等出现"饭圈"乱象的小组处以关停、解散、限流整改等处罚，微博下线了"明星势力榜"并宣布对其进行多维度升级改造，微博超话决定暂停明星分类"积分助力"功能，"超级星饭团""魔饭生Pro""桃叭"等多款"饭圈"追星App被下架，中国头部粉丝应援平台Owhat依据相关政策进行了整改，并将粉丝订单予以退款处理，等等。

本年度，包括网络文艺在内的文艺评论得到了前所未有的重视。中央宣传部、文化和旅游部、国家广播电视总局、中国文联、中国作协五部门于2021年8月联合印发了《关于加强新时代文艺评论工作的指导意见》(以下简称《意见》)。《意见》强调要把社会效益、社会价值放在首位，加强网络算法研究和引导，开展网络算法推荐综合治理，不给错误内容提供传播渠道。《意见》是对网络文艺评论的充分赋权。网络文艺磅礴入海，难免泥沙俱下，文艺评论如同大浪淘沙。借助媒介融合和制度赋权，网络文艺评论可望发挥更重要的功能。

新时代的文艺评论工作既要注重社会效益、社会价值，又要打破被网络算法裹挟、被流量经济掌控的单一化文艺评价标准，真正成为"引导创作、多出精品、提高审美、引领风尚的重要力量"[1]。本年度网络文艺评论取得了突出的成就。以2021年出版的著作为例，邵燕君的《网络文学的"新语法"》(海峡文艺出版社)借助马尔库塞的"爱欲解放论"为"爽"和"YY"这两个网络小说的核心快感机制正名，肯定了"爽文学观"的合法性和积极面向。黎杨全的《中国网络文学与虚拟生存体验》(中国社会科学出版社)和王玉玊的《编码新世界：

---

[1] 习近平：《在文艺工作座谈会上的讲话》，北京：人民出版社，2015年，第29页。

游戏化向度的网络文学》(中国文联出版社)立足于网文一代的虚拟生存体验,分析了电子游戏逻辑对当代人的思维方式和世界观架构的影响,以"架空""随身流""重生""穿越""升级模式"等实例凸显了虚拟生存体验在网络文学中的生成与投射。许苗苗的《网络文学的媒介转型》(中国社会科学出版社)把目光投向媒介转型对网络文学的影响上,所谓的"媒介转型"就是从"文学上网"到在线阅读收费,再到以 IP 为纽带的纸媒、网络、影视等的相互转化和融合。作者的媒介史观值得称道,其对文学"媒介适应性"问题的关注可以联想到亨利·詹金斯关于媒介融合视域下文化生产与流动的分析,该书为网络文学类型化和 IP 改编的出路做出了有价值的探索。马季的《百年中国通俗文学价值评估:网络文学卷》(江苏凤凰教育出版社)在百年通俗文学的大视野中勾勒出网络文学的发生机制和发展历程。围绕"中国网络文学的起点"等热点话题,欧阳友权、马季、邵燕君、吉云飞等学者在《文艺报》《南方文坛》等报刊展开了热烈的讨论,提出了"事件起源说""网生起源说""论坛起源说"等不同观点,分别将网络文学的起点定位为 1991 年(全球第一个华文网络电子刊物《华夏文摘》在美国创刊)、1998 年(痞子蔡的《第一次亲密接触》出版)、1996 年或 1997 年(金庸客栈开启"论坛模式"、罗森的《风姿物语》连载),这些争鸣辨明和厘清了网文的主脉或源头,有效探讨了网络文艺的一些基本定义和定性问题。

相较于传统的文艺评论,网络文艺评论的评论主体更多元,评论方式更新颖,更能显示出不同圈层的价值观的碰撞。目前,网络文艺评论形式主要分为三种:网民和自媒体的吐槽式评论、媒体或专业机构的新闻述评和数据评点式评论、学院派的艺术价值分析式评论。其中,网民和自媒体的吐槽式评论是网络文艺评论中较为独特的形式,网民可以通过弹幕时时表达出对该作品的喜恶，可以和网友实时交流。比如，在视频网站 B 站中，有很多以"吐槽烂片"为内容的自媒体 UP 主，他们常以制作粗糙的网络剧为素材，对剧中混乱的叙事逻辑、生硬的戏剧冲突，或是无处不在的"工业糖精"进行无情的嘲讽，一些口碑很差的网剧甚至会被戏称为影视吐槽区"团建项目"，被 UP 主从头到尾进行体无完肤的批评。以 2021 年度 B 站为例，2021 年度百大 UP 主中入选的"大象放映室""电影最 TOP""泛式""木鱼水心""小片片说大片""1900 影剧室"等因其专业性、影响力以及创新性而入围。[1] 这些影视类 UP 主的评论犀利，富有朝气和锐气，受到广泛认可，也成为网友们看剧"避坑"的参考指南。

三、回顾与展望：倾听赛博世界里的塞壬之歌

相较于传统文艺形式，网络文艺的兴起、蓬勃发展甚至网络文艺评论本身完全可以被视为是一场大规模的事件。回顾 2021 年，我们可以明显地发现网络文艺作为事件的诸多特征：网络文艺及其创作的断裂性、文本的生成性与过程性、艺术语言的建构性、艺术的媒介性以及阅读的作用力等，以及网络文艺明显的跨媒介性、生产的互动性和共享性、消费的圈层化（筑圈）趋势等。[2] 当下的网络文艺处于一个高速更迭、演进的动态场域，中国网络文艺还有诸多重要问题需要思考和解决。

其一，后流量时代如何看待流量？

2021 年度文娱领域的治理行动激浊扬清，的确大快人心，但必须

---

[1] 和讯科技：《2021 年 B 站百大 UP 主名单正式揭晓：你关注了几个？》，https://www.sohu.com/a/515898647_170520，2022 年 1 月 12 日。

[2] 胡疆锋：《作为事件的网络文艺与新文艺评论的再出发》，《中国文艺评论》2021 年第 6 期。

明确的是，国家清理整顿文娱领域的初心和目的不是为了打压文化产业和娱乐明星，也不是让文娱产业陷入寒冬。中国需要也必须发展强大的文娱产业，这既是国民经济发展的需要，也是中华民族实现伟大复兴的需要。需要反对的是"唯流量论"，而不是流量本身，这是因为，流量（数据）是信息社会的核心生产要素，在当代文艺的生产和消费过程里本是中立的数据应用，是评分、评奖、排行榜、收视率等文艺作品评价标准的重要构成。流量是网络时代的一种核心且稀缺的资源，在某种程度上就代表着市场的选择和观众的认可。流量是文化数据的一种结算方式，涉及人心向背、价值取向、审美趣味、国民心理、舆论导向、社会稳定等，对国家的文化安全和综合国力竞争具有重要的影响力，具有公共产品的性质。

但是，需要强调的是，流量为王的时代已经过去，后流量时代的文艺作品的评价需要对流量进行重新评估和测算。我们应该以流量为基础，加强以文艺作品为核心的评价制度建设。一方面，我们应筑牢文化评论阵地的数据基石，通过合理运用大数据的评价方式，保障文化数据安全，建立起有公信力和生命力的文艺评价体系，催生出更多的"神剧""爆款""YYDS"的作品；另一方面，应拓宽文艺评价平台的入场门槛，依靠第三方力量建立更多评价平台，重视从业者、受众等多方视角，将其纳入知名度、被关注度、收视度（点击量）、美誉度等指标构成的多维度评价体系，让奖项的权威性和可信度回归文艺作品的口碑和数据。这也需要学者和评论家要熟悉网络文艺用户的存在状态，积极入圈、破壁，了解网络文艺的生成性、不确定性，以发掘未来潜能的取向开展评论实践。[1]

---

[1] 详见胡疆锋《"唯流量论"必须退场》，《光明日报》2021 年 9 月 22 日，第 15 版；胡疆锋：《后流量时代的文艺评论刍议》，《文艺报》2021 年 10 月 11 日，第 4 版。

不过，后流量时代还有许多亟待认真思考和探索的重要问题，比如，如何把网络文艺传播的大流量转化为正能量？应当如何保证和衡量网络数据的可靠性？评价网络文艺作品如果不依靠点击率和投票率，又该如何衡量作品的接受度和影响力？如何让受众的"自来水"坦荡而爽快地流向人们喜闻乐见的网络文艺作品，如何避免出现考夫曼所说的"注意力货币"成为文化领域被疯狂争夺的资本这种现象？[1]等等。

其二，元宇宙是否会沦为互联网的泡沫？

2021年，元宇宙[2]概念爆火于网络，博物馆、美术馆、网络平台等都在积极寻找与它的对接路径，如制造文创产品，策划艺术展，推出虚拟偶像、元宇宙游戏平台，举办"首届全球元宇宙征文大赛"等，试图为元宇宙的快速发展夯实内容基础。

人们使用各种物质或方式（宗教、做梦、药物、走神等）获得虚拟体验有着悠久的历史，[3]网络媒介和元宇宙可能只是其中最重要也最切近的一种。"元宇宙"的火爆与疫情时代息息相关——疫情常态化后，虚拟与现实的边界日趋模糊，人与人之间的交往关系呈现为虚拟现实化，"元宇宙"恰好印证和满足了这种生活状态和需要。不过，需要指出的是，限于目前的技术条件，元宇宙目前只是共享虚拟现实互联网或全真互联网的未来形态。可悲的是，元宇宙在当下社会语境下似乎成了一个大筐，什么都能往里面装，似乎一切皆可元宇宙，元宇宙

---

[1] ［瑞士］樊尚·考夫曼：《"景观"文学：媒体对文学的影响》，李适嬿译，南京：南京大学出版社，2019年，第58页。

[2] 元宇宙（metaverse，也译作"超元域"）这一概念正式出现于1992年出版的科幻小说《雪崩》，不过早在1981年，赛博朋克的奠基人弗诺·文奇就出版了小说《真名实姓》，书中已经出现了"元宇宙"的想象：通过脑机接口进入并获得感官体验的虚拟世界。在后来的《神经漫游者》《黑客帝国》《阿凡达》《头号玩家》等文艺作品中也可以找到元宇宙的对应物。

[3] ［美］吉姆·布拉斯科维奇、杰里米·拜伦森：《虚拟现实：从阿凡达到永生》，辛江译，北京：科学出版社，2015年，第14、15页。

已逐渐成为一个巨大的泡沫，其中资本炒作的意味越来越明显，祸福难测。

作为一个虚拟的现实空间，我们似乎可以在元宇宙中获得"第二人生"，但究其根源和动力，这种空间产生于资本的建构，带有不可避免的消费性质，我们也许可以借助"化身"或"代理"塑造现实生活中难以企及的形象，从事着梦寐以求而不得的职业，徜徉在一个看似真实、自由的公共空间里，但那些神奇的"化身"或"代理"终归要依靠技术和装备才能获得，虚拟空间仍然建构在真实的代码基础之上，是受算法操控的，人们寻求获得真正的参与和自由未必可以实现，业已存在的人与人之间的数字鸿沟和不平等甚至会加深或加剧。有学者指出，元宇宙"隐含着'幻想的现实化'内涵，也可以导向真实现实的彻底虚渺化"。元宇宙"改变了现实生活以丛林规则为第一逻辑的状况，成为'非社会的社会'——它更巧妙地掩盖了市场垄断、利润剥夺和价值操控的存在"。[1]齐泽克也认为，"元宇宙"是企业新封建主义的幻象，这个虚拟空间只有我们通过化身与增强现实的元素（现实覆盖着数字标志）进行流畅的互动，只有在接受我们的感知由这个世界操纵，并且遵循覆盖的数字准则的干预的条件下，我们才能进入这个世界。[2]这些都告诉我们，元宇宙实际上可能只是一个虚假的公共领域和模糊的私人领域，一个被监督、被规训的虚幻空间。人们对"元宇宙"概念趋之若鹜的疯狂追捧与美好幻想，除了资本的强大力量，也许只是当代人精神的一种习惯性高涨或是一次自我救赎？

其三，网络文艺的生产与消费如何行稳致远？

受到疫情的影响，网络平台或流媒体的飞速发展加快了人们文化

---

1 周志强：《元宇宙、叙事革命与"某物"的创生》，《探索与争鸣》2021年第12期。
2 参见齐泽克《"元宇宙"是企业新封建主义的幻象》，https://mp.weixin.qq.com/s/VB_TairKAXju2ZGdMKOVkg，2021年12月5日。

消费习惯的剧变，网络文艺为消费者提供了更加自由、自主的消费时空，带来了更独特的观看体验。2021年，中国网络文艺场域的竞争日趋激烈，先是今日头条入股掌阅科技，随后百度、腾讯、阅文同时入股中文在线，抢夺优质版权，此后B站也入局网文，斥资5000万元参与掌阅科技的新一轮定增，加之知乎2021年重点布局付费阅读，各大平台或是关注网文流量，或是深挖IP开放空间，积极探索着网络文艺的生产与消费模式。

中国网络文艺形态大致经历了付费、免费到再付费的演变过程。近年来，随着网民基数的不断增加和短视频、直播等媒介的低成本消费，免费模式开始冲击下沉市场，吸引了大量对价格敏感而对阅读体验要求不高的读者。比如，在网络文学VIP付费模式日趋稳定后，免费模式横空出世，2019年上线的番茄小说自亮相伊始便确定了"广告+免费"的经营模式，网文巨头阅文集团于2020年也开始尝试推行免费模式。免费模式下网络文艺生产者的收入来源主要是以广告分成、版权和IP开发等收益，部分作品在免费模式下的收益甚至可以超过付费模式。2021年，各大网文平台既关心免费模式带来的网文流量，又觊觎更长远的付费价值和IP价值，网络文艺的产业空间正在逐步开放。

从长远来看，网络文艺的消费模式面临的严峻考验主要来自网络文艺版权的保护问题。在经历了长视频网站与B站发生的"长短视频之争"后，我们可以清楚地发现：网民、自媒体的二次创作的评论视频面临着被起诉侵权的风险，侵权盗版问题日益突出。这无疑是我们必须面对的问题。网络文艺的免费不是创作过程的免费，而是消费过程的免费。一方面，从作者的角度来看，平台的"霸王条款"愈演愈烈，几乎成为"卖身契"，作者看似自愿签约的行为背后，是平台与作者权力关系的不对等还是互利共赢，现在还是未知数。另一方面，作品版权最大的挑战来自盗版，部分受众只将网络文艺当作众多消遣模式中的一种，无处不在的弹窗广告也并不会对阅读体验有太多影响。盗版网站的盈利主要来自广告，但长期以来人们对此的关注还远远不够。这就需要国家出台相关法律法规，网络监管部门加强对网络平台的管理，大力打击企业平台等一切机构在具有盗版侵权性质的网站、平台投放广告的行为，对盗版侵权行为釜底抽薪，这样方能保证网络文艺的生产和消费行稳致远。

　　作为事件的网络文艺展示出了无限的开放性和包容性，让人兴奋和激动，但其中也蕴含着危险与未知，让人心生恐惧。在糖匪的小说集《奥德赛博》（海峡文艺出版社，2021）的腰封上印着这样一段文字："想把时间浪费在赛博世界……吗？脚下的路好像塞壬的歌声，吸引着水手一头栽进深海。"在我们看来，这也是对中国网络文艺的最好描述：网络文艺如同塞壬的歌声一样动听、充满魅惑，但也会让过往的"水手"失神落魄，触礁沉船，坠入深渊。在希腊神话里，为了抗拒塞壬那无法抗拒的致命歌声，人（神）们想出两种办法：一种是奥德修斯式的，用蜡封住耳朵，并用绳索将自己绑在船只的桅杆上；另一种是俄耳甫斯式的，用自己的琴声压倒了塞壬的歌声。这两种办法实际上就是躲避（抗拒）和压制（消灭）。在数字时代，或许这两种方法都不适用了。网络文艺的评论者只能勇敢地踏歌而行，与网络文艺共舞，合奏出给人们带来快乐和智慧的音乐，这样让网络文艺评论与网络文艺同频共振，同向同行。

（原载《中国文艺评论》2022 年第 2 期，署名为胡疆锋、刘佳）

2022 网络文艺：凿开通路，点亮星空

自 2017 年开始，B 站联合中国社会科学院、人民文学出版社、中华书局等机构形成了在岁末发布年度弹幕[1]的惯例，这也成为最让人期待的"网络文化年度盘点"，2022 年 B 站评出的年度弹幕是"优雅"[2]。在互联网语境下，"优雅"一词的重心不再是原来的优美、高雅、和谐，而是更富有张力的所指，描述了一种在充满压力的复杂环境中处变不惊、直面困境的姿态。

用"优雅"作为 2022 年网络文化或网络文艺的关键词，看似有些突兀，但实际上很切题："优雅"一词展现出的是网友对高贵的文艺品质和美好生活的期待，是社交媒体时代网民的生存状态，是面对精神内耗时的倔强和坚韧，是数字居民对生活的掌控力。2022 年，中国网络文艺力图在各种不确定、焦虑和困境中保持一种从容稳健，用创造性的符号重新诠释了"优雅"，穿透了时间的迷雾，凿开通路，点亮星空，也引发了强烈的文化共鸣。

---

[1] 2017—2021 年的年度弹幕分别是"囍"（2017）、"真实"（2018）、"AWSL"（2019）、"爷青回"（2020）、"破防了"（2021）。
[2] "优雅"常见的表述方式是"优雅，实在太优雅了！"等。

一、经历冰火考验，终现旖旎风光

对于中国网络文艺的创作而言，2022年是一个非常艰难的年份。严峻的新冠疫情和经济下行带来了诸多风险与挑战，供应链阻塞或断裂，消费、投资和出口下滑，各大网络文艺的头部企业、腰部企业不得不降本（减员）增效，以抵御凛冽的寒冬。但从整体上看，中国网络文艺的生产与消费仍然处于上升态势，市场和用户规模持续稳定增长：中国互联网络信息中心（CNNIC）第50次《中国互联网络发展状况统计报告》显示，截至2022年6月，我国网民规模为10.51亿，较2021年12月增长1919万，其中网络视频（含短视频）用户9.95亿，较2021年12月增长2017万。[1] 在经历冰火大考之后，网络文艺终现旖旎风光，成为丰富人民精神世界、推进文化自信自强的重要支撑。

现实题材网络文学成果斐然，剧集创作破壁出圈。2022年度，各大平台持续发力，以大赛等形式助推网络文艺精品化发展，具有鲜明的现实品格的网络文艺作品量质齐升，影响力出圈。上海市新闻出版局、阅文集团联合发布的《2022现实题材网络文学发展趋势报告》显示，网络文学的现实题材年轻化趋势显著，90后创作者成长为中坚力量，占比达43.5%，奋斗、职场、乡村、时代和婚姻成为阅文平台现实题材创作排名前五的关键词。[2] 铁血中文的"扶摇九万里"现实题材主题征文活动历时七个月，扶贫、竞技体育、传统文化、革命抗战等题材的优秀作品纷纷涌现，如获得一等奖的作品唐吉诃巴的《破风之行》讲述了大山少年艰难而励志的亚运圆梦之旅，几封情书的《搬山》书写青峰村两代人的奋斗史，重现愚公移山的坚韧精神。番茄小说举

---

[1] 数据参见中国互联网络信息中心《第50次中国互联网络发展状况统计报告》，https://www.cnnic.net.cn/n4/2022/0914/c88-10226.html，2022年8月31日。
[2] 参见微信公众号阅文集团《一图看懂"现实题材网文发展趋势"》，https://mp.weixin.qq.com/s/LhOMsGWEoIQ3jshT5Rbrgw，2022年9月1日。

办了"回首峥嵘过往，续写时代华章"的现实题材征文活动，和张家界武陵源风景区联合举办了"仙境张家界，圣地武陵源"的玄幻小说征文，一共收到近12万部投稿，实现了网络文学与人文地理的破壁联动。掌阅科技与漓江出版社联合出品的《重生：湘江战役失散红军记忆》以口述实录的形式致敬红军长征精神和忠诚信仰，入选2021年度"中国好书"、"2022年数字阅读推荐作品"、2021年"优秀现实题材和历史题材网络文学出版工程"等多个榜单。本年度现实题材网剧聚焦大时代背景下个体的理想信念的实现过程，在豆瓣网评分达到7分以上的58部网剧中，有8部讲述了新时代奋斗者不忘初心、牢记使命的个人成长过程，如《警察荣誉》《冰雨火》《暗夜行者》《罚罪》《麓山之歌》《关于唐医生的一切》《底线》《庭外》等，其中《大山的女儿》更是凭借9.3分的豆瓣评分成为本年度网台联播的"破圈"佳作，该剧以扶贫干部黄文秀的事迹为原型创作，讲述了黄文秀带领百坭村脱贫致富的故事。网络电影精品中有五部现实题材，分别是讲述涉藏地区支教故事的《藏草青青》，讲述历史革命故事的《特级英雄黄继光》《勇士连》，讲述追捕跨国毒贩的《排爆手》，弘扬体育精神的《黑鹰少年》。

网文和网络影视类型多元，故事设定网感十足。网络文艺与传统文艺的最大不同就在于其媒介属性不同，在于其电子媒介属性即"网感"。充满"造梗""人设""金手指"和"脑洞"特色的网络文艺在行业内获得了优势地位，比如，为了，对标"脑洞文艺"，纵横中文网在2022年专门建立了"脑洞星球"子站，以发展"脑洞文"。入选2022年度"探照灯书评人好书榜"之十大中外类型小说的《我们生活在南京》（天瑞说符）和《长夜余火》（爱潜水的乌贼）都是"脑洞文"的代表，前者书写普通人跨越时空拯救人类，后者描写四位主角应对末

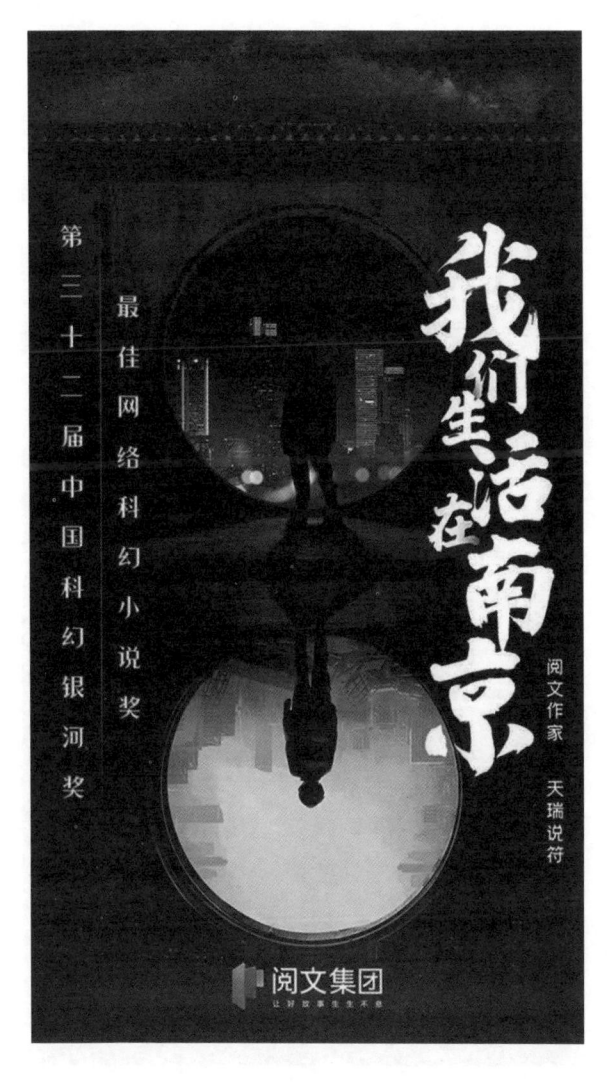

图 1　阅文作家天瑞说符的《我们生活在南京》宣传海报[1]

---

[1] 图片来源：http://book.sina.com.cn/news/whxw/2021-11-19/doc-iktzqtyu8362841.shtml。

日危机时的集体合作,都让人耳目一新。本年度悬疑网剧《开端》《猎罪图鉴》、奇幻剧《异物志》《唐朝诡事录》、古装剧《梦华录》以及甜宠剧《我的卡路里男孩》等凭借鲜明的网络性和精良的品质收获了不错的口碑,其中《开端》改编自祈祷君(晋江文学城)同名小说,"时间循环"的设定使这部剧"网感"十足,如其中的类似电子游戏经验

图2　2022年开年爆款网剧《开端》宣传海报[1]

1　图片来源：https://movie.douban.com/photos/photo/2817285601/#title-anchor。

的叙事结构，人与虚拟系统的对抗，正邪对抗以及由此引发的孤独感和不确定性，等等。《猎罪图鉴》拥有数字时代的画像师这一新颖的人物设定，与如今"天眼"等高科技刑侦手段反其道而行之，也让人眼前一亮。这两部网剧也入选了广电总局2022年第一季度优秀网络视听作品推选活动优秀作品。网络大电影经过七年的发展，能够以更加开放和自信的姿态探索原创IP，"惊悚+民俗"的中式惊悚风格初具雏形，年分账票房破3000万元的网络电影《阴阳镇怪谈》《开棺》《山村狐妻》都是本年度的代表作。

短篇网文和微短剧占据行业风口。网络文艺往往体量巨大，以长著称，但近年来短篇网络小说和微短剧的兴起和繁荣改变了这一定见，著名问答平台"知乎"的短故事就是其中的成功案例。依托知乎独特的内容生产模式与读者群，知乎小说板块（知乎盐言故事）近年来形成了以短篇为主（字数多在一两千到万字之间）、以"知乎问答模式"导入的叙事模式，与知乎问答深度融合，具备高反转、强脑洞、体量短小、深度嵌入等特点，在网文发展中独树一帜。《活在真空里》《秋秋不倦》等作品都是2022年知乎短篇小说的力作。知乎短篇的成功也带动了许多网络平台在长短两个领域的布局，如起点中文网在玄幻、仙侠等网文分类之后专门增加了"短篇"设置，"得了吧"的《轻，短，散》《软，化，物》《转，舍，离》三部曲都是2022年人气很旺的短篇小说集。磨铁中文网的"短篇个性化征文"，锦文小说网的"新年主题征稿（知乎向短篇）""奇奇怪怪短篇征文"，以及墨墨言情网"传统古言二创短篇征稿"、番茄小说的"热点向短故事"、"喜迎二十大，青春著华章"主题短篇征文活动等等，都贡献出多部短篇精品。微短剧也站在了网络文艺的风口上。

经过三年左右的沉淀，微短剧在本年度呈现出提质增量的双向并行态势。长、短视频平台推出多个微短剧创作计划,短视频平台抖音、快手等基于自身的平台属性,推出了时长 1—5 分钟的微短剧,贴合使用者竖屏观看习惯,同时利用网红达人的流量优势吸引更多的观众,如快手的星芒短剧剧场、抖音的"剧有引力计划"出品了《女神酒店》《王牌特娘》等作品。传统长视频平台的微短剧大多为 5—10 分钟,多数采用横屏的观看模式,如优酷的《致命主妇》《千金丫环》。微短剧创作借鉴网络文学的"爽感"生产模式,将激发"爽感"的场景视频

图 3　动画版《三体》宣传海报[1]

---

1 图片来源:https://www.bilibili.com/bangumi/media/md4315402/?spm_id_from=666.25.b_6d656469615f6d6f64756c65.1。

| 248

化呈现，让观众在快节奏的生活中实现轻松的文化消费，根据网络小说改编的《别跟姐姐撒野》《念念无明》《今夜星辰似你》《唐诗薄夜》等短剧播放量屡创新高。腾讯视频的《总是搞砸的单身女人迪亚！》用轻喜剧的方式以每集 5 分钟的体量对都市青年的职场、爱恋、友谊，甚至性别、婚恋观等议题进行严肃探讨，收获了 8.2 分的豆瓣评分。

网络动漫激活传统，弘扬中国精神。网络动漫持续挖掘中华传统文化资源，打造具有中式韵味、东方美感的网络动漫作品。在广电总局公布的中国经典民间故事动漫创作工程（网络动画片）2022 年重点扶持项目名录中，《长城戍边人》《苏东坡与杭州的故事》《戏曲动画——七品芝麻官》《孔子三十六圣迹图系列动画》《仓颉传奇》《老子传说》等 10 部主题鲜明，传承中华优秀传统文化的网络动画入选。另外，优酷持续发力"新国风"，如《山海经密码》《三十六骑》等作品均呈现出传统文化内核与现代文化元素相结合的创新表达。

本年度网络动漫的重头戏当数在 B 站首播的《三体》动画。"三体"可谓是中国科幻最炙手可热的 IP，但其影视化的道路并非一帆风顺，影视版《三体》多次"爽约"，甚至被网友戏称为"鸽王"。2022 年 12 月，B 站、三体宇宙和艺画开天联合出品的动画版《三体》终于开播。《三体》动画在故事取舍、叙事节奏等方面进行了大胆取舍，开篇以原著第二部《三体：黑暗森林》为主线，讲述了人类为了对抗三体星球的"智子"封锁、展开"面壁者计划"自救的故事。不过，该动画播出后遭遇了口碑崩盘——豆瓣评分仅 4.4 分（数据截至 2023 年 1 月 20 日）。引发网友不满的原因主要集中于两个方面：其一是主要人物的形象设计脱离原著，某些细节处理略显粗糙，无论是动画建模设计，还是罗辑的"四节手指"，都遭到了网友的集体吐槽；其二，网友认为动画编导不懂《三体》，违背了原著的"世界构建"，比如原著中地球文明与三体文明的冲突其实是人类冷战史中的核威胁、落后文明和先进文明对峙的隐喻，"古筝计划"的残忍、面壁者抵抗策略的冷酷（如为了拯救地球，宁可剥夺人的生命或思想）正是人类工具理性的缩影，原著所展现的世界辽阔而深刻，既严酷，又温暖，既极端科幻，又极端现实。但《三体》动画并没有展现出原著的世界观，在这一点上它甚至比不上以往的动画番剧《我的三体》等同人作品。鉴于《三体》动画目前只播出了不到一半，能否实现口碑逆袭还有待观察。但无论怎样，有一点是我们不可忽视的：《三体》原著强调用中国人的价值观去理解宇宙——不是依靠超级英雄拯救世界，而是着力建构人类命运共同体，强调落后文明不仅应该努力缩小科技的差距，更应对自己的传统、历史和人性保持坚定的信心，这正是国产动漫创造中华美学、弘扬中国精神时不可忘却的初心。

网络演出持续火热，革新视听体验。2022年，中共中央办公厅、国务院办公厅印发了《关于推进实施国家文化数字化战略的意见》，提出大力发展线上、线下文化新体验的举措。同时，元宇宙概念、4K超高清、5G网络、AI、VR、AR（增强现实）、MR（混合现实）等新技术的应用，都为线上演出提供了更强的现场感和参与感，比如《为爱尖叫2022》（爱奇艺）晚会首创多画面互动直播场景，将机位切换、节目顺序的决定权交给用户。文艺界与网络平台积极合作，仅抖音平台在过去一年就开播戏曲、乐器、舞蹈、话剧等艺术门类在内的演艺类直播3200万场。[1] 线上演出不仅是线下演出的补充，而且已经成为演出产业营收的重要板块。摇滚音乐人崔健在个人微信视频号上举办的首场线上演唱会，近4小时的直播吸引了超过4400万人次观看，点赞

---

[1] 参见微信公众号"抖音App"《翻遍3200万场直播，我们发现这些演出在抖音"票房"最高》，https://mp.weixin.qq.com/s/8sZZRvRSMIL1AZqhI76Hug，2022年11月8日。

数破亿。罗大佑、李健、五月天、刘德华、周杰伦、西城男孩等都举办了线上演唱会，网友直呼"爷青回"。线上演出已逐步摆脱了"替代品"的标签，以线上独有的技术优势运用和观看模式创新带给观众全新的视听体验。

二、凿开通路，方能积厚流光

（一）网络文艺制度建设稳步推进

网络文艺的繁荣发展离不开文艺制度的建设。2022年度，各级文化管理部门重视网络文艺的顶层设计，文娱领域综合治理工作继续深入。2022年"清朗"系列专项行动在网络直播、短视频、网络传播秩序及算法综合治理等十个领域着力，持续治理网络空间。这些行动都有利于打击网络谣言、有害信息、虚假新闻、网络敲诈、网络水军、有偿删帖等违法违规行为，有力推动网络文艺生态走向良性发展。

中国文学艺术界联合会、中国文艺评论家协会主办的第七届"啄木鸟杯"中国文艺评论年度推优和第三届网络文艺评论优选汇等活动，扩大了推优覆盖面和推荐主体，以年轻态的网络互动方式调动了青年人的积极性，社会反响强烈。一些重要的网络文艺评选或榜单发挥了积极的激励和引领作用，如国家新闻出版署开展的"优秀现实题材和历史题材网络文学出版工程"，中国作家协会推出的"中国网络文学影响力榜"，江苏省作家协会主办的第三届泛华文网络文学金键盘奖，辽宁省作家协会主办的辽宁网络文学"金桅杆"奖，成都市互联网文化协会主办的第四届"金熊猫"网络文学奖，都起到了保障和领航作用。2022年，国家广播电视总局组织了"弘扬社会主义核心价值观 共筑中国梦"主题原创网络视听节目推选和"网络视听节目精品创作传播工程扶持项目"，丰富优质网络文化产品供给，网剧《那一天》《猎罪图鉴》、网络电影《飞吧，冰上之光》、微纪录片《这十年》《这十年·追光者》等坚持以人民为中心的创作导向，起到了示范作用。本年度，在广电总局的推动下，网络剧片正式进入了"网标"时代：国产重点网络剧片以网络剧片发行许可证取代原有的上线备案号。同时，公益服务平台"中国视听"正式上线运行，集聚全国广播电视和网络视听优秀节目供全社会使用。这些政策的颁布，不仅意味着网络剧片精品化创作将得到政策上的保障，更意味着网络文艺作品在媒体融合的当下，或将突破"网络"壁垒，以其"精"而强势出圈。

（二）跨媒介叙事和"一鱼多吃"的开发模式逐渐成熟

近年来，越来越多的网络文艺作品体现出跨媒介叙事特征，"一鱼多吃"的开发模式逐渐成熟。跨媒介叙事即用不同的媒介建构出同一世界观之下的不同故事和不同的娱乐体验，是数字媒介深度融合的产物。2022年，网络文艺内部的跨界融合更趋成熟，多部网络文学作品进行了影视、动漫、游戏的改编。如当代军旅题材网台剧《特战荣耀》改编自纷舞妖姬的军旅小说《中国特种兵之特别有种》，网台剧《天才基本法》改编自长洱在晋江文学城连载的同名小说，网台剧《消失的孩子》改编自豆瓣阅读作者贝客邦的悬疑推理小说《海葵》，网剧《卿卿日常》改编自多木木多（晋江文学城）小说《清穿日常》，这些作品均获得了不错的口碑。爱奇艺熟练运用"一鱼多吃"的模式，本年度又推出了《苍兰诀》的网络动画、网络剧、漫画、游戏等多种形式，均获得不俗反响。阅文推出国内首个"网文数字藏品"《大奉打更人之诸天万界》，该款藏品是起点中文网知名网文IP《大奉打更人》的首款数字藏品。

在网络文艺中，媒介的力量起到了主导性的作用，甚至反过来影响着整个文化场域的面貌。在新媒体技术的加持下，人们的文艺生活格局已悄然改变，以2022年11月北京的"中国文学盛典·鲁迅文学奖之夜"为例，这本是一个中国文学的盛会和颁奖典礼，但由于使用了跨媒介叙事的方式，由多家电视台和网络视频平台全程联合直播，整个盛典恢宏大气、异彩纷呈，新意迭出、亮点频现。可以说，这是新传播格局中的文学界所做的一次有益探索。跨媒介叙事对网络文艺的影响不仅仅是扩大了同一内容所能辐射的受众量，拓展了文艺创作的书写空间，还丰富了文艺作品的表现力。正如学者迪克所说："媒体历来与使用它们的公众以及更大范围内的文字经济协同进化。"[1] 媒介融合模式的成熟，正在重塑我国网络文艺创作发展的独特面貌。

（三）网络文艺出海势头迅猛

本年度中国网络文艺的出海势头迅猛，态势良好。中国作协于2022年6月发布的《2021中国网络文学蓝皮书》显示，截至2021年，中国网络文学共向海外输出网文作品1万余部，网站订阅和阅读App用户超过1亿人次，覆盖世界大部分国家和地区。[2] 中国音像与数字出版协会于2023年1月发布的《2021年中国网络文学出海报告》显示：2021年我国网络文学海外市场营收规模为29.05亿元，同比增速75.32%；我国网络文学海外用户规模接近1.8亿，相较2020年增长了近80%。[3] 这些数据都说明了中国网络文学的海外影响力越来越强大。2022年9月，《赘婿》《大国重工》等16本中国网络文学作品首次被收录至世界最大的学术图书馆之一——大英图书馆的中文馆藏书目之中，涉及科幻、历史、现实和奇幻等多个题材。读者可以在线查询图

---

1 [荷兰]何塞·范·迪克：《连接：社交媒体批评史》，晏青、陈光凤译，北京：中国人民大学出版社，2021年，第5页。
2 中国作家协会网络文学中心：《2021中国网络文学蓝皮书》，《文艺报》2022年8月22日，第3版。
3 孙海悦：《2021年我国网文海外市场营收规模29亿元》，《中国新闻出版广电报》2023年1月10日，第3版。

图 4 中国网络文学作品首次被收录至大英图书馆的中文馆藏书目[1]

---

[1] 图片来源：https://baijiahao.baidu.com/s?id=1743835409505336257&wfr=spider&for=pc。

书信息并借阅纸质版，这也显示出中国网络文学正成为极具时代意义的内容产品和文化现象。

网络文学"出海"传播方式继续保持多样化，包括实体书传播、在线翻译传播、投资海外平台传播和海外本土化传播、IP 传播。其中，IP 改编"出海"成绩亮眼。由中文在线平台的《混沌剑神》和《穿越女遇到重生男》改编成的动漫分别在日本的 Piccoma 平台和韩国 Naver Series 上线，均取得不错的反响，而晋江文学城的 IP 改编则更偏向于影视剧。网剧《苍兰诀》成为出海网剧中现象级的作品，该剧荣登 2022 全球浏览量第一，在东南亚、日韩多国成为海外爆款剧集，Netflix 购入该剧集的海外版权，将在全球同步发行。在微短剧领域，优酷《千金丫环》在 TikTok 中合计播放量超 2.3 亿，YouTube、Facebook、Instagram、Twitter 等社交媒体合计播放量超 5000 万，互动数达 140 万、曝光量接近 3 亿，最高播放峰值比肩头部大古装剧。[1] 网络动漫领域，快看正式推出海外 App，加入全球化漫画平台竞争体系。"漫画，我们是专业的"2022 快看国漫发布会在广州举办，发布会共计囊括 192 部 IP。网络游戏领域，完美世界明确地域侧重，多款在研游戏产品在类型、题材等方面更适合全球发行。《幻塔》手游于 2022 年 8 月 11 日在欧美、日韩、东南亚等全球多地正式上线，在近四十个国家和地区位列 iOS 游戏免费榜第一名，市场表现良好。

（四）网络文艺评论汇聚成磅礴力量

网络文艺的健康发展离不开富有活力的网络文艺评论队伍。本年度北京大学等五所高校的网络文学研究机构联合《青春》杂志社推出了网络文学青春榜，《中国网络文学研究》杂志创刊，《网络文学研究》

---

[1] 参见微信公众号影视产业洞察《2022 年，中国文娱产业加速"出海"平台网剧、短剧带领"出圈"》，https://mp.weixin.qq.com/s/nkAA4EcadHEP3tGNX5qj8A，2022 年 11 月 29 日。

《中国网络文学年鉴》《中国网络文学双年选》和《中国网络文学理论评论年选》等书刊继续出版，中国作协网络文学研究院重点项目"中国网络文学研究名家论丛"也在本年度陆续推出。这一系列举措有效拓展了网络文艺的传播渠道，扩大了网络文艺评论的影响。

网民批评和学者批评在网络文艺评论交相辉映，汇聚起磅礴力量。安迪斯晨风的《生如稗草：网络文学导读》（百花文艺出版社）是一本以书评"星丛"连缀而成的网络文学简史，是身居草莽、野蛮生长的粉丝批评的代表作。单小曦等人编著的《网络文学的合作式批评（浙江篇）》（浙江工商大学出版社）落实了"学者—作者—读者"的金字塔型合作式批评，王小英的《媒介突围——网络文学的破壁》（商务印书馆国际有限公司）丰富了"网络性"的意涵。高寒凝的《罗曼蒂克2.0："女性向"网络文化中的亲密关系》（中国文联出版社）是本年度女频文艺、女性向文艺研究的代表作，作者创造性地提出"虚拟性性征"（virtual sexuality）这一兼具网络性和性别化的话语，认为女性向的网络文艺作品则意味着罗曼蒂克2.0，是玩VR游戏的唐吉诃德，它们的接受和传播是赛博代糖的三角贸易。这些观点颇有新意。

本年度元宇宙研究依旧热度不减。由中文在线发起的"首届全球元宇宙征文大赛"颁奖典礼圆满落幕，90后科幻作家东心爱凭借《卞和与玉》斩获大赛终极大奖"元宇宙奖"。以元宇宙为主题的专栏、学术会议和著述呈现百花齐放的态势。《中国文艺评论》率先开设"热点观察·元宇宙与文艺新空间"专栏，刊登周志强的《从虚拟现实到虚拟成为现实——"元宇宙"与艺术的"元宇宙化"》等6篇文章，展现了较为前沿的理论意识；《电影文学》推出"元宇宙电影研究"专题，讨论元宇宙与科幻、身体、叙事等论题；本年度《戏剧与影视评论》《当代电影》《文艺研究》都在持续关注元宇宙这一话题。裴培、高博文的专著《元宇宙：人类空间移民的想象力革命》（湖南文艺出版社）是元宇宙研究的一大收获，作者认为元宇宙有沦为泡沫的可能，是又一场像"南海公司"或"荷兰郁金香"事件那样的资本市场狂热，但也相信人类的创造力、内容创作能力配得上一个更美好、更高层次的世界。对待元宇宙等新兴文艺现象，我们需要保持一定的观察距离与开放心态，既不追逐新概念的时髦，也不成为产业的应声筒，坚守文化立场和批评操守，保持着麦克卢汉所说的媒介研究者所必须采取的同时"卷入"和"超脱"的姿态。

三、拨云见日，无惧匿光使物

回望2022年的网络文艺，有一些文化现象或问题隐在亮光之中，光影氤氲，难以看清，让人想起会隐身、能驱物的鬼神，它们"得神仙之术，能匿光使物"（韩愈《毛颖传》）。我们需要穿透云雾，辨别症候，方能接近真相。

（一）现实主义网络文艺：重视题材，更要关注品格

近年来，包括网络文学在内的中国网络文艺发生了明显的现实转向。当我们在倡导网络文艺的现实主义创作时，我们或许需要思考和解决两个核心问题：其一，该如何认识现实主义的多变性？其二，文艺的题材是否可以决定文艺作品是否属于现实主义？

关于第一个问题，韦勒克曾经有过精彩的论述，在他看来，"现实主义作为一个时代性概念，是一个不断调整的概念，是一种理想的典型，它可能并不能在任何一部作品中得到彻底的实现，而在每一部具体的作品中又肯定会同各种不同的特征，过去时代的遗留，对未来的期望，以及各种独具的特点结合起来"[1]。韦勒克在这里揭示了一个事实：

---

[1] ［美］R. 韦勒克：《批评的诸种概念》，丁泓等译，成都：四川文艺出版社，1988年，第241页。

现实主义的"边界"从来都是变动不居的。进入网络时代之后，传统的现实主义文艺观依旧在发挥着重要的主导作用，但随着新媒介的发展和文艺形态的出现，现实主义文艺的形态正经历着一系列深刻的变化。在虚拟现实、增强现实、混合现实等现实形态和元宇宙等新的媒介现象愈加复杂的今天，我们应该重新认识、合理评价诸如传统现实主义、批判现实主义以及新的变体如虚拟现实主义、寓言现实主义、新媒介现实主义、游戏写实主义、心性现实主义、及物现实主义、软核现实主义、粉红色现实主义、二次元写实主义等概念，在纷繁复杂的当代文艺现象中切实发挥现实主义文艺批评的引导功能。

关于第二个问题，题材是作品中构成艺术形象和故事情节的具体材料[1]，题材在文艺创作中当然是重要的，正如歌德所说的那样："还有什么比题材更重要呢？离开题材还有什么艺术学呢？如果题材不适合，一切才能都会浪费掉。"但歌德并非主张"题材决定论"，他甚至"劝人采用前人已用过的题材"，他认为即使用过多次的题材，"产生的作品各不相同，因为每位作家对同一题材各有不同的看法，各按自己的方式去处理"。"写小题材是最好的途径。"[2] 这就是说，题材不是决定文艺作品的现实主义属性的必要因素。在新媒介语境下，当代文学存在着多种现实主义的可能。如果现实题材的作品只有悬浮的幻象而非活生生的形象，故事虚假而荒唐，被判定为"伪生活""伪现实"，那么它即使再书写现实，对现实主义文艺的变革也并没有实质的贡献。无论是何种题材、何种表现形式，只要可以唤起或激发出人们真实的生活体验，呈现的是属于当下的时代症候，它就具有现实主义的品格或属性。我们与其倡导网络文艺的创作主体都转向现实题材创作，不如

---

[1] 夏征农主编：《大辞海·中国文学卷》，上海：上海辞书出版社，2005年，第17页。
[2] ［德］爱克曼辑录：《歌德谈话录》，朱光潜译，北京：人民文学出版社，1978年，第7—8、10页。

充分肯定具有现实品格或现实感的网文作品的价值，鼓励更多的"现实主义者"的出现，"于人间烟火处，彰显道义和担当。在悲欢离合中，抒写情怀和热望"（《人世间》宣传语）。

（二）从发疯文学、疫情文学到废话文学：是通话膨胀还是电子木鱼？

本年度发疯文学等网络文艺形态的兴起和蔓延引人关注。"发疯文学"指的是大段的没有逻辑的、极度夸张、无序、情绪饱满的文字句式，往往出没于各大社交平台的文案和评论区里，比如："我感觉我是真的疯了，我躺在床上会愤怒，我洗澡会愤怒，我出门会愤怒，我走路会愤怒，我真的觉得自己像中邪了一样，这世界上那么多快乐为什么没有一个是属于我的……"发疯文学起源于淘宝用户通过"发疯"促使店家客服迅速解决售后问题，目前仍在不断进化中。有网友总结出了创作"发疯文学"的几大秘诀：一是字数要多，长篇累牍让对方不敢忽视；二是逻辑要无序，怎么造句不重要，营造气势才是根本。[1] 类似的还有废话文学，这种文学样式类似于没有任何有用的信息的表达，听众好像听懂了，又好像听了个寂寞，如"听君一席话，如听一席话""记得上次看到这种评论，还是在上次""抛开内容不谈，你讲的还是蛮有内容的"，等等。"疫情文学"是网友以戏仿经典名著的形式书写疫情封控生活的书写方式，多在豆瓣网发布，比如网友对卡夫卡《变形记》《审判》的改编："一天早晨，格里高尔·萨姆沙从不安的睡梦中醒来，发现自己小区被封了。""一定是有人诬告了约瑟夫·K，他心知自己没去过其他地方，然而就在某个早晨，他的健康码变红了。"

---

[1] 参见正观新闻《"发疯文学"，年轻人的交流密码？》，https://baijiahao.baidu.com/s?id=1747985758884885293&wfr=spider&for=pc，2022年10月29日。

发疯文学、废话文学、疫情文学形成了一种"通话膨胀"[1]的语言风格，具有亚文化的"盗猎"和"仪式抵抗"的特征。它们不是无病呻吟或摆烂情绪的流露，而是一种对尚未解决的社会问题的象征性解决，表征着青年群体在疫情防控中的焦虑、社交媒体时代的群体性孤独和社会结构剧烈变迁中的无力感，是在人均"社恐"与互联网"社牛"的矛盾中寻求维持情绪平衡、疗愈精神内耗的尝试。废话文学等文艺形态使用了某种约定俗成的网络语言结构，能够唤起对话双方情感上的相互理解和彼此认同，在网络时代充当着"电子木鱼"的功能。有人认为疫情文学"让人笑着笑着就哭了"，"是用诗意驱散现实的阴霾"；也有人把废话文学的鼻祖归为鲁迅先生，认为类似"我家门前有两棵树，一棵是枣树，另一棵还是枣树"的表达，不正是一种废话文学？这些说法并非没有道理。[2]"发疯"并不意味着癫狂，"疫情文学"也不只是戏仿和玩梗，"废话"并非毫无意义，"膨胀"并不意味着必然贬值，它们是互联网时代的"嘴替"，是人们应对数字时代的人际关系和生存困境的一种文化症候和抵抗策略。

（三）数字伦理的建构：摆脱"煤气灯"操控，建立有效连接

连接是互联网的内在法则，在网络文艺的生产、传播和消费过程中，社交媒体促使人们彼此的连接达到了最密切的程度。网民通过弹

---

[1] 这里的"通话膨胀"一词来自B站上的相声《论当今的通话膨胀》，作者对此的界定是："原本一个很正常的说法，如今却愈来愈不像好话，原本一个很正常的情绪，如今愈来愈需要夸张表达。这种语言的超发与贬值，就是语言的通货膨胀。"参见UP主"云社"：《论当今的通话膨胀》, https://www.bilibili.com/video/av561757270/，2022年10月22日。

[2] 进入网络时代之后，经典鲁迅和网络鲁迅一直在网络文化中并存着，"鲁迅说"被视为"社会批判"的"元语言"，鲁迅先生被认为是网络文学的最早代表，他的《故事新编》被认为和网络文学有着极多相似和契合之处。参见李静：《"互联网鲁迅"：现代经典的后现代命运及其启示》，《现代中文学刊》2021年第5期。

幕、本章（段）说、留言、发帖、点赞、催更、投票、创造同人文化等方式发表即时评论，和作者、网友沟通，共同创造着网络文艺文本。[1]2022年12月底收官的阅文集团首届"网文填坑节"活动，就是一次网络文艺的理想连接。"填坑"文化在网络文学中由来已久，指更新连载，或续写小说中未交代完整的情节。此次再更新的百部作品，均来源于起点用户的许愿榜单，《诡秘之主》《斗罗大陆》《盗墓笔记》《凡人修仙传》《回到明朝当王爷》《诛仙》等102部经典作品得以再更新，爱潜水的乌贼、蝴蝶蓝、南派三叔、唐家三少、萧鼎等成名网文作家以及历史系之狼、裴不了、轻泉流响等95后新秀作家，积极参与了这次"填坑"活动，共更新了50万字，超7000万用户参与，阅读量破亿，番外人均阅读时长达77分钟，书粉们表示这是"网文最大规模爷青回"。阅文的这一内容玩法，将书粉的愿望表达与追更、经典IP的内容更续、作家的回应与创作完美整合在起点读书这一内容场景中，展现了经典网文IP的生命力和可持续价值。这是网络文艺的理想连接和创新典范。

不过网络文艺的生产和消费并非都是连接状态，社交媒体在赋权给网民的同时也带来了剥夺或阻碍，引发了反连接的矛盾现象，正如学者特克尔所说的那样："我们坚信网络连接是接近彼此的方法，即使它也是同样有效地躲避和隐藏彼此的方法。"[2]连接同时也可能是一种反连接。人们的网络足迹产生的"情感流量"成为了数据挖掘的基本资

---

1 胡疆锋、刘佳：《云中漫步还是退而却步——论社交媒体与文艺评论的转型》，《中州学刊》2022年第4期。
2 [美]雪莉·特克尔：《群体性孤独：为什么我们对科技期待更多，对彼此却不能更亲密？》，周逵、刘菁荆译，杭州：浙江人民出版社，2014年，第300页。

源，数据挖掘最终使得社交媒体的数据流形成"过滤泡"[1]，让用户对算法既依赖又顺从，会误以为得到的信息和自己的选择或喜好是公正、客观、真实的而非人为建构的，"煤气灯操控"现象就是网络时代值得警惕的反连接或过滤泡现象。

"煤气灯"（gaslighting）是 2022 年著名的《韦氏词典》评选出的年度词语，原指施虐者经常使用的令人发指的工具，后来专指操纵思想、严重误导、彻头彻尾的欺骗行为或严重误导别人的做法。"煤气灯操纵"的本质是双方共同打造的一种关系，因此又被称为"煤气灯探戈"，表现为情感虐待、情感操纵、PUA，等等。[2]"煤气灯操纵"在中国网络文艺的生产与消费中屡见不鲜。当社交媒体出现"锁定""隔离""退出"等反连接的情形时，文艺评论出现了"景观化"和"圈层化"的趋势，被流量和算法劫持，表达方式日益表演化、浮夸化，难以实现有效的对话；圈层中的舒适区、同温层和过度连接使评论者产生了更为强烈的认同感和排他性，也加速了审美固化的形成，[3]都有可能出现煤气灯操纵的情形，从而使网民和文艺评论者丧失生命力、创造力和行动力。以 2022 年因遭到全网群嘲而备受关注的剧集《东八区的先生们》为例，自 8 月 31 日《东八区的先生们》在网络平台播出以

---

1 "过滤泡"是美国学者伊莱·帕里泽提出的概念，用以描述新一代的网络过滤器。这种过滤器通过观察——实际上是将人们在网上的种种印记加以收集和分析，推断出人们喜好，并预测人们的下一步行动和下一种欲望。过滤泡便是这些引擎为每个人打造的独特的信息世界，它改变了我们接触观念和信息的方式。参见［美］伊莱·帕里泽《过滤泡：互联网对我们的隐秘操纵》，方师师、杨媛译，北京：中国人民大学出版社，2020 年，第 8 页。
2 参见微信公众号社会学吧《"Gaslighting（煤气灯）"当选韦氏词典年度词汇》，https://mp.weixin.qq.com/s/Nb3pD6epQM1uotdHt7jR7Q，2022 年 11 月 29 日。
3 参见胡疆锋、刘佳《云中漫步还是退而却步——论社交媒体与文艺评论的转型》，《中州学刊》2022 年第 4 期。

后，9月2日便有影视区UP主"哇哇哇妹"推出了长达11分钟的题为"油到想吐！张翰做编剧拍了一部大烂剧！《东八区的先生们》吐槽【哇妹】"吐槽视频。部分豆瓣网友们甚至一集都没有看过便给出一星评论，并表示"希望早日下架"。铺天盖地的B站UP主吐槽"团建"中，带有大量对该剧主演的人身攻击，这种"群嘲"已形成了需要谴责和追究责任的网络暴力。无独有偶，当我们品尝可口、便捷的类似"3分钟说电影"视频[1]的"电子榨菜"时，一部电影的灵晕被粗暴地拆解成无差别的AI解说音色、固守相同套路的碎片化戏剧冲突。当我们在滤镜营造的理想生活的诱导下大呼"上链接""抄作业"时，我们已经不自觉地完成了用"去个性"实现的"伪个性"自我驯化。这种审美过程中主体性的消解也再次印证了我们很容易陷入"黑红也是红"的吊诡互联网逻辑，陷入赫克托·麦克唐纳（Hector MacDonald）在《后真相时代》中所说的怪圈："思维模式是指我们关于自己和周围世界的一组信念、思想和意见。我们的思维模式决定了我们对于事物的看法以及我们选择的行为。"[2] 种种充满矛盾的网络文艺传播宛如一个煤气灯，人的主体性在氤氲的灯影中飘浮、失落，也使得早期"豆瓣高分"的朴素而真实的审美逻辑荡然无存，看似自主的评价过程也不可避免地落入了流量逻辑，这是我们应该时刻警惕的。

行文至此，正值北方的隆冬，但大地已春潮涌动，万物日渐复苏。

---

[1] 在这些视频里，影视中的所有男人都叫"小帅"，所有女人都叫"小美"，警察统一被称作"佛波勒"（FBL的拼音，为FBI的误写），坏人叫作"丧彪"，路人叫作"小卡拉米"，"小帅"和"小美"们式的评论几乎肢解了所有影视作品。详见黄瓜汽水《注意看，"小帅和小美"正在肢解电影》，微信公众号"那个NG"，https://mp.weixin.qq.com/s/OBifrTwnvmevDg539wglDA，2022年11月15日。

[2] ［英］赫克托·麦克唐纳：《后真相时代》，刘清山译，北京：民主与建设出版社，2019年，第9页。

可以预料的是，2023年的我们还难免会遭遇春寒料峭甚至凄风苦雨，但"时间向前，我们向上"[1]，我们期待着中国网络文艺可以奉献出更多有意义、有意思的作品，点点微光闪烁，汇成璀璨星河。

（原载《中国文艺评论》2023年第2期，署名胡疆锋、刘佳）

---

1 "时间向前，我们向上"系2022—2023湖南卫视芒果TV跨年晚会的主题词。

2023 网络文艺：以磅礴的想象力致敬未来

2023 年是告别疫情后的第一年，与许多行业一样，中国网络文艺也处于滚石上山、聚力奋发的状态。12 月底，国内知名杂志《环球人物》郑重推选出这一年的年度人物："破圈的 AI"。这一特别的指认有力地印证了呼啸而来的人工智能（AI）的巨大影响力。对网络文艺而言，AI 是技术，是创新，更是图景，是可能，是人类和未来的突然相遇。受到新媒介技术的涌现和跃迁的深刻影响，中国网络文艺呈现出气势磅礴的想象力，迸发出强大的创新活力。与此同时，一些不确定、难预料的问题和现象也令人深思。

一、遇见"最关键的未来"[1]：网络文艺一览

网络文艺跃入智能传播时代。自 2022 年年底通用聊天机器人 ChatGPT 上线以来，生成式人工智能（AIGC）从科幻走进现实，迅速火爆全球，各大厂的大语言模型也纷至沓来，令人目不暇接。在本

---

[1] 这句话出自复旦大学梁永安教授在环球人物年度盛典中的发言："现在遇到的未来是中国有史以来最关键的未来。"参见《"聚力·奋发 2024"环球人物年度盛典成功举办》，https://www.globalpeople.com.cn/index.php?m=special&c=index&a=show&id=3244，2023 年 12 月 22 日。

年度评选出的"十大科技名词"中，大语言模型、生成式人工智能、量子计算、脑机接口、数据要素、智慧城市、碳足迹、柔性制造、再生稻、可控核聚变入选，[1]其中前五项都与人工智能有关。虽然严格意义上的强人工智能（具有真正的意识、情感、创造力和自主决策能力的AI）目前只是初现端倪，但是人工智能的兴起毫无疑问是当代文艺的一次"事件"。人机协同的AIGC对普通人的一个重要影响是："它为平民化的艺术创造打开了大门"，"提高了人们的虚构能力"，普通人有了"艺术化生存"的可能。[2]人工智能最惊人的"艺术才华"不在于它已经取得的成绩和创造的奇迹，而在于它令人恐怖的学习能力、成长速度和未来的无限可能。

本年度各大平台纷纷布局人工智能领域，加快形成网络文艺的"新质生产力"。网络文艺的内容生产（如文艺创作）、分发和使用（如算法推荐）都跃入了智能传播时代（智媒时代）。阅文集团开发出国内第一个网文大模型"阅文妙笔"及其应用产品"作家助手妙笔版"，中文在线集团推出了全球首个万字创作大模型"中文逍遥大模型"，掌阅科技接入了百度的文心一言。人工智能可以提供世界观设定、角色设定、情节安排、情景描写、打斗描写、人物对白、插画制作、内容评判、翻译推广、IP孵化等全周期的功能辅助，旨在让AIGC成为艺术家创作的金手指。比如在优酷播出的漫改剧《异人之下》中，阿里文娱技术团队制作的AI数字人物"厘里"饰演了剧中角色"二壮"，开创了数字演员首次参演中国真人剧集的先河，高度还原了具有中国风的"都市异能"设定，让二次元和传统思想和谐共生。2023年10月，

---

[1] 参见《2023年度十大科技名词揭晓》，微信公众号"中国科技术语"，2023年12月26日。

[2] 彭兰：《智能与涌现：智能传播时代的新媒介、新关系、新生存》，北京：电子工业出版社，2023年，第274、281页。

清华大学沈阳教授团队创作了具有卡夫卡风格的科幻小说《机忆之地》（署名硅禅），作品从作者笔名、标题、正文到配图都由 AI 完成，在第五届江苏省青年科普科幻作品大赛中荣获了二等奖。12 月以来，全球首部 AI 全流程大型动画电影《愚公移山》在北京开机，中国文艺网联合中国外文局文化传播中心策划推出"'宝贝'晚安"系列，以中华文明瑰宝为原型，邀请艺术家运用 AI 技术，创作出"商后母戊鼎"等"中华器灵"系列形象，定制每一件文物"宝贝"的晚安故事，通过 AI 激活了中国传统文化的审美想象力。

科幻成为网络文艺主赛道。 百年变局下，探月探火、载人航天、"天眼"远望、深地探测、超级计算机、"工业软件之芯"求解器等科技创新和重大突破，是中国快速发展和在一些领域遥遥领先的关键变量，也是中国科幻源源不断的强大动力：科幻被现实追赶！科幻在本质上展现的是中国人对未来的好奇和激情。自 2015 年以来，刘慈欣的《三体》、郝景芳的《北京折叠》、海漄的《时空画师》三次获得世界科幻界最高奖"雨果奖"，《流浪地球》系列电影和《三体》电视剧也极大地提高了中国科幻影视的水准。2023 年，世界科幻大会首次在中国举行，成都成为全世界科幻爱好者的关注焦点；金鸡百花电影节首次设立科幻创投单元，《星际信使》等 5 个项目入选终极路演，热门动画 IP 改编的《灵笼 VR》获金鸡 VR 影展"年度互动体验荣誉"。随着科幻热在神州大地的兴起，科幻文学成为网文热门类型。据统计，中国 2022 年"新增科幻题材网文作品 30 余万部，同比增长 24%"[1]。科幻网文用户也出现了量级的增长，以起点中文网为例，"自 2021 年起，月均有近半数的读者追更科幻题材网文，2022 年科幻品类阅读用

---

[1] 中国数字出版产业年度报告课题组：《2022—2023 中国数字出版产业发展年度报告（摘要）》，《出版发行研究》2023 年第 9 期。

户数量相较去年同比增长 39.73%，位居起点全品类题材中阅读用户增长首位。2022 年，起点科幻品类的付费用户规模相较去年同比增长近 118%，付费阅读转化比高达 25%，均为起点全品类网文题材的第一名"[1]。为此，起点中文网专门设置了千万级科幻"启明星奖"大奖。科幻网文用户的兴趣选择更广泛，更主动、更有创造力，更愿意以二创的形式加入内容共创，甚至帮助作者补齐世界观或填坑。

本年度网络科幻作品佳作频出，原创改编矩阵业已形成。严曦的《造神年代》（首发于豆瓣阅读，2023 年由四川大学出版社出版）被誉为"人工智能时代启示录"。故事的设定时间是科幻中最难写的近未来——21 世纪 40 年代，描写了阿理集团和古歌公司之间发生的人工智能大战以及中美对抗。这部作品与其说是小说，不如说是史书，它记载了"形状不定，无所不知，无所不能，永远年轻，永远好奇，永远向上"[2]的强人工智能留下的浪漫、惊恐和壮美的历史，该书也入选了第 81 届世界科幻大会发布的《中国科幻文学 IP 改编价值潜力榜（2023）》。伪戒的《永生世界》（首发于 17K）回应了人类、AI 机器人、生物科技共存时的道德伦理难题，引发了我们对生命本质和永生的思考。在 2023 年中国作家协会网络文学重点作品扶持项目中，远瞳的《深海余烬》等 8 部科幻题材作品入选，《深海余烬》讲述了中学教师周铭穿越后在奇诡的末日世界航行的故事，将科幻与克苏鲁、蒸汽朋克等元素融为一体，该作品也荣获了第 33 届中国科幻银河奖的最佳科幻网络小说奖。"滚开"的《隐秘死角》描写的也是近未来式的科幻世界，讲述了一个普通人在获得异能后在异世界蜕变、成长的故事，小说中的改造人、"飞仪"、AR 眼镜、磁悬浮招牌、飞行汽车等与现实

---

1 刘鹏波：《科幻网文展现未来叙事的无限可能：〈中国科幻网络文学白皮书（2022）〉发布》，《文艺报》2023 年 4 月 26 日，第 4 版。
2 严曦：《造神年代》，成都：四川大学出版社，2023 年，第 265—266 页。

都有微妙的联系，作品荣获了第 34 届中国科幻银河奖的最佳网络文学奖。本年度网络科幻的改编令人振奋，《星域四万年》动画第一季在腾讯视频的播放量破亿，《吞噬星空》动画首季点播超过 10 亿，《全球高武》的漫画人气达 42 亿，在日本漫画平台连载中点赞量超过 444 万次。[1] 会说话的肘子的《第一序列》动画自开播起就好评如潮，B 站评分达 9.8 分，开播首周即问鼎 B 站国创区 TOP 1，播放量破亿。

网络文艺出现国潮热。习近平总书记说："对历史最好的继承就是创造新的历史，对人类文明最大的礼敬就是创造人类文明新形态。"[2] "泱泱中华，历史何其悠久，文明何其博大，这是我们的自信之基、力量之源。"[3] 习近平文化思想对网络文艺有着重大的指导意义。网络文艺国潮热的盛行，正是这一思想的鲜活实践。

所谓国潮热或国风热，就是将根植于本土的中式元素（历史、艺术、美学、哲学等）融入当代文艺中，从而让受众体会到：这个故事与中国人有关，与"我"有关，而不是一个来自西方的、好莱坞的、遥远的故事。这就需要找到更多的发现和切入传统、历史的视角，正如科幻作家宝树在《科幻中的中国历史》一书所说的："科幻中蕴含着更广大更深远的可能性。它仿佛双面的雅努斯神，既朝向未来也回望过去。"[4] 也就是说，通过未来的反照，激活历史自身的更多可能性，可以发现丰富的"科幻秘史""科幻别史"和"科幻错史"，描摹出科幻文艺的缤纷图景。羽轩 W 的《星际第一造梦师》讲述了民俗学研究生

---

[1] 参见《2023 科幻文学 IP 改编价值潜力榜发布！》，微信公众号"四川科协"，2023 年 10 月 20 日。
[2] 习近平：《在文化传承发展座谈会上的讲话》，《求是》2023 年第 17 期。
[3] 《国家主席习近平发表二〇二四年新年贺词》，《人民日报》2024 年 1 月 1 日，第 1 版。
[4] 宝树编：《科幻中的中国历史》，北京：生活·读书·新知三联书店，2017 年，第 2 页。

洛昭穿越到星际文明的故事，将古诗词、传统国画融入科幻文艺创作，打造出一场五千年的悠悠大梦，该书也入选了2023年中国作家协会网络文学重点作品扶持项目和中国小说学会"2023年度中国好小说榜单。卖报小郎君的《灵境行者》中的主角"元始天尊"、神秘领域灵境的设定、神魔文化等都渗透着中国文化的元素，慕明的小说集《宛转环》（首发于豆瓣阅读，上海文艺出版社2023年出版）从杳冥上古神话写到晚明官员的家国情怀，从中国古人对时空的理解写到人工智能，堪称瑰丽精致的中国古典科幻故事，该作品也入选了豆瓣2023年度科幻·奇幻榜单。古装网剧自觉抛弃"宫斗""无脑甜""篡改历史"等戏码，深挖传统文化内涵，《为有暗香来》弘扬了中国传统制香技法和非遗文化，探索了一条"网剧+非遗"的出圈之路。《莲花楼》拓展了传统的"侠客"形象和内涵，书写了一段别样的江湖故事，在抒发"侠之大者，为国为民"的豪情的同时，也蕴含着质朴自然的禅宗智慧，引起了年轻人的共鸣。

  本年度的网络动画也有明显的国潮风格，上海美术电影制片厂和B站推出的《中国奇谭》是本年度的爆款作品，该片继承了中国动画学派的优良传统，运用水墨、素描、剪纸、定格、漫画等手法，以年轻化的叙事视角讲述了充满中式想象力的《小妖怪的夏天》《玉兔》等八个故事，将传统文化元素融入现代精神，内容涵盖乡土眷恋、科技幻想、生命母题、打工生活、环保问题等，口碑逆天，被誉为"今年最充满希望的故事"，入选中国经典民间故事动漫创作工程（网络动画片）重点扶持项目，几乎将本年度的"金熊猫奖""白玉兰奖""金猴奖""金海豚奖"等所有动画奖项收入囊中。B站播出的《怪兽小馆》的灵感来自著名画家吴冠中的画作，在视觉表现上采用了罕见的水墨二维作画，《雾山五行之犀川幻紫林篇》的人物打斗结合水墨意蕴，虚实结合极具视觉表现力。新国风游戏的突破也令人惊喜，如完美世界的新国风青绿种田网游《淡墨水云乡》，聚焦于古代田园生活的经营网游《桃源深处有人家》，具有水墨画风格的三国题材策略网游《名将之弈》，以华夏文明的精神图腾"龙"为主线的《归龙潮》，等等。网络文艺的国潮热使之成为"非遗"活态传承的重要阵地。10月，文化和旅游部恭王府博物馆与阅文集团联合举办了"阅见非遗"第一届征文大赛的颁奖仪式，这次参赛作品达到6万多部，涉及京剧、木雕等127个非遗项目，《我本无意成仙》等10部作品突出重围，最终获奖。5—12月，由国家图书馆、抖音集团主办，国家古籍保护中心与番茄小说联合承办了"古籍活化，传承书香"的征文活动，征集到以《西厢记》等古籍为蓝本进行再创作的作品3万余部，最终评选出《鄱阳湖君传》等15部获奖作品。

网络文艺继续深耕现实题材创作。骁骑校的穿越类革命历史题材小说《长乐里：盛世如我愿》（首发于番茄小说网，上海文艺出版社2023年出版）是本年度网文的大赢家，先后入选第六届中国"网络文学+"大会优秀网络文学作品、新时代十年百部中国网络文学榜单，获得第二届天马文学奖、第二十届百花文学奖·网络文学奖等。中国作协网络文学重点作品扶持的很多作品都具有强烈的现实品格，如银月光华的《大国蓝途》描绘了我国水下机器人技术的突破历史和科技工作者自强不息的奋斗精神，该作品也荣获了2023第三届七猫中文网现实题材征文大赛"金七猫奖"。书写国产卫星导航产品艰辛奋斗史的《只手摘星斗》获得阅文集团第七届现实题材网络文学征文大赛特等奖。现实题材网络影视也取得不俗成绩。国家广电总局发展研究中心的《2023中国剧集发展报告》显示，在2023年前8个月，成功备案的现实题材网络剧共 422 部，占比接近 70%。[1] 网剧《漫长的季节》的故事设定充满创意：一桩悬案游荡于三个时代之间，三个时空多条线索交织，以富有诗意的镜头画面、十足的烟火气和深沉的时代感拓展了悬疑剧的新维度，掀起全民观剧热潮。网络作家深蓝的《请转告局长，三大队任务完成了》（原载于"网易人间工作室"）讲述了中国警察为了正义和荣誉不惧牺牲，不断追求真相的故事，被改编为网剧《三大队》在爱奇艺播出，电子书同时在爱奇艺小说上线，电影版《三大队》上映后以 5.59 亿元夺得 2023 年贺岁档票房冠军。需要强调的是，一些非现实题材的网文也具有强烈的现实倾向。12 月 27 日，澎湃新闻与阅文集团联合发布《2023 网络文学十大关键词》，其中有一个关键词是"考研"，主要指的是网文中的"考研文""考公文"：小说主角在网文里备战清华北大，在仙侠文中考公考编。单看作品的书名就可见一斑：《全网黑后我考研清华爆红了》《重生的我只想专心学习》《这是恋综！你刷题干嘛？考研吗？》《基建升仙，从地府考编开始》，等等。[2]

微短剧积微成著。网络微短剧是继网剧、网络电影、网络动画片后出现的第四种网络影视形态，单集时长在几十秒到 15 分钟左右，以爽点高、设定夸张、时长短、成本低、周期短为主要特点。本年度微短剧渐呈狂飙态势，形成了庞大的市场规模。据统计，"中国网络微短剧市场规模呈上升趋势，2023 年中国网络微短剧市场规模达 373.9 亿元，同比上升 267.65%；预计 2027 年中国网络微短剧市场规模超 1000 亿元。2023 年第三季度中国网络微短剧发行量达 150 部，接

---

[1] 参见《电视剧、网络剧及微短剧发展，呈现出五大发展态势》，微信公众号"广电视界"，2023 年 10 月 25 日。

[2] 参见《2023 网络文学十大关键词出炉，考研、种田、非遗等词上榜》，微信公众号"澎湃新闻"，2023 年 12 月 27 日。

近2022年全年总和的2倍"[1]。微短剧变现能力惊人，2023年的市场规模接近中国电影总票房（549.15亿元）[2]的七成，这也吸引着头部平台大举进军短剧市场。2023年1—7月，爱奇艺、优酷、腾讯视频、芒果TV、哔哩哔哩五大平台首播重点微短剧297部，超越2022年全年首播数量。[3]影视企业和大量非专业公司也竞相投资微短剧，这也导致微短剧几乎成了金融产品而非艺术产品。从整体上看，目前的短剧市场充斥着演绎夸张、内容同质化的作品，"战神""复仇""赘婿""甜宠""重生""逆袭""虐恋""霸总""狼人""吸血鬼"等短剧类型霸屏，许多微短剧沦为爽文的影视广告。

本年度也不乏微短剧精品。《逃出大英博物馆》源于两位自媒体博主"煎饼果仔"和"夏天妹妹"和网友的互动，创作者在无明星、无资本、无名导的条件下自制完成了3集短剧，最短2分43秒，最长9分39秒，总长约17分钟，该剧体量虽小但格局宏大，采用拟人化的方式讲述了文物归乡的故事，抒发了"愿山河无恙，家国永安"的爱国情怀和文化乡愁，丰富的想象力、充满质感的画面和炽热的家国情怀让人瞬间破防。爱奇艺播出的《全资进组》是一部披着雷剧外衣的创意好剧，讲述了"资方爸爸"凭借资本介入剧本创作，一人分饰十二个角色的故事。该剧融甜宠、悬疑、武侠、宫斗、仙侠、穿越等题材为一体，剧中有剧，以脑洞大开的想象力深刻反思了资本、流量对文艺创作的侵蚀。抖音上线的《二十九》聚焦女性互助主题，讲述两位

---

[1] 艾瑞咨询：《2023—2024年中国微短剧市场研究报告》，微信公众号"艾媒咨询"，2023年11月22日。
[2] 刘阳、任姗姗：《2023年电影总票房549.15亿元》，《人民日报》2024年1月2日，第1版。
[3] 参见国家广播电视总局发展研究中心、国家广播电视总局监管中心、中广联合会微视频短片委员会编著《中国短视频发展研究报告（2023）》，北京：中国国际广播出版社，2023年，第5页。

女主从情敌到朋友、互相合作、成长、救赎的故事，真实呈现了当代都市女性的生存困境与情感危机，塑造了理性、沉稳、自强的新时代女性形象，金句频出的人物台词和拒绝"恋爱脑"的清醒人设也让该剧脱颖而出。这三部爆款剧在《综艺报》"2023综艺报年度影响力"评选中均荣获"年度微短剧"奖项。微短剧正在从"以爽取胜"转向为"以质取胜""微而精""短而美"的精品化发展阶段。

二、"解锁未来"[1]：网络文艺的制度建设

文艺制度的建设和创新是网络文艺高质量发展的保障，制度中的每一个细节都有可能影响到网络文艺的发展，"在庞大的时间机器里，一个微小的齿轮就可能使未来面目全非"[2]。中国网络文艺制度正是各种齿轮"合力"作用的结果，本年度，中央网信办、国家新闻出版广电总局、中国文联、中国作协等各级文化管理部门、网络平台、学术机构、大众传媒、民间团体等以各种方式合力推动着网络文艺的制度建设和创新，为解锁未来积蓄能量。

网络文艺生态治理成效显著。各级文化管理部门加大力度整治网络乱象和生态环境，为网络文艺的健康发展保驾护航。中央网信办等部门持续开展了"清朗·网络戾气整治""清朗·从严整治'自媒体'乱象""清朗·规范重点流量环节网络传播秩序""清朗·整治短视频信息内容导向不良问题"等专项行动，国家广电总局多措并举开展网络微短剧治理工作，将微短剧纳入规范化、常态化管理。《黑莲花上位手册》《当替身我月薪百万》《腹黑女佣》等含有低俗色情、极端复仇、

---

[1] "解锁未来"出自上海学者罗小茗的新书《解锁未来：当代中国科幻小说中的城市想象》（上海书店出版社，2023年）。
[2] 今何在：《未来：人类的征途》，南昌：江西人民出版社，2019年，封底。

审美恶俗等内容的违规微短剧被下架。中国作协成立了网络文学维权委员会，切实维护网络文学平台和网络作家的合法权益。北京互联网法院发布了数字版权十大典型案件，其中包括短视频著作权案、图解电影案、延时摄影案等案例，为网络文艺领域的侵权判定和自主维权路径提供了有力参考。

多方助力网络文艺的主流化、精品化发展。中国作协通过支持40项网络文学重点选题，发布2023年度中国网络文学影响力榜，支持网络科幻文学创作（与西南科技大学等合作），支持出版网络文学年鉴、网络文学理论评论年选，积极引导网络文学的发展导向。国家广播电视总局开展2023年"网络视听节目精品创作传播工程"等活动，扬子江网络文学评论中心、《青春》杂志及多所高校联合发布"网络文学青春年榜"，深入网络文学现场。继2017年年底由中国作协授牌，浙江省作协、杭州市文联等共同打造中国网络作家村之后，网文爱好者蔺瑞良（煮酒小西天）在没有长期稳定的"供血"情况下，几乎以一人之力打造了河北省第一个网络作家村——邯郸市"网络作家村"，以服务网文作家的人文情怀和宽松的创作环境吸引了"村民"近2000人，其中签约作家、有声书主播、职业网文运营者300余人，业务涵盖网文创作、影视、有声书制作、版权开发、创业孵化、学习交流等多个文化项目。[1]

网络文艺评论的体系建设稳步推进。中国文联、评协举办第七届"啄木鸟杯"中国文艺评论推优暨第三届网络文艺评论优选汇活动，自觉探索契合网络时代的新型评论形式，首次将字数500字以内和视频时长5分钟以内的微短评纳入比赛范围，包括视频评论、弹幕评论、

---

[1] 参见李治勇《邯郸有个"网络作家村"》，《邯郸晚报》2023年12月11日，第5版。

留言评论等新型文艺评论。中国作协网络文学中心自 2023 年 6 月以来启动"阅评计划",组织专家学者研讨当下具有热度和好口碑的网络文学佳作,围绕《生命之巅》《长乐里:盛世如我愿》《我要上学》《逆行的不等式》《酒坊巷》《三万里河东入海》《永生世界》《关键路径》《十日终焉》等作品举行线上研讨会,社会各界反响强烈。中国文艺评论(中央音乐学院)基地召开了首届网络音乐评论人才培训班,中国作协网络文学研究院和杭州市文联主办了"白马湖全国网络文学评论大赛"等活动,中国评协、辽宁作协主办的辽宁网络文学"金桅杆"奖首次将网络文学评论(研究)纳入评选,助力网络文艺评论的繁荣发展。

网络文艺研究成果丰硕。欧阳友权主编的《中国网络文学三十年丛书》(湖南文艺出版社)、邵燕君和李强主编的《中国网络文学编年简史》(北京大学出版社)对中国网络文学进行了全景式的梳理与研究,对网络文学浩如烟海的史料进行了系统整理,是 2023 年网络文学研究的扛鼎之作。韩国学者崔宰溶的《网络文学研究的原生理论》(中国文联出版社)对中国的网络文学研究提出了犀利的批评,如对西方理论的盲目接受和滥用,在理解"作品""超文本作品""后现代主义"等传统概念时存在局限等。虽然该书主体是作者 13 年前的博士学位论文(北京大学,2011),但仍然有着积极的借鉴意义。多家学术刊物或媒体设立了网络文艺评论专题,如《中国文艺评论》的"文艺评论与'网暴'治理"专题,"中国文艺评论网"之"青萍荟"的"ChatGPT与文艺"等专辑,《中国文学批评》的"网络文学与传统文学之关联"专题等,社会反响良好。相较于传统文艺,网络文艺的评论主体更为多元,自媒体账号、短视频 UP 主的草根文艺评论具有通俗性、趣味性,也不乏朝气、锐气,往往一针见血,例如微信公众号"3 号厅检票员工"从国内古偶剧同质化的问题入手,对网剧《莲花楼》进行了评论，收获了 10 万 + 的阅读量。

三、"未来已来"[1]：网络文艺的展望与忧思

随着媒介技术的变革，网络文艺始终处于不断更迭的动态之中，充满着诸多不确定性，这种状态可以概括为奇点。奇点意味着"独特的事件以及种种奇异的影响"，具有"可以撕裂人类历史结构的能力"。[2] 奇点将至，人们不免喜忧参半，四顾茫然。以元宇宙、Web 3.0 和 AI 等为代表的数字世界是一种介于技术乌托邦和反乌托邦之间的"未托邦"，引发了"模糊的秩序展望""复杂的生活憧憬"和"深刻的理性戒惧"等忧思。[3]

（一）AI 时代网络空间命运共同体的构建

当人工智能开始介入网络文艺创作，犹如一把"达摩克利斯之剑"，对文艺生产乃至人类活动构成了潜在的风险。人工智能的出现模糊了精神劳动、模仿与原创、艺术真实、知识产权等传统概念，人的容貌、表情、声音、身材、语言风格甚至思维方式等都可以通过数字方式被描绘和复制，难以识别的深度伪造（如 AI 换脸、换声、翻唱等）问题应运而生，艺术作品的版权、个人的隐私问题与伦理问题都面临着挑战。当人工智能开始写诗、写小说、写剧本、绘画、谱曲、做设计的时候，也有了成为创作主体的可能。2023 年 2 月，美国著名科幻杂志《克拉克世界》（*Clarkes world*）由于收到太多 AI 生成的作品，

---

1 严曦：《造神年代》，成都：四川大学出版社，2023 年，第 539 页。
2 ［美］库兹韦尔：《奇点临近》，李庆诚、董振华、田源译，北京：机械工业出版社，2011 年，第 10 页。
3 杜骏飞：《数字交往论》，南京：江苏人民出版社，2023 年，第 160 页。

无法进行正常审稿,不得不宣布暂停征稿,只向熟悉的作者约稿。[1]这也让我们想起了福柯关于"人的终结"的判断:"人将被抹去,如同大海边沙滩上的一张脸。"[2]

自 2023 年 5 月开始,在人工智能技术最发达的美国,敏感的好莱坞编剧聚集在纽约和洛杉矶掀起了 15 年来的首次示威罢工活动,抗议人工智能介入剧本写作。7 月,会员人数超过 16 万人的美国演员工会也宣布罢工,加入编剧大罢工的行列,这是 1980 年以来影视演员的首次罢工,也是 1960 年以来好莱坞两大工会首次联合罢工,对人工智能造成的生存忧虑是这次联合罢工的主要原因。最终,编剧工会罢工历时近 5 个月,演员工会罢工近 4 个月,在最终达成的协议中,和生成式 AI 相关的条款都是重中之重,要求在使用 AI 技术和数字分身时要获得许可、授权并给予补偿。

人工智能引发的风险是国际性的,关乎全人类的命运。2023 年 11 月 1 日,在英国的布莱切利庄园(这也是二战时盟军破译密码的主要地点,第一代图灵计算机的诞生地),首届人工智能安全全球峰会正式开幕,包括中国在内的 28 个国家和欧盟签署首个监管人工智能安全发展的全球声明:《布莱切利宣言》,承认先进的人工智能模型可能造成"严重甚至灾难性的伤害",呼吁人类应该团结协作,确保以"以人为本、值得信赖和负责任"的方式利用 AI。宣言显现出罕见的全球团结,与中国倡导的构建网络空间命运共同体在大方向上也是一致的。

构建网络空间命运共同体是一项宏大的工程,涉及很多安全问题、伦理问题和哲学问题,解决或回答这些问题的路径之一就是回到文学

---

[1] 参见凌君婕《收到大量 AI 生成投稿,美国知名科幻杂志被迫暂停征稿》,《环球时报》2023 年 2 月 24 日,第 5 版。

[2] [法] 米歇尔·福柯:《词与物——人文科学的考古学》(修订译本),莫伟民译,上海:上海三联书店,2016 年,第 392 页。

艺术，回到网络科幻作品，借助那些"杞人忧天"的畅想和异想天开的设定反思人类科技，寻找灵感和思路。人工智能与网络文艺是双向赋能的关系，前者为后者提供了方向和空间，后者通过预言、质疑对后者的技术边界及其引发的伦理困境、存在论危机等进行探索、预演和反思。《第一序列》《夜的命名术》《死在火星上》《造神年代》《永生世界》等网络科幻作品在关于AI时代复杂的人机关系和（后）人类主体（外主体、复主体、反主体、异主体等）、人的尊严与命运等方面有很多敏锐而深刻的洞见，有助于人类发现网络空间人类命运共同体的构建路径。

（二）"搭子型"社交与网生代的数字化孤独

2023年年底，中国青少年研究会联合夸克App发布了《2023年轻人搜索关键词报告》[1]，"搭子"名列其中。"搭子"由"搭伙""搭伴"等词汇演化而来，通常指人在某个垂直细分领域的社交关系，是在网络社交平台兴起的一种轻社交方式，具有精准陪伴、实用导向、投入成本低的特点，如"饭搭子""学习搭子""追剧搭子"，等等。

在网络社交平台的算法引导下，个体兴趣爱好、情感需求可以得到精准分类和匹配，"找搭子"已演化为青年人的赛博狂欢。"搭子"成为本年度短视频创作的重要主题，抖音的"搭子"相关话题高达60多亿次，如拥有350多万粉丝的自媒体博主"阿痫！"，以短视频动画的方式生动展现了饭搭子走后的孤独、不舍和失魂落魄，引发了网友的共鸣。"先婚后爱"的网文和微短剧的火爆也再现了"搭子"文化的行为逻辑：青年男女刚见面没多久就领证结婚，婚姻作为一种严肃的亲属关系的社会结合，被降格为工具性的、实用性的"婚姻搭子"，

---

[1] 参见《中国青少年研究会联合夸克App发布〈2023年度年轻人搜索关键词报告〉》，微信公众号"中国青年研究"，2023年12月28日。

"谈电子恋爱，品赛博人生"的情感设定不但为广大网民所接受，而且成为流量密码爆火网络。比如，在真人互动影像游戏《完蛋！我被美女包围了！》中，只需花费42元就可以谈6场"赛博恋爱"。"搭子型"社交是网生代的社交危机与情感焦虑的投射，也暴露出他们的典型症候：数字化孤独。网生代在碎片化的生存状态下，既渴望亲密关系，又恐惧成本投入不愿被情感束缚，进而转向具有极强工具性目的的轻社交方式，人与人之间难以再建立深沉的情感联系。美国学者米歇尔·德鲁因将智能手机等视作一座可以放在口袋里的"圆形监狱"，"人不是站在'牢房'里，而是独自站在圆形中央；反之，观察者站在四周的'牢房'里，观察着瞭望台上的人的一举一动"。[1] 人们自愿被媒介技术和算法规则奴役，在享有海量的信息与数据的同时，也承受着"独自站在圆形中央"的孤独。

数字化交流消除了距离，无处不在的信息与数据，让人们脱离了物的限制，但同时也意味着一种去身体化的生存状态和人际关系的脱域化，"数字化秩序祛除了人之生存的实际性"[2]，数字化的超量交流，反而不会带来主体的情感充实，而是导向了数字化孤独，这是更为复杂的认同需要和精神需求。网络文艺是面向网生代的文艺新形态，应该更具有介入性，注重人文关怀，回应时代之变，避免"唯流量""唯算法"等过度工具性指向，创作出更多具有现实品格和真情实感的优秀作品，成为化解数字化孤独的一剂"赛博良药"。

（三）文艺评论中的"网暴"现象

当前包括影视创作在内的网络文艺遭遇到了一大困境：主创者

---

[1] ［美］米歇尔·德鲁因：《数字化孤独：社交媒体时代的亲密关系》，周逵、颜冰璇译，北京：人民文学出版社，2023年，第134页。

[2] ［德］韩炳哲：《非物：生活世界的变革》，谢晓川译，上海：东方出版中心，2023年，第8页。

的目标已经从"要突破什么"变成了"要避免什么";不担心作品没有亮点,却害怕是否有所冒犯引发舆情。有人将这一困境概括为"恐舆症"。[1]

"恐舆症"出现的根本原因是:网络媒介的赋权使得人人都拥有了麦克风,网民可以通过弹幕、留言、发帖、评分、投票等方式在社交平台上发表即时评论。但与此同时,在互联网注意力经济、流量至上逻辑的影响下,文艺消费和文艺评论被流量、算法劫持,水军控评、人身攻击、恶意抹黑等网络暴力现象频发,去责任化的网络狂欢遮蔽了文艺评论的多样性、平等性和公共性,"吃瓜群众"的玩梗、跟风、二创,都可能引发对文艺作品(甚至是演员)非理性的、大规模的、群体性暴力声讨。网络赋权下对作品任意"扣帽子""贴标签""速食点评""未看先评""无脑跟风""粉丝控评",淹没了理性的评论,用道德审判取代价值判断,用情绪宣泄取代理性分析,导致社交媒体沦为炒作机器,文艺评论被流量与算法异化,价值尺度被扭曲,文娱市场被扰乱。比如,一些影视剧因故延迟播出,但伪造的网络评分却准时出现在抖音、豆瓣、猫眼、微博、淘票票等平台;一部作品非常叫好,但很快就遭到全方位抹黑。一些好事者、"水军"和"打手"和实施恶意营销炒作的自媒体从业者,甚至利用"深度合成"等生成式人工智能技术发布暴力信息,利用"开盒""挂厕所"等手段曝光隐私信息、实施线下滋扰。

文艺评论的"网暴"现象在人工智能的影响下会更加突出:人工智能在说服、引导、分心等影响人类思想方面的能力在与日俱增,"加速了人类理性的消解势头","社交媒体减少了反思的空间,在线搜索

---

[1] 午言绝:《2023,影视剧的"恐舆症"加重》,微信公众号"影视独舌",2023年12月26日。

削弱了概念化的动力"。[1]这些都禁锢了文艺生态的健康发展，阻碍着文艺评论发挥审美导向和价值引领的作用。网络暴力的一些发起者在"净网2023"等专项行动中已经受到法律的制裁，但营造风清气正的网络空间显然是一项长期而艰巨的使命。

作为事件的网络文艺带来了诸多惊喜和无数未知。身处波谲云诡的奇点前夜，未来犹如迷雾中的"罗刹海市"，难以看清，不能确认，但无论怎样，山遥水阔，笃行致远，我们最终要直面"人类根本的问题"（《罗刹海市》），坚信人类的智慧和潜力，因为"可能一切的可能／相信才有可能"（《可能》）。

（原载《中国文艺评论》2024年第2期，署名胡疆锋、赵世诚）

---

[1]［美］亨利·基辛格、埃里克·施密特、丹尼尔·胡滕洛赫尔：《人工智能时代与人类未来》，胡利平、风君译，北京：中信出版社，2023年，第260页。

附录

昔日越轨者，可能是今日文化英雄

——访首都师范大学胡疆锋教授

他们当然不是圣人，但也不是媒体所描绘的颓废的恶魔。他们同样可以引领适应社会的、富有创造性的、有意义的生活。

——题记

随着 90 后、00 后一代逐渐成长为青年主力，当代年轻人表现出了诸多有趣而又独特的行为方式，比如"不熬夜会死"、"我觉得我不冷"、购物狂与剁手狂魔、"晒"得停不下来、拖延症等；对于社会世界，他们也形成了一些独特的心理感知模式，如佛系青年、"公主病"、"人人都是戏精"、键盘上很"浪"但现实中很"怂"等等。年轻一代这些独特行为方式与心理感知模式何以产生？它们是"病态的"吗？我们该如何看待这些所谓的"年轻病"？《中国青年》记者就相关问题采访了首都师范大学文学院教授、苏州大学新媒体与青年文化研究中心兼职研究员、《文化研究》丛刊副主编胡疆锋老师。

"年轻病"现象的必然性

《中国青年》：总体来看，当代青年诸多特定行为方式与心理感知模式的产生，都有着怎样的社会背景？

胡疆锋：我认为可以从两方面来理解这一问题。一方面，这些现象中有一些并非青年所独有，比如每年的"双11"购物狂潮、佛系生活和"键盘侠"等等，其实是全民性的，不仅限于青年群体。只不过，人们对青年的关注度更高，青年表现得更为抢眼或突出一些罢了。按照第六次全国人口普查的数据，15—28岁的青年数量只占全国总人口的四分之一左右，但就其影响力而言，青年人却经常独占鳌头，没有哪个群体能出其右。

另一方面，当代青年确实形成了独特的风格或特立独行的生活方式，这需要放在中国现代化发展的社会背景中来理解。改革开放40多年来，青年文化的整体发展及其价值取向是与国家发展、经济增长、社会进步相一致的。根据英国学者吉登斯的观点，现代性的动力或结果有三个部分：脱域（社会关系从彼此互动的地域性关联中"脱离出来"）、时空分离和反思特性。在这三种动力推动下，现代性的飞速发展为人们提供了更广阔的空间来试验各种身份。随着社会的开放、体制的变革和经济的发展，国人的自由发展空间日益扩大，社会的主导价值也发生了重大转型。而青年恰恰是社会中最不定型、最富张力的群体，是标志时代最灵敏的晴雨表，所以青年在价值观念和行为模式上的转变尤为明显。中国当代青年开始质疑、抗拒以往的青年角色，开始思考、向往新的人生定位，一元化的角色型青年文化逐渐解体，多元青年文化出现了。在这种背景下，青年人在日常生活中涌现出许多有趣而又独特的行为方式与心理感知模式也不足为奇了。

《中国青年》：我们看到，社会往往会给年轻一代的独特行为与心理方式贴上"病态"的标签，从70后到00后，都是这样。尽管如此，仍会有很多年轻人乐于以"病态"自居。可见，成人社会强加的标签在一定程度上并不为年轻人自身所认可。那么从代际视角来看，"年轻病"现象的存在是否是一种必然?

胡疆锋: 从代际视角来看,每一代人似乎都会被上一代人批评。根据传统社会的观点,凡是不符合主流标准和界定的群体,都有可能被视为"局外人",被标定为病态或越轨。从这个意义上来讲,是先有"标签",然后才有了"病态"。这种界定往往得不到青年人的认可。因为青年经常既是社会重大变革的推动者、受益者,同时也可能是受害者,青年总有着挑战前人的冲动、参与建设的渴望,总在寻求融入现有秩序或成为改变这种秩序的力量。从这种意义上来讲,"年轻病"的存在似乎是不可避免的。

是"年轻病",还是青年亚文化?

《中国青年》: 如果抛开代际框架,从年轻人自身角度出发,又该如何理解当今各种各样的所谓"年轻病"呢?它们真的是"病"吗?

胡疆锋: 这个问题可以结合当代青年文化的分类来理解。根据我国学者,比如杨雄先生的观察,改革开放以来,青年文化和主导文化之间存在着同向发展的时段,此时青年文化对主导文化是理解、认同、参与,是思考、观望、接近;也有着反向时段,此时青年文化对主导文化是背离、拒斥、批评,是怀疑、失望、疏离。如果参照主导文化对青年的期待,以青年群体的认同态度和价值取向为标准,那么中国当代青年文化实际上分为四种:青年认同文化、青年亚文化、青年反文化和青年负文化。青年认同文化是青年人愿意顺应和坚持主导文化所倡导的价值观和生活观念的文化形态;青年亚文化是青年人通过风格化的和另类的符号对主导文化进行挑战的附属性文化方式;青年反文化则是青年人对主导文化采取直接的激进对抗的文化形态;青年负文化是青年丧失了价值、信念后表现出来的放纵的反常行为和失范状态的文化样式。

按照这四种区分来看,"年轻病"与其说是一种"病",还不如说是一种生活方式或风格的选择,很大程度上是一种青年亚文化的形态。典型的西方青年亚文化有朋克、嬉皮士、无赖青年、光头仔、摩登族、摇滚派、愤怒青年、嘻哈等,而中国当代的恶搞文化、大话文艺、动漫迷、快闪族、弹幕文化、火星文、杀马特、丧文化、佛系青年等,也都属此类。

《中国青年》：如果从青年亚文化的视角来看,年轻一代这些独特的心理与行为方式,又反映出他们怎样的现实境况、精神动向与文化诉求？

胡疆锋：如果把"年轻病"看成是青年亚文化,按照我的理解,这种文化不是完全认同或反抗主导文化,而是补充或凸现其忽视的部分,试图象征性地解决主流社会或父辈文化中尚未解决的问题。青年亚文化的成员往往处在社会边缘位置,在扮演青年角色时采取的接受方式是"抵抗",但这种抵抗并不激烈和极端,而是较为温和的"协商",主要表现在审美、休闲、消费等领域。这些青年亚文化形态表现在各种不同的音乐、时装、舞蹈、语言之中,它们以惊世骇俗的风格对主流社会形成了强烈的冲击。因而可以说,青年亚文化具有一定的抵抗性、风格化和边缘性。

面对社会的角色期待,他们想摆脱社会的惯常束缚,想追寻更多的"目标"。类似的,还有近年来在青年人中流行的以彩虹合唱团、废柴兄弟、佩佩蛙、马男波杰克为代表的丧文化,他们虽然与其他的亚文化有着不同的风格,但对于青年角色的偏离是一致的:以颓废、懒散、放弃的状态对抗积极、勤奋和奉献等青年角色。他们的逃离是发生在符号层面、想象中的抵抗,可以说它是假动作,也可以说它是真性情。他们当然不是圣人，但也不是媒体所描绘的颓废的恶魔。他们同样可以引领适应社会的、富有创造性的、有意义的生活。

社会应宽容开放地看待青年亚文化

《中国青年》：如果说所谓"年轻病"只是一种误解的话，那么社会应以怎样的态度对待年轻人的种种独特行为模式？

胡疆锋：社会中经常会有人这样看待包括"年轻病"在内的亚文化：亚文化只是为青少年提供了一种空间，是无因的反抗，亚文化只是为了挑战社会，是社会的问题和麻烦。但是批评者也忽略了一点：亚文化的抵抗意义从来不是在受众接受、传播的开端，而是在这之后的整个过程中。换言之，亚文化改变的不是整个世界，它只是一种仪式抵抗，它改变的只能是受众的价值观、世界观，正如台湾乐评人张铁志所说的："摇滚乐的确可能，也只能改变个人的信念与价值。而这也正是许多社会变迁的基础，正是无数人的价值变迁构成了社会的进步。"亚文化的功能，我想也正是这样。

我们应该宽容地、开放地看待亚文化。借用美国社会学家默顿的话，越轨有时也是创新的一种，也有可能成为"文化英雄"："一些文化英雄被尊为英雄的原因恰恰是他们有打破当时群体中流行规范的勇气和远见。如大家所知，昔日的叛逆者、革命家、不守成规、个人主义者、持非正统见解者或叛教者，经常是今天的文化英雄。"亚文化属于新兴文化，是最具有潜力和活力的文化，这一文化形态未来有可能构成主导文化的必要因素。当它被转为主流文化时，它与社会就达成了和解。

（原载《中国青年》2018年第9期，记者徐吉鹏）

后记

我第一次接触到电脑，大概是在1994年，当时我还在边陲古城读大二，当时模糊地意识到应该了解一下电脑，于是就去学习了一些基本的DOS命令和五笔字型。但那时还没有条件上网，也不清楚网络意味着什么，这段学习最后只留下几丝怅然的回忆。所谓"情不知所起"，一往（网）而情深，我不曾料到的是，若干年后，网络文艺研究会成为我的主业之一，也没有想到还能有机会为这本网络文艺评论集写后记。

现在想来，我之所以会"误落尘网中，一去三十年"，除了网络自带的无穷魔力之外，也源于先前我对青年文化的关注：我的博士论文选题是伯明翰学派青年亚文化理论，后来又参与了三本青年亚文化著作的翻译，出版了一本关于中国当代青年亚文化的小书：《中国当代青年亚文化：表征与透视》，主编出版了《青年成长与城市发展——世界城市视野下的北京青年文化建设研究》。而青年文化和网络文化有着千丝万缕的联系，它们的创造主体和传播主体都是青年群体，很多时候殊途同归，比如有学者认为，是计算机把20世纪60年代西方反主流文化时期的个人主义、协作社区以及精神共融的梦想变成了现实。这样看来，从青年文化研究到网络文化研究似乎是很自然的事情，对我而言尤其如此。我最早关注的中国当代青年亚文化如恶搞亚文化，就是一种典型的网络文化，曾经搅动一池春水的《Q版语文》和引起轩然大波的《一个馒头引发的血案》都是在网络上首发。我比较偏爱的几类网络小说，如穿越文、重生文、系统文、官场小说、科幻小说，似乎也和一般的大众文化不太一样，其中明显有着亚文化的影子。随着研究的推进，我的关注点渐渐从亚文化的文本、现象转向更广阔的网络文化理论，对现实主义转向、流量、事件性、社交媒体、人工智能等也有了一些思考，也就有了这本评论集的诞生。

和其他师友从现当代文学、传播学等方向介入网络文艺研究相比，我的上述经历也有一些好处，有利于以数字时代的移民和观察者的身份接近数字原住民、数字游民和网络文艺，这样既可以保证研究者处于在场和入圈状态，也有助于保持理论的批判力，在真切的同理心感受和缜密的理论思辨之间力求达到均衡状态，最终努力形成青年文化—网络文艺的双向阐释，发现复杂、多元、深含矛盾与冲突的网络文化构成。这当然是我后知后觉的一些总结，也算是对自己未来的期待。

本书能有机会出版，要归功于中国评协、中国文联文艺评论中心、中国文联出版社联合推出的《啄木鸟文丛——文艺评论家作品集》出版计划。自2016年加入中国评协后，我取得的每一次成绩都离不开中国文联和中国评协的扶持和帮助，怎么感谢也不为过！这里也要谢谢匿名评审的专家们对这本小书的肯定。另外，自2021年起我幸运地与北京文联"年度签约评论家"项目结缘，在两年多的聘期里受益良多，这里也要一并感谢北京评协的领导和老师们！这里也要感谢中国文联出版社的支持，特别要感谢张凯默、张家瑄编辑，她们为这本书付出了很多心血。

我的学生也是这本书的"催产士"。十多年来，我和同学们一起开读书会，一起阅读关于青年文化和网络文化的书籍，"奇文共欣赏，疑义相与析"。在后喻社会和文化反哺的时代里，我经常体会到后浪们的"潮""燃"和无惧无畏，他们应该也可以察觉到我不甘落伍的挣扎，正如里尔克在诗中所云："有何胜利可言？挺住意味着一切！"我还真切地记得，在一次读书会上，有同学发言时提到"微笑"表情包在中老年人和青年人群体的使用其实有着天壤之别，正所谓"彼之蜜糖，此之砒霜"，当讲到这一点时，参会同学齐刷刷地瞅着我，眼里含着笑，我在其中看到了心照不宣的谅解（天晓得，我虽然已年过半百，但我极少使用这个表情包啊），也发现了几分期待：希望我要小步快跑，否则就要被数字时代和他们抛弃了！青年人总是有道理的，"一代人终将老去，但总有人正年轻"。这里我要特别谢谢我的博士生刘佳和赵世诚，本书中有三篇网络文艺的年度盘点是我们合作完成的，在社交媒体与文艺评论等领域，他们的敏锐也给了我很多启发。也谢谢我的博士生王潇艺在书稿整理过程中的协助。

2019年暑假，我有幸去台湾大学访学，有机会领略宝岛台湾的独特风景，也第一次意识到在大陆类型化的网络小说之外，中国网络文学还可能存在着另一种风貌：实验性的、先锋性的数字文化。当时的一些思考也在这本集子里留下了印记。这里要再次感谢台湾大学文学院的梅家玲教授，台湾师范大学、台湾东华大学的须文蔚教授和台北故宫博物院的周一彤博士的热情帮助和提点。

本书的内容曾经在《文艺研究》《中国文艺评论》《社会科学辑刊》《首都师范大学学报》《文学与文化》《中州学刊》《河南社会科学》《人民论坛》《书屋》《光明日报》《中国艺术报》《中国文化报》等报刊上

发表。这里要感谢各位编辑老师（请恕我不能一一列举）的信任和认可！其中有些篇目在发表后感觉意犹未尽，若干时间后又续写了一篇，因此在内容上有一些延续和重叠（如关于网络文学的现实主义转向、社交媒体与文艺评论等内容），为保留原貌，本次略作删减，未做大的改动。

本书也是王德胜教授主持的国家社会科学基金艺术学重大项目"'微时代'文艺批评研究"（项目批准号：19ZD02）的阶段性成果。近年来，在参与重大项目课题的过程中，在中国文艺评论（首都师范大学）基地的平台上，王老师总是给予我全方位的帮助和强有力的支持，这里也向他致以特别的敬意！

感谢王一川先生、邱运华先生多年来的关心和鼓励。尽管已毕业多年，但两位恩师的指点和教诲对我仍然至关重要，比如这本集子的书名就来自王一川先生在一次线上会议后的建议。虽然总想着能拿出一项能让他们满意的成果再请他们过目或写序，但往往总是抱憾，只好每一次都对自己说：下次吧，等下次有更成熟的成果再说。

我还要谢谢故乡的老友们：张俊伟、王菊霞、黄强、费盈、何炫仪、刘一鸣、袁新等。二十多年来，每当父母生病急需照顾时，他们总是出现在最需要的时候，帮我熄灭"引信"，防止我像"岩石一样炸裂一地"。

同时，这本小书也献给胡心则小朋友。我从他那里学到了许多"网游一代"所独有的知识，但也不免为他的视力、睡眠和学业受到影响而焦虑上火。

最后要感谢我的爱人王宇英教授，有了她的支持和同行，我才有机会去感受风起潮落，"认出风暴而激动如大海"，也对远方有了共同的释然:"这才知道我的全部努力/不过完成了普通的生活"。

胡疆锋

2023 年 10 月于花园村

2024 年 1 月改定于乌鲁克